中国古代文史经典读本

王维孟浩然诗 选评

刘宁撰

上海古籍出版社

图书在版编目(CIP)数据

王维孟浩然诗选评 / 刘宁撰. —上海：上海古籍
出版社，2019.7(2024.6重印)
(中国古代文史经典读本)
ISBN 978-7-5325-9282-1

Ⅰ.①王… Ⅱ.①刘… Ⅲ.①王维(701-761)—唐
诗—诗歌评论②孟浩然(689-740)—唐诗—诗歌评论
Ⅳ.①I207.227.42

中国版本图书馆CIP数据核字(2019)第141569号

中国古代文史经典读本
王维孟浩然诗选评
刘 宁 撰

上海古籍出版社出版发行
(上海市闵行区号景路159弄1-5号A座5F　邮政编码201101)
(1) 网址：www.guji.com.cn
(2) E-mail：guji1@guji.com.cn
(3) 易文网网址：www.ewen.co
常熟人民印刷有限公司印刷
开本787×1092　1/32　印张11.125　插页3　字数147,000
2019年7月第1版　2024年6月第4次印刷
印数：6,251—7,300
ISBN 978-7-5325-9282-1
Ⅰ·3405　定价：34.00元
如有质量问题,请与承印公司联系

出 版 说 明

上海古籍出版社成立六十多年来形成了出版普及读物的优良传统。二十世纪,本社及其前身中华书局上海编辑所策划、历时三十余年陆续出版的《中国古典文学作品选读》与《中国古典文学基本知识》两套丛书各八十种,在当时曾影响深远。不少品种印数达数十万甚至逾百万。不仅今天五六十岁的古典文学研究者回忆起他们的初学历程,会深情地称之为"温馨的乳汁";而且更多的其他行业的人们在涵养气度上,也得其熏陶。然而,人文科学的知识在发展更新,而一个时代又有一个时代的符号系统与表达、接受习惯,因此二十一世纪初,我社又为读者奉献了一套"新世纪文史哲经典读本",是为先前两套丛书在新世纪的继承与更新。

　　"新世纪文史哲经典读本"凝结了普及读物出版多方面的经验：名家撰作、深入浅出、知识性与可读性并重固然是其基本特点；而文化传统与现代特色的结合，更是她新的关注点。吸纳学界半个世纪以来新的研究成果，从中获得适应新时代读者欣赏习惯的浅切化与社会化的表达；反俗为雅，于易读易懂之中透现出一种高雅的情韵，是其标格所在。

　　"新世纪文史哲经典读本"在结构形式上又集前述两套丛书之长，或将作者与作品（或原著介绍与选篇解析）乳水交融地结合为一体，或按现在的知识框架与阅读习惯进行章节分类，也有的循原书结构撷取相应内容并作诠解，从而使全局与局部相映相辉，高屋建瓴与积沙成塔相互统一。

　　"新世纪文史哲经典读本"更是前述两套丛书的拓展与简约。其范围涵盖文学经典、历史经典与哲学经典，希望用最省净的篇幅，抉示中华文化的本质精神。

　　该套丛书问世以来，已在读者中享有良好的口碑。为了延伸其影响，本社于2011年特在其中选取十五种，请相关作者作了修订或增补,重新排版装帧,名之为"中国古代文史经典读本",以飨读者。出版之后,广受读者的好评,并于 2015 年被评为"首届向全国推荐中华优秀传统文化普及图书"。受此鼓舞,本社续从其中选取若干种予以改版推出,并得到国家有关部门的支持,多种获得 2016 年普及类古籍整理图书专项资助。希望改版后的这套书能继续为广大读者喜欢,为弘扬中华优秀传统文化作出贡献。

上海古籍出版社

2017 年 6 月

目　　录

264 /　二、长安求仕不利(728—729)

292 /　三、漫游与入幕(730—740)

王　维

导　　言

　　在"众星罗秋旻"(李白《古风》)的盛唐时代,王维以他流布寰区的秀句和诗书画乐俱臻佳妙的才华而享誉海内。他的诗作,天才妙悟,神韵悠然,与李白的豪放纵逸、杜甫的沉郁顿挫,交相辉映,成为中国古典诗坛上最灿烂的景象。古代诗论家有一种看法,认为"唐无李、杜,摩诘便应首推"(《载酒园诗话又编》);品评诗艺的高下,是诗论家的习惯,但对于王维这样的诗人,在他与李、杜之间轩轾高下,就像在李、杜之间强分优劣一样,并没有太大的意义。王维开创了完全不同于李、杜的诗歌境界,他的山水诗造诣尤精,在推重诗歌神韵的一派诗论家看来,他的作品是最受尊崇的艺术典范。

与李、杜相同的是，王维的成就，超越了他所生活的时代，辉耀于后世，然而比李、杜幸运的是，他在生前就得到了海内交推的盛誉，成为开元、天宝诗坛的核心人物。杜甫多次以仰慕的口吻提到他，称他"中允声名久"（《奉赠王中允》），"最传秀句寰区满，未绝风流相国能"（《解闷》），他的朋友苑咸称赞他是"当代诗匠"（《〈酬王维〉序》），唐代宗李豫称赞他是"天下文宗"（《批答王缙进王右丞集表手敕》）。王维一生大部分时间生活在长安一带，在这个唐王朝的文化中心，声名尤为卓著。他早年初入长安，便以出众的才华倾动时人；中年以后又长期在长安，文名日见隆盛。殷璠《河岳英灵集序》标举王维、王昌龄和储光羲为开元诗坛的代表，而独孤及在《唐故左补阙安定皇甫公集序》中，认为沈佺期、宋之问之后的大诗人，就要推王维和崔颢。据《旧唐书》本传记载，王维去世不久，唐代宗就向他的弟弟、当时任宰相的王缙提出，王维"天宝中诗名冠代"，自己"尝于诸王座闻其乐章"，希望王缙进呈其兄的文集。帝王的赏识未必是衡量才艺的标准，但在封建时代，这充分反映了一位诗人的作品在当时的流行状况。

　　无论是李白，还是杜甫，身前都未曾享有这样的声名。李白虽然以天才的笔力，将盛唐诗艺推向灿烂的巅峰，但他一生大部分时间活跃于文化中心长安之外。至于一生都在颠沛流离中的杜甫，他的诗艺在开元、天宝之际，并未获得诗坛的广泛认可，旅食京华的十年，他"朝扣富儿门，暮随肥马尘；残杯与冷炙，到处潜悲辛"（《奉赠韦左丞丈二十二韵》）。安史之乱爆发后，杜甫流离陇蜀、漂泊西南，最后在湘江上寂寞地离开人世。与李、杜相比，王维是十分幸运的，然而他得到时代的眷顾并非偶然，这其中有许多原因，而最值得重视的是，王维异常全面的艺术才华，完全符合了盛唐人对一个天才艺术家的期待。《新唐书》本传云："维工草隶，善画，名盛于开元、天宝间。"唐代是中国古代音乐发展得最为繁荣的时期，上至宫廷，下至民间，音乐活动十分活跃，而王维在音乐方面，具有极深的造诣。据说他尤其擅长琵琶演奏。《旧唐书》王维本传记载了这样一个故事：

"人有得奏乐图,不知其名,维视之曰:'霓裳第三叠第一拍也。'好事者集乐工按之,一无差。咸服其精思。"《新唐书》所载略同。宋代沈括《梦溪笔谈》曾辨析此事,认为是出于杜撰,不尽可信,但它毕竟反映了王维妙娴音律留给人们的印象。关于他的音乐才华,还有一则《郁轮袍》的故事,我们在后面的章节还要谈到。在绘画方面,王维自称是"宿世谬词客,前身应画师"(《偶然作》)。王维的绘画,今天传世的作品很少,而且其真实性都值得怀疑,但从历代画记的记载来看,他的作品传神写照,有很高的造诣。宋代大诗人苏轼在看到王维为陕西凤翔开元寺所绘壁画后,深为叹服,他认为王维的画善于传达象外之趣,艺术成就超过了被誉为画圣的吴道子的作品(《王维吴道子画》)。在书法方面,王维是草隶兼长的书法家。王维的诗歌又与音乐、绘画紧紧地联系在一起,很多作品被配乐传唱,他的诗歌善于融合画理,被誉为"诗中有画,画中有诗"(《东坡题跋·书摩诘蓝田烟雨图》)。

在中国历史上,我们很难找出多少像王维这样才华全面的艺术家,他的才华和诗书画乐俱臻繁荣的盛唐时代,呼应得那样完美,展现了这个艺术的繁荣时代最光彩夺目的成就,也因此赢得当世之人的倾心赞誉。当然,王维的可贵尤其在于他没有因身前的荣光走向沉溺世好,而是在呼应时代风尚的同时,保持了独立而超越的艺术品格。

王维的一生虽然不及杜甫那样坎坷,但也不是一帆风顺。他早年初入仕途,就遇到过挫折,在政治上,他追随张九龄,向往开明政治,这为他的精神世界奠定了内在的骨力;只是因为气质温文,他对现实的反抗没有那样兀傲狷介。中年以后,朝廷因李林甫当政而日见黑暗,他虽然深感压抑,但没有挂冠而去的决绝勇气,只以半官半隐来依违于现实和理想之间。与李白"安能摧眉折腰事权贵,使我不得开心颜"(《梦游天姥吟留别》)的狂放孤傲、陶渊明"不为五斗米折腰"的铮铮傲骨相比,他的确有几分软弱,然而他并没有从软弱滑向彻底的圆滑,而是尽力地维系内心高洁的操守,并希望把它寄托在山水清音之中。他一生习佛,晚年更虔心奉佛,在声名日隆、官职日高之际,他却发出"一生几许伤心事,不向空门何处销"(《叹白发》)的悲吟,可见在表面的平静背后,他的内心有着何等的深悲巨痛,这也许正是他内心的操守在长久压抑后的无奈叹息。他独立承受着人格分裂的痛苦,不以迎合世好来逃避,这又是他软弱中的骨气,俯仰人事中的高蹈。当然,王维的操守,不像陶渊明那样经历了极深刻的人生、社会的思考,而是盛唐时代一切进步士人所共同具有的正直与耿介,是对清明政治的一种积极的向往。它没有玄远的思辨,而是一种高华境界的展示。

王维的诗歌,才华横溢,少作已经不同凡响,然而他整体艺术品格的形成,还是和他的生活联系在一起。对于长安诗坛流行的近体诗,他十分精通,也写过不少应酬官场的作品,就是山水诗、边塞诗的写作,也没有脱离开元、天宝诗坛的流行风气。古人说他的诗"于富贵山林,两得其趣"(《岁寒堂诗话》)。"意境"艺术在盛唐达于极盛,而王维在诗歌意境的创造上有极高的造诣,

《河岳英灵集》称赞他是开、天之际的大诗人，他的诗"一句一字，皆出常境"。王维的诗艺正是盛唐风尚的代表，这也是他在身前就深受赞誉的原因所在。然而王维并不是一心迎合时尚的浅薄诗人，正像他在俯仰世事中不失操守一样，他的诗歌也在呼应时风中形成了独立而高华的境界，诗艺的探寻也更趋精纯。这正是他的诗作，不随开、天盛世的消失而淹没，却反而历久弥新的原因。

王维属于盛唐，又超越了盛唐，让我们循着他人生的轨迹，观察他的立身与处世，看他如何在时代的艺术氛围中，寻找到自己独特的艺术道路。

王维的诗文作品，经过安史之乱，散失很多，他的弟弟王缙在他去世后，搜集他的作品四百余篇，编为文集，共十卷，进呈给唐代宗。此后流传的各种版本，都有诗文作品四百余篇，其中流传最广的是清人赵殿成的《王右丞集笺注》，此本刊行于清乾隆二年（1737），中华书局上海编辑所1961年排印。陈铁民《王维集校注》（中华书局1997年）是目前最完备的校注本，陈贻焮《王维诗选》（人民文学出版社 1959 年）选注精当，本书部分注释参考了其中的意见，谨此致谢。本书所选诗歌作品的文本依据清赵殿成本，或据他本校改，不一一列出校记。

一、声华早著(701—721)

　　王维(701—761)①,字摩诘,祖籍太原祁(今山西祁县),其家自父处廉开始,迁居于蒲(今山西永济)。王维的父亲官终汾州司马,具体的生平事迹已经难以考知,大概在王维很小的时候,他就离开了人世。王维的母亲崔氏笃志信佛,这对王维产生了很深的影响。这一点我们在后面介绍王维与佛教的关系时,还要进一步谈到。王维的家庭,对他的仕进,不可能提供有力的支持,在当时看来,他属于门第孤寒的士子。

---

　　① 关于王维的生年,学术界存在争议,还没有形成定论。目前大致有四种意见,即武后圣历二年(699),武后长安元年(701),武后如意元年(692),武后久视元年(700)。分析各家所持论据,本书采用武后长安元年一说。

　　大约在十五岁前后，王维和弟弟王缙离开了家乡，在西京长安和东都洛阳活动。由于他才华出众，迅速受到两京之地的高门贵戚的欢迎。《新唐书》本传上说"豪英贵人，虚左以迎。宁、薛诸王待若师友"，这对他的仕进无疑是很有帮助的。唐代社会虽然实行了科举制，但保留了很多的贡举色彩，就是士子在考试和录取的过程中，需要有地位的人的推荐。如果推荐者很有权势和影响力，及第的希望就大大增加。王维于开元七年(719)在长安参加京兆府试，据《太平广记》引《集异记》记载，当时岐王带他去拜见一位公主，"维妙年洁白，风姿都美，立于行。公主顾之，谓岐王曰：'斯何人哉？'答曰：'知音律者也。'即令独奏新曲，声调哀切，满座动容。公主自询曰：'此曲何名？'维起曰：'号《郁轮袍》。'公主大奇之。岐王因曰：'此生非止音律，至于词学，无出其右。'公主尤异之，则曰：'子有所为文乎？'维出献怀中诗卷呈公主。公主既读，惊骇曰：'此皆儿所诵习，常谓古人佳作，乃子之为乎？'因令更衣，升之客右。维风流蕴藉，语言谐戏，大为诸贵之钦瞩。岐王因曰:'若令京兆府今年得此生为解头,诚为国华矣。'公主乃曰:'何不遣其应举?'岐王曰:'此生不得首荐,义不就试,然已承贵主论托张九皋矣。'公主笑曰:'何预儿事,本为他人所托。'顾谓维曰:'子诚取解,当为子力致焉。'维起谦谢,公主则召试官至第,遣宫婢传教,维遂作解头,而一举登第矣。"这个有名的故事,经过当代学者的考证,基本可以论定是出于传闻附会,但其中所反映的王维深得豪右欣赏,并在仕进中受益于此的情况,无疑有它的真实性。

从初入京城,到顺利及第,王维生活在长安的这几年,是开元诗坛进入高潮的先声阶段。开元十年以后,被唐玄宗称为"一代词宗"的张说回到长安,他标举开朗健举的诗风,并且以自己的权力奖掖提拔了一大批著名的文人。开元十四、十五年严挺之知贡举期间,储光羲、崔国辅、綦毋潜、王昌龄、常建均在其选拔下及第。开元诗坛逐渐出现第一次创作高潮。王维入仕后不久即被贬官离京,他在长安活动的时期,主要是开元十年以前的几年时间,这一时期,他主要游历于宁王、薛王、岐王等豪戚之门，其创作也带有一些值得注意的特点。

由于经常出入豪右贵戚之门，王维在这一期间写了不少应制之作，其中《从岐王夜宴卫家山池应教》、《从岐王过杨氏别业应教》，都留下隽永的诗句。应制诗的写作受到很大束缚，这部分作品不能代表他的成就，但可以反映出他出众的才华。

盛唐时代，随着音乐艺术的极大繁荣，歌诗传唱之风也十分兴盛，宋代女词人李清照在她的《词论》中说："乐府、声诗并著，最盛于唐开元、天宝间。"所谓歌诗，就是可以配乐演唱、配舞表演的诗。唐诗中有许多作品，都是可以入乐入舞的歌诗，而创作歌诗的风气，在盛唐时代尤为兴盛。唐玄宗本人就精通音律，他可以亲自度曲、制辞。他亲自教授梨园弟子演唱歌舞，经常举行大规模的宫廷娱乐活动，使歌舞宴饮之风盛极一时。在他的影响下，当时长安、洛阳一带的豪右贵戚也无不好尚歌舞宴饮。这种社会风气，对歌诗的创作起到极大的推动作用。王维本是诗乐兼擅的天才，在这种风气中，他的歌诗创作也十分引人注目，如他的《息夫人》，被人用《簇拍相府莲》的曲调来歌唱(《乐府诗集》卷八十)，《从岐王过杨氏别业》本是一首五律，被人截取了前四句，用《昆仑子》的曲调来演唱(同上)。在开元、天宝年间，王维创作了大量可以配乐演唱的声诗(参见吴相洲《唐代歌诗与诗歌》第88—104页，北京大学出版社2000年)。他这些作品充分体现了开元、天宝时期的艺术趣尚，以至于成为人们心目中开天盛世的象征。据宋计有功《唐诗纪事》记载："禄山之乱，李龟年奔于江潭，曾于湘中采访使筵上唱云：'红豆生南国，秋来发几枝。劝君多采撷，此物最相思。'又：'清风明月苦相思，荡子从戎十载余。征人去日殷勤嘱，归雁来时数附书。'"在座的人听了，无不勾起对往昔盛世的回忆，大家一起向着唐明皇避难所在的西蜀之地，叹息垂泪。李龟年是开元、天宝时代最负盛名的歌手，他和王维有很默契的合作关系，据明彭大翼《山堂考索》征集一五记载："开元中，李龟年制《胡渭州》曲云：'杨柳千寻色，桃花一苑春。风吹入帘里，唯有惹衣香。'王维笑其不工，自是龟年制曲，必请维为之。"至于王维的《送元二使安西》，谱入音乐后,成为人人传唱的"阳关三叠"。

王维早年还创作了一些优秀的歌行作品,如我们在后面要介绍的《洛阳女儿行》、《桃源行》、《燕支行》等。这些作品虽然是诗人的少作,却已经展现出相当高的造诣。歌行这种体裁,最早出现于汉代,在初盛唐走向兴盛。初唐的歌行或者以回环复沓的章法,展示声韵的流转之美;或者以铺排对偶的笔致,追求骈赋化的铺叙效果。王维早年的歌行,在继承初唐歌行的同时,也出现了新的变化。他不再追求长篇铺叙的骈赋效果,句式也不以对偶为重,篇幅趋向短小,但诗作的神情更为突出和鲜明,如《洛阳女儿行》中刻画洛阳女儿内心的空虚寂寞,用笔精到,神情逼现;《桃源行》中描绘桃花源恍如仙境的美丽飘渺,笔工如绘;《燕支行》刻画武将出征的威武气势、豪迈气概,神气淋漓。在经历过人生挫折之后,他还创作过《不遇咏》、《老将行》、《夷门歌》等脍炙人口的作品,句式跌宕,感慨深长,已经完全走出初唐歌行的格局,显示出盛唐歌行的独特魅力。王维早年初入长安,就接连创作了《洛阳女儿行》等优秀的歌行作品,这种创作兴趣大概与崔颢等人的影响有关。王维初入长安后,与崔颢、卢象等人交游甚密。崔颢十分喜爱七言的创作,他的歌行在铺排中融入明快俊捷的气质,极大地增强了歌行的抒情特质。王维的艺术才华远在崔颢之上,但他早年对歌行的浓厚兴趣,以及创作歌行的独特艺术追求,都依稀可以看到崔颢等人的影响。

一个诗人,他早年所处的创作环境,以及他对这个环境的反应方式,对于我们理解他一生的创作道路,有重要的意义。王维进入长安后,在长安这个大环境中,积极呼应其间的诗歌风尚,用自己的天才,创造出优秀的作品,成为这些风尚的最好的表达。终其一生,王维艺术上的成熟,不是在抗俗的狷介中形成,而是在敏锐地感受时代风尚的过程中,形成自己的艺术个性。这一点,从他早年的创作特点,就可以略见端倪。

题友人云母障子①

君家云母障,持向野庭开②。

自有山泉入,非因彩画来。

① 云母障子:用云母石镶嵌而成的屏风。云母,大理石的一
　　种,石面的自然花纹形成图案。唐时呼屏风为障子。此诗
　　原注:"时年十五。"
② 野庭:空野外的庭园。

　　这是王维传世作品中创作年代最早的一首诗,王维
写作时,只有十五岁,当时他刚刚离开家乡,在长安、洛
阳一带游历。
　　云母屏风是比较贵重的室内陈设,唐诗中写到云母
屏风,经常是用以表现贵族的生活。王维这首诗大概就
是他初入长安时,在社交生活中写下的。小诗题咏的是
友人家中的云母屏风,诗中写道,云母屏风向野外的庭
园展开,仿佛有山泉流入,诗句以一种不经意的错觉来
写云母屏风上山水花纹的逼真效果,构思十分巧妙。但
是,这首诗的好处并不只是巧,古人说,咏物诗重要的是
得其神似,只写屏风上的画如何逼真,还不足以传达其

神韵,因为"神"是事物在人心中所唤起的一种感受。我们不妨把这首诗和唐人胡令能的一首《题绣障子》比较一下。胡诗是描写一座绣花的屏风,诗中写道:"日暮堂前花蕊娇,争拈小笔上床描。绣成按向春园里,引得黄莺下柳条。"屏风上彩绣的花,逼真得把树上的黄莺都引逗下来,构思不可谓不巧,中晚唐不少作品都在追求这种精巧,但除了写彩绣的花如何逼真,胡诗并不能给读者提供更丰富的感受,读者在被巧妙的构思惊喜之后,就会有言尽意中的遗憾,这就是咏物而不能得其神似的局限。与胡诗形成对照的是,王维这首诗不仅写出了屏风山水纹理的逼真,更写出了其间的生意。第三句结尾的一个"入"字,刻画出屏风上的山水,与野庭风物已经融为一体,难分彼我。结尾的"非因彩画来"并非浮泛之笔,它表面上是说屏风上的花纹为自然形成,不是画工之妙,言外之意则是说屏风纹理之美乃是天工之妙,自然浑成,与前句交相呼应,使读者真切领略山水纹理天然生动的神韵。此诗虽短小,在传神写照上却深有所得。诗的好坏不在长短,天才的妙悟不在年辈的高低,从这首短小的五绝,我们可以理解,王维初入诗坛即得诗名,绝非偶然。

九月九日忆山东兄弟[①]

独在异乡为异客,每逢佳节倍思亲。
遥知兄弟登高处,遍插茱萸少一人[②]。

① 九月九日:即重阳节,古人每逢重九这天往往要外出登高,饮酒聚会。山东:指华山以东的地区。王维的家从他父亲开始迁居于蒲(今山西永济),蒲州在华山东,而王维此时在华山以西的长安,故称家乡的兄弟为"山东兄弟"。此诗原注:"时年十七。"

② 遍插茱萸:古人于重阳节佩戴茱萸登高饮菊花酒,以为可以避灾克邪。茱萸,乔木名。

盛唐诗有很多表现日常人情的佳作,如李白的《静夜思》等。这些作品往往是从个人的感叹出发,却写出了人人心中共有的那一份感情,读者会浑然忘记作者一切具体的遭遇而被诗意所感染和打动。王维这首诗也是如此。王维写这首诗时只有十七岁,正离家在长安交游。在九九重阳佳节,他想起了远在家乡的兄弟亲人。

这是一首七绝,绝句体制短小,语言就要求凝练,全诗的前两句概括了佳节思亲的真切感受,语言也很平易自然,近乎口语。吴逸一称此诗"口角边说话,故能真得妙绝"(《唐诗正声》引)。盛唐诗有不少作品就很善于在口语的基础上,提炼一种简洁明快的诗歌语言,如孟浩然的《春晓》、崔颢的《长干曲》、李白的《早发白帝城》等,都是代表。

七绝的三、四句是全篇的关键,如果能陡然振起诗意,开出新鲜的诗境,便是成功的作品,这首诗的三、四句就运用了巧妙的构思,诗人不说自己思乡,而想象家乡的亲人兄弟对自己的思念。《岘斋说诗》称这种写法之妙是"不说我想他,却说他想我,加一倍凄凉"。这种写离情从对方落笔的笔法,在渐重巧思的中晚唐日见增多,如白居易思念自己的亲人,有诗云:"想得家中夜深坐,还应说着远行人。"(《邯郸冬至夜思家》)这与王维此诗的构思相似。然而与白居易的诗作相比,王维此诗更能在巧思中写出令人回味不尽的诗意,我们读了白居易的诗,只知道他的家人也在想念他,诗意是比较单薄的,而我们读了王维的诗,却能联想到王维在家乡时,一定在重阳节与弟兄们一起登高饮酒;青春年少、意气风发的年轻弟兄,在爽朗的重阳秋日欢会于高山之上的场景,也仿佛就在目前。兄弟的亲情,年轻人的蓬勃与爽朗,往昔欢会的热烈,仿佛都随这巧妙的构思而涌现在诗句中。可见,巧思固然可以为诗歌增色,但诗歌的魅力还是来自诗意内涵的丰富。

洛阳女儿行①

　　洛阳女儿对门居②,才可颜容十五余③。良人玉勒乘骢马④,侍女金盘脍鲤鱼⑤。画阁朱楼尽相望⑥,红桃绿柳垂檐向。罗帷送上七香车⑦，宝扇迎归九华帐⑧。狂夫富贵在青春，意气骄奢剧季伦⑨。自怜碧玉亲教舞⑩，不惜珊瑚持与人⑪。春窗曙灭九微火，九微片片飞花琐⑫。戏罢曾无理曲时⑬，妆成只是薰香坐。城中相识尽繁华，日夜经过赵李家⑭。谁怜越女颜如玉，贫贱江头自浣纱⑮？

① 洛阳女儿：梁武帝《河中之水歌》是歌咏洛阳女儿莫愁的乐府古题。这首诗继承了乐府古题的表现内容，但诗题有了调整。此诗原注："时年十六，一作十八。"

② 对门居：居，坐；对门坐着。《玉台新咏·东飞伯劳歌》："谁家女儿对门居？开颜发艳照里闾。"

③ 才可：刚好。

④ 良人句：描写洛阳女儿成婚时，其夫婿前来亲迎时的情景。良人，古代女子对丈夫的称呼。玉勒，有玉饰的马辔头。骢，青白毛杂驳的马。

⑤ 金盘句：镶金的盘子里盛着切得很细的鲤鱼名菜。古人婚前六礼中男家要向女家送各种财物和食品，称为"纳采"。

东汉纳采有用鱼的情况,这里侍女以金盘盛着烹调精致的鲤鱼,大概就是纳采所用。

⑥ 画阁句:说洛阳女儿夫家的府第屋宇极多,十分奢华。画阁,雕梁画栋的房屋。朱楼,红楼,贵族居住的房舍。谢玄晖《入朝曲》云:"迅速起朱楼。"

⑦ 七香车:芳香华贵的车子。魏武帝《与太尉杨彪书》:"今赠足下四望通幰七香车二乘。"章樵注:"七种香木为车。"婚礼新郎亲迎时,要用车将新娘接回家,这一句描写洛阳女儿被迎上夫家"亲迎"的七香车。

⑧ 宝扇:魏晋到唐的婚礼中流行"却扇"风俗,新娘被迎娶进夫家时,以扇遮面,新郎要做"却扇诗"为其撤去遮面之扇。这里的"宝扇"就是指这个习俗。九华帐:华丽鲜艳的床帐。鲍照《行路难》诗:"七彩芙蓉之羽帐,九华蒲桃之锦衾。"九华,形容器物五色缤纷,绚烂多彩。以上"罗帏"至"九华帐"是描写洛阳女儿成婚时,婚礼的排场极为奢华,备极荣耀。

⑨ 狂夫:女子对人谦称丈夫的词。在青春:正当青春年少。剧:甚于,超过。季伦:西晋豪富石崇的字。以上两句说自己的丈夫正当青春年少,意气骄奢超过了西晋的豪富

石崇。

⑩ 怜：爱。碧玉：南朝宋汝南王之妾。《玉台新咏》载《采莲赋》歌云："碧玉小家女，来嫁汝南王。"这里指洛阳女儿，暗示其身份为姬妾。这句说夫婿亲自教她学习歌舞。

⑪ 珊瑚句：石崇豪富，意气骄纵，经常与人斗富。一次晋武帝赐给王恺一株二尺多高的珊瑚树，石崇用铁如意把它打碎。王恺大怒，石崇搬出六七株三四尺高的珊瑚树，王恺自愧不如。这句写她的丈夫一掷千金、富贵骄纵。

⑫ 曙：天刚亮。九微：九微灯的灯火。《博物志》卷三："汉武帝好仙道，七月七日王母乘紫云车而至于殿西，南面东向，时设九微灯，帝东面西向。"　花琐：九微灯爆出的灯花。这两句说春夜一人独守空房，耿耿不寐，直到黎明，屋中灯盏还没熄灭，爆出阵阵灯花。

⑬ 理曲：练习弹曲。《玉台新咏》徐陵序："五月犹赊，谁能理曲。"

⑭ 赵李：一说指汉成帝的赵飞燕和汉武帝的李夫人。一说指赵飞燕和汉成帝所宠爱的婕妤李平，或指这两个人的外家。一说指汉哀帝时豪强赵季和李款。这里泛指有权势的贵戚。

⑮ 越女：指越女西施，贫贱时为浣纱女。

　　这首诗是王维早年在长安、洛阳一带游历时创作的，当时王维只有十八岁（一说是十六岁）。

　　从体裁上讲，这是一首歌行，"洛阳女儿"是乐府歌行中常见的一个人物形象，初唐著名诗人刘希夷《代白头吟》中，就有"洛阳女儿惜颜色，行见落花常叹息"之语。但不同诗人笔下的洛阳女儿，其人物的身世并不相同，王维这首诗刻画的洛阳女儿，与梁武帝《河中之水歌》中的洛阳女儿"莫愁"，有最直接的继承关系。梁武帝的诗是这样的："河中之水向东流，洛阳女儿名莫愁。莫愁十三能织绮，十四采桑南陌头。十五嫁为卢家妇，十六生儿字阿侯。卢家兰室桂为梁，中有郁金苏合香。头上金钗十二行，足下丝履五文章。珊瑚桂镜烂生光，平头奴子擎履箱。人生富贵何所望，恨不早嫁东家王。"诗中杂糅了许多诗文中的素材，塑造了一个嫁入豪门的女子，在富贵奢华的生活中感到十分空虚寂寞，竟至于悔恨自己为什么当初不嫁给虽冶游成性、但毕竟还能给自己带来爱情的王昌。王维笔下的洛阳女儿，就继承了这个莫愁的形象。这种规模大体、踵事增华的做法在乐府歌行的创作中十分常见。

容貌美丽的洛阳女儿，在青春华年被出身豪门的夫婿迎娶，虽然从诗中"碧玉"一词来看，她不过是嫁为姬妾，但婚礼奢华阔绰，夫婿也裘马轻狂、富贵风流。在一时的宠爱中，娴熟声色的夫婿也会亲自教习歌舞，但他那骄奢得超过石崇的禀性，又怎能指望他真正怜惜佳人、深情不移？奢华的婚礼不过是过眼云烟，陪伴洛阳女儿的，更多的只有寂寞空房、耿耿不寐的一个又一个春夜。曾几何时，夫婿亲自教习歌舞，她学了一出又一出，连温习的时间也没有，然而这亲密的时刻是这样短暂，夫婿早已对此失去了兴趣，她只有盛妆之后，薰香独坐。全诗最后两句用西施的典故，透露了诗人对人生穷通际遇的反思。出身小门小户的洛阳女儿嫁入豪门，而此时的乡村江头，依然有像西施一样美貌的浣女在贫贱度日，无人怜惜。富贵贫贱，从根本上讲，并不取决于才华容貌，而要看命运，看能不能"遇于时"。洛阳女儿从一场煊赫的婚礼，跌入深锁豪门的落寞，这个小家女儿，不曾也不可能真正融入这个豪奢之家。正是这种落寞，才更能呈现被命运左右、身不由己的无奈。

歌行自初唐以来有很大的发展，这种以铺叙为长的诗体，在初唐四杰的笔下更有长足的进步。四杰有不少作品是以贵戚生活为铺叙的对象，如卢照邻的《长安古意》就是最典型的代表。王维此诗也极有铺叙之妙，用词雕绘满眼，很有初唐遗风。但值得注意的是，王维在铺叙中极善刻画神情，如对洛阳女儿夫婿的描写，不仅以堆金错玉之句写其奢华，更善于点染其骄纵之态，其中"自怜碧玉亲教舞，不惜珊瑚持与人"最为神来之笔。生长富贵的夫婿，纵使对洛阳女儿亲教歌舞，也不过是一时的声色之好；而一掷千金的轻松草率，又让人感到豪富使他不会珍惜生活中任何东西。他对洛阳女儿的厌倦与冷落，也就尽在情理之中。"春窗"两句描写洛阳女儿的长夜难眠，也很能传达富贵中的寂寞与空虚。清人黄周星称赞此诗"通篇写尽娇贵之态"（《唐诗快》），的确是中的之论。如果和梁武帝的原作比较，就可以看出,梁作只是铺叙富贵生活,却没有写出人物的神情,因此莫愁对嫁入豪门的悔恨,就没有着落,使人读来很感突兀。与王诗相较,高下自别。

此诗每四句一换韵,换韵处诗意也发生转换。换韵虽密却不给人琐碎的感觉,原因就在于他很善于简笔传神,四句之内,容纳丰富的诗意,通篇读来,又跌宕起伏。相比之下,初唐四杰的歌行韵脚换得没有如此紧凑,诗意的风采往往是出之以铺陈回旋,在神情跌宕、精彩焕发上,不及王维此作,所以明人邢昉称此诗"非不绮丽,非不博大,而彩色自然,不由雕绘。此四子所以远逊也"(《唐风定》)。

桃　源　行①

渔舟逐水爱山春,两岸桃花夹去津②。坐看红树不知远,行尽青溪不见人。山口潜行始隈隩③,山开旷望旋平陆④。遥看一处攒云树⑤,近入千家散花竹⑥。樵客初传汉姓名,居人未改秦衣服⑦。居人共住武陵源⑧，还从物外起田园⑨。月明松下房栊静⑩，日出云中鸡犬喧⑪。惊闻俗客争来集⑫，竞引还家问都邑⑬。平明闾巷扫花开⑭，薄暮渔樵乘水入。初因避地去人间，及至成仙遂不还⑮。峡里谁知有人事，世中遥望空云山⑯。不疑灵境难闻见，尘心未尽思乡县⑰。出洞无论隔山水，辞家终拟长游衍⑱。自谓经过旧不迷，安知峰壑今来变。当时只记入山深，青溪几度到云林。春来遍是桃花水⑲，不辨仙源何处寻。

① 桃源：即晋陶潜《桃花源记》中描写的桃花源。此诗原注："时年十九。"

② 津：原指渡口，这里指溪流。

③ 隈隩(wēi yù)：指山崖弯曲处。这句说的是《桃花源记》中的"初极狭，才通人"。

④ 旋：忽然。平陆：平地。这句是说在山口中潜行之后，眼前突然豁然开朗，看见一片开阔的平地。

⑤ 攒：聚集在一起。

⑥ 散花竹：鲜花和翠竹散布在各家各户。

⑦ 樵客：打柴的人，这里指桃源中的居民。居人：居民。这里的汉、秦是互文，意思是说桃源中的居民，仍然使用秦汉时的姓名，穿着秦汉时样式的衣服。

⑧ 武陵：郡名，治所在今湖南常德西。

⑨ 物外：世外。

⑩ 房栊：窗户，借指房舍。

⑪ 鸡犬喧：《桃花源记》描写桃花源云："阡陌交通，鸡犬相闻。"这里化用其意。

⑫ 俗客：指武陵渔人。

⑬ 竞：争相。

⑭ 平明：天亮。

⑮ 避地：因避乱而寄居他乡。这两句是说当初因避乱离开了人间，成仙后就不愿再回人间了。

⑯ 峡里两句：桃花源中不知有人间之事，而世间遥望桃花源，也只见云山缥缈，不知其中别有仙境。

⑰ 灵境：仙人居住的地方。尘心：世俗之心，此指渔人思乡之心。这两句是说，武陵渔人并不怀疑像桃花源这样的地

方世上难逢,只是他尘心未断,又思念故乡。

⑱ 长游衍:尽情游玩。这两句是说渔人出洞后,不管山水如此阻隔,最终又打算来桃花源尽情游玩。

⑲ 桃花水:即桃花汛。《汉书·沟洫志》:"来春桃华水盛,必羡溢。"颜师古注:"盖桃方华时,既有雨水,川谷冰泮,众流猥集,波澜盛长,故谓之桃华水耳。"

　

　自从陶渊明创作了名作《桃花源记》,"桃源"就成为古典诗文中常用的典故和题咏对象。唐代有不少诗人题咏过桃花源,王维这首《桃源行》,是今天传世唐诗中最早以桃源为题咏对象的歌行,在他之后,还有刘禹锡、武元衡等人都写过同题之作,但以王维这首最为精彩。

　陶渊明笔下的《桃花源记》,描写了一个世外的理想世界,而王维则希望把桃源刻画为一个仙境,诗中"及至成仙遂不还"、"不疑灵境难闻见,尘心未尽思乡县"等语就透露出这种意图。但是,王维笔下的仙境并不是没有人间烟火气、餐风饮露的世界,而是恬静安详、充满情意的田园乐土。争着把渔人邀请到自己家中的桃源居民，就仿佛是现实中诚恳待客的淳朴的村民，而诗人对桃源景象的描绘，更是将仙境的飘逸和乡村的泥土气息融会在一起，"遥看一处攒云树，近入千家散花竹"最是神来之笔。

王维以理想的田园环境来刻画桃源仙境，这种写法是很有个性的。刘禹锡的《桃源行》同样是以桃源为仙境，落笔处却带上了离尘出世的冰冷，诗中这样描写桃源居民与渔人的接触："俗人毛骨惊仙子，争来致问何至此。须臾皆破冰雪颜，笑语委曲问世间。因嗟隐身来种玉，不知人世如风烛。筵羞石髓劝客餐，镫爇松脂留客宿。"这种颜如冰雪、筵羞石髓、镫爇松脂的桃源居民与王维所写显然大异其趣。在这里，离尘脱俗的仙境和人境相当遥远。中唐大诗人韩愈有一首《桃源图》，虽然是咏画诗，但也集中刻画了桃花源，在韩愈笔下，桃花源在迥异人间的道路上走得更远，变成了与现实人间完全不同的、陌生的"异境"，其间充满了清冷怪异的感觉。诗中这样写道："文工画妙各臻极，异境恍惚移于斯。架岩凿谷开宫室,接屋连墙千万日。嬴颠刘蹶了不闻,地坼天分非所恤。种桃处处惟开花,川原近远蒸红霞。初来犹自念乡邑,岁久此地还成家。渔舟之子来何所,物色相猜更问语。大蛇中断丧前王,群马南渡开新主。听终辞绝共凄然,自说经今六百年。当时万事皆眼见,不知几许犹流传。争持酒食来相馈,礼数不同樽俎异。月明伴宿玉堂空,骨冷魂清无梦寐。夜半金鸡啁哳鸣,火轮飞出客心惊。"仙境与人境的分裂,在韩愈的笔下达到了极致。

王维将仙境作为一种理想化的人境来表现,这种仙凡不隔的艺术处理方式,在盛唐的诗歌中具有一定的普遍性。李白有不少游仙的作品,就有这样的特点。这里展露的是盛唐人乐观开朗的精神:他们虽风骨慨然,却并不狷介入僻;虽理想高迈,却并不绝尘于人间。这种心境投射在作品中,就使我们感到,王维的《桃源行》圆润地协调了两种情绪,一方面桃源如梦似幻,另一方面又似乎就是人间的一处乡村,随处可见,因此叙述奇幻妙境,却能极自然,极平易,故沈德潜《唐诗别裁》言此诗:"夷犹容与,令人味之不尽。"这也正是盛唐诗很难企及的地方。

王维写这首诗时只有十九岁,时当开元七年(719),此时天真自然、兴象超迈的诗风正在逐渐成为诗坛的风会所趋,王维早年的诗作,的确无愧是这种诗风的典范。

息 夫 人①

莫以今时宠,能忘旧日恩②。

看花满眼泪,不共楚王言③。

① 息夫人:春秋时息侯夫人,姓妫(guī),亦称息妫。楚文王灭息后,将她占为己有,并生两子。息夫人入楚后一直不说话,楚文王问她,她说:"吾一妇人,而事二夫,纵弗能死,其又奚言?"(见《左传》庄公十四年)此诗原注:"时年二十。"

② 能:哪能。

③ 楚王：即楚文王。

这首诗大约作于开元八年（720），此时王维二十岁，仍然在长安，和他的弟弟王缙在岐王李范、宁王李宪、薛王李业等人的府第中游宴。关于这首诗的写作本事，孟棨《本事诗·情感》有这样的记载："宁王贵盛，宠妓数十人，皆绝艺上色。宅左有卖饼者妻，纤白明媚，王一见属目，厚遗其夫取之，宠惜逾等。环岁，因问之：'汝复忆饼师否？'默然不对。王召饼师使见之，其妻注视，双泪垂颊，若不胜情。时王座客十余人，皆当时文士，无不凄异。王命赋诗。王右丞维诗先成，坐客无敢继者。王乃归饼师，以终其志。"如果这段记载可靠，那么它就再次让我们相信，王维"以诗名盛于开元、天宝间"，的确不是虚誉。

咏史诗的忌讳是把诗写成史事和史论，忘记了诗的根本是感情的表现。关于息夫人，王维之后还有不少诗人以之为咏史的题材，但他们并没有后来居上。王维诗是一个先声，也成了绝响。从节义的道学眼光来看，息夫人最可非议的地方就是没有以死殉节,晚唐诗人杜牧的《题桃花夫人(即息夫人)庙》就对此颇多讽刺:"细腰宫里露桃新,脉脉无言度几春。至竟息亡缘底事,可怜金谷坠楼人。"杜牧的确是才情过人,寥寥数语就戳到息夫人的"痛处",然而犀利得过了头,却让人感到尖刻,甚至不无轻薄。王维的作品,没有一句议论,却写出息夫人凄凉哀怨的内心。息夫人不能以死殉节,终至屈从楚王,然而她虽忍辱偷生却又不能忘却其辱,忘却其痛。而这正是一个柔弱的女子在强暴之下,近乎绝望的无奈与痛苦。"看花满眼泪,不共楚王言",写出了息夫人内心压抑得无法表达的绝望。面对着满目春花,她没有一丝欢乐,有的只是泪水,而向楚王紧闭的双唇,说明她交给这个强暴者的只是一个躯壳,而她的心早已经死去。这是一种生不如死的悲哀,因此无字处皆是沉痛。南宋张戒称王维的诗:"能道人心中事而不露筋骨。"(《岁寒堂诗话》)作为一首五绝,这首诗完全做到了"含吐不露"(《唐诗别裁》)。

二、贬官与隐居（721—735）

才华早著、科场顺利的青年王维，在他入仕不久，就遭遇到第一次官场挫折。开元九年（721）及第后，他被委以太乐丞一职，当年，一些艺人表演了只能为皇帝表演的黄狮子舞，王维由此获罪，被贬为济州司仓参军。不久就离开长安，到济州（今山东茌平西南）去赴任。关于这次贬谪，有的学者推测，背后有更深的原因。王维入长安以后，深受宁王、薛王等人的赏识，由于玄宗与宁、薛诸王的矛盾激化，王维也因此受到牵连。舞黄狮子一事，不过是个导火索。不管真实的原因究竟怎样，这次打击对王维产生了不小的影响。

王维离开长安后，在济州司仓参军的任上待了几年,开元十四年(726)离开济州,到长安等待新的任命,开元十五年,改官淇(淇水,在今河南北部,源出林县东南)上。在淇上为官不久,又弃官在当地隐居。从开元十七年到开元二十一年,他回到长安闲居;开元二十二年到洛阳请求张九龄汲引,不久就隐居嵩山。开元二十三年,张九龄推荐他出任右拾遗,他离开嵩山,到东都洛阳赴任,结束了这一段被贬的漂泊经历①。关于王维贬谪隐居的这几年,我们主要介绍两个问题。

(一) 政治上的成熟与古体诗的增多

王维离开长安时,内心是很颓唐的,他在赴任的路上写了不少诗,抒发内心的牢骚,如《被出济州》云:"微官易得罪,谪去济川阴。执政方持法,明君无此心。闾阎河润上,井邑海云深。纵有归来日,多愁年鬓侵。"可

① 王维离开济州司仓参军之任后,直到开元二十三年出任右拾遗,这其间的行止,由于缺少确切的记载,目前学术界还没有形成一致的意见。本书基本采用了陈铁民《王维年谱》中的意见,参见陈铁民《王维新论》第1—37页(北京师范学院出版社1990年)以及《王维集校注·王维年谱》。

见,他此时对前途看不到什么希望,慨叹自己这次离开长安,还不知什么时候才能回来。在途经郑州时,他的心情更为暗淡,其《宿郑州》云:"他乡绝俦侣,孤客亲僮仆。宛洛望不见,秋霖晦平陆。……此去欲何言,穷边徇微禄。"其中"孤客亲僮仆"写出了旅人的孤独,构思巧妙,又不失自然。

政治上的挫折,让王维开始看到盛世的繁华景象背后的问题。在长安时,他曾经热烈地赞美盛朝广纳英才的气象,对时代和个人的前途充满了自信。在安慰綦毋潜落第失意的诗作中,他没有因朋友的落榜而陷入对时代的失望,而是高唱"圣代无隐者,英灵尽来归",劝慰綦毋潜"吾谋适不用,勿谓知音稀"(《送綦毋潜校书落第归江东》)。然而在贬谪失意中,他开始有更多的机会,接触在政治上不得志的士人。在济州为官期间,他结交的崔录事,郑、霍二山人,成文学,都是身负才华,但不能为时所用的士人。盛世中存在的寒士屈抑问题,深深震撼了他,他为此写下的《济上四贤咏》就表达了内心的不平:

解印归田里,贤哉此丈夫。

少年曾任侠，晚节更为儒。

遁世东山下，因家沧海隅。

已闻能狎鸟，余欲共乘桴。

（《崔录事》）

宝剑千金装，登君白玉堂。

身为平原客，家有邯郸娼。

使气公卿座，论心游侠场。

中年不得志，谢病客游梁。

（《成文学》）

翩翩繁华子，多出金张门。

幸有先人业，早蒙明主恩。

童年且未学，肉食骛华轩。

岂乏中林士，无人献至尊。

郑公老泉石，霍子安丘樊。

卖药不二价，著书盈万言。

息阴无恶木，饮水必清源。

吾贱不及议，斯人竟谁论。

（《郑霍二山人》）

这三首诗,前两首以感叹为主,而《郑霍二山人》直接将批判的锋芒指向了当时依然存在的不合理现象。在这期间他还写过《寓言二首》,明确表达了他对"世胄蹑高位,英俊沉下僚"的不满:

> 朱绂谁家子,无乃金张孙。
>
> 骊驹从白马,出入铜龙门。
>
> 问尔何功德,多承明主恩。
>
> 斗鸡平乐馆,射雉上林园。
>
> 曲陌车骑盛,高堂珠翠繁。
>
> 奈何轩冕贵,不与布衣言!
>
> （其一）
>
> 君家御沟上,垂柳夹朱门。
>
> 列鼎会中贵,鸣珂朝至尊。
>
> 生死在八议,穷达由一言。
>
> 须识苦寒士,莫矜狐白温。
>
> （其二）

只知斗鸡射雉的高门子弟,享受着荣华富贵,身负才艺的苦寒之士，命运却操纵在权贵手中，诗人对此表达了极大的不满。

在开元盛世背后所隐藏的这些不合理的社会现象，王维在一帆风顺的年轻时代是不容易看到的。生活的波折使他的思想变得成熟起来，当然，不恰当的成熟往往使人消沉和世故，所幸王维并没有走到这种偏颇里。在这段贬谪漂泊的时间里，他更清楚了什么是清明的政治，什么是应当坚持的操守和公义。他济州为官时，在以刚正廉洁著称的裴耀卿属下工作，受到很深的影响。后来天宝二载（743），他写作了《裴耀卿济州遗爱碑》，热情赞颂了裴爱民如子的高尚品德以及"不阿意以侮法"的正直品格。王维其后在政治上坚持廉洁奉公，严于律己，遵守"不宝货，不耽乐，不弄法，不慢官，无侮老成人，无虐孤与幼"（《送郓州须昌冯少府赴任序》）的为官之道。这都和他贬官后的磨练有很大关系。开元二十二年（734），张九龄出任宰相，王维向他积极干谒，并且在政治上一直追随于张，这就体现了他在政治操守上积极而明确的追求。关于他与张九龄的关系，我们在后面还要更详细地介绍。

王维在这段贬谪漂泊期里,古体诗的写作明显增加。自初唐以来,近体诗的创作就是长安诗坛的主流。王维早年偏重近体,正是对诗坛流行趣尚的呼应。贬官离开长安之后,他写的古体诗增多了,像上面举出的《济上四贤咏》等作品都是其中的代表。古体诗注重咏怀的特色,使他遭受人生坎坷之后的感慨,得到了一个很好的表达渠道。值得注意的是,古体的兴起,在开元中期以后是诗坛上一个十分普遍的现象。李颀、储光羲、高适、王昌龄等著名诗人,都在开元中期以后用功于古体的创作(参见葛晓音《论开元诗坛》,《诗国高潮与盛唐文化》第324—352页,北京大学出版社1999年)。这背后的原因也许和王维存在一定的接近之处,开元中期,这批诗人通过了科举,进入仕途,生活的阅历明显要超过初涉人世的早年,而政治上的坎坷,使他们真切地感受到盛世背后的社会问题,对现实的矛盾充满忧虑。当然,他们毕竟是被盛唐时代的开朗进取精神培养起来的士人,对时代的自信,对理想的执着,使他们即使碰到种种社会矛盾,也仍然不会像中晚唐士人那样流露出彻底的灰心失意。理想的光芒与现实的不平,在他们内心交织出激越的波澜,而这正是古体诗适合承担的表现内容。

王维虽然离开了诗坛中心长安,但他的人生轨迹,和诗艺变化的道路,带有开元诗人的共性。我们知道,盛唐诗歌昂扬进取的精神气质,是在积极继承建安风骨的基础上形成的。所谓"建安风骨",是指在汉魏之际,围绕在三曹父子周围的建安文人,在他们的诗作中展现出来的慷慨悲歌、乘时建功的刚健气骨。盛唐诗歌正是积极地继承了建安风骨,并益之以开阔的气象。殷璠在《河岳英灵集》中说到盛唐诗坛,特别提出"开元十五年后,声律、风骨始备矣",可见,在近体流行的初盛唐诗坛,诗歌风骨的形成,直接为诗国高潮的来临拉开了序幕。而开元中期,古体诗的复兴,以及古体咏怀精神的重新张大,则是诗歌风骨形成的重要表现。王维在贬谪漂泊期间的创作,正是开元诗坛声律、风骨始备的一部分。

（二）追慕陶潜与田园诗的写作

王维在对社会有了更清醒认识的同时,内心也产生了隐居以葆素志的愿望,他的《偶然作》组诗,一方面在抨击寒士屈抑的不合理现象("赵女弹箜篌"),一方面则明确表达了他希望避世隐居的心愿。《偶然作》其三云:

> 日夕见太行,沉吟未能去。
>
> 问君何以然? 世网婴我故。
>
> 小妹日成长,兄弟未有娶。
>
> 家贫禄既薄,储蓄非有素。
>
> 几回欲奋飞,踯躅复相顾。
>
> 孙登长啸台,松竹有遗处。
>
> 相去讵几许? 故人在中路。
>
> 爱染日已薄,禅寂日已固。
>
> 忽乎吾将行,宁俟岁云暮?

此时,陶渊明对他的影响是很深的,他的《偶然作》之四就写到陶渊明:

> 陶潜任天真,其性颇耽酒。

　　自从弃官来，家贫不能有。

　　九月九日时，菊花空满手。

　　中心窃自思，倘有人送否。

　　白衣携壶觞，果来遗老叟。

　　且喜得斟酌，安问升与斗。

　　奋衣野田中，今日嗟无负。

　　兀傲迷东西，蓑笠不能守。

　　倾倒强行行，酣歌归五柳。

　　生事不曾问，肯愧家中妇。

诗中陶渊明兀傲的形象，正是王维在贬谪中心态的折射。

　　然而，王维并没有真正走上陶渊明那种躬耕垄亩的隐居道路。他从济州司仓参军的任上离职后，曾在淇上隐居；向张九龄干谒后，又到嵩山隐居了一段时间。然而无论哪一次，时间都不长，而且一直在等待新的出仕。就是后期过的半官半隐生活，也和陶渊明彻底的挂冠而去很不相同。

　　王维早年在长安的时候，很少写作田园诗，贬官后，这方面的写作开始增多,逐渐成为他创作中重要的内容。在中国诗歌史上,田园诗作为一种有着独特精神与审美内涵的诗体,发端于东晋末年陶渊明的创作,复经初唐王绩等人接续,在盛唐趋于流行,而王维的作品正是盛唐田园诗的代表。

田园生活的内容,最早在《诗经》中就出现了,而且在整个古典诗歌史上,它一直是受到诗人关注的题材。但是,发端于陶渊明而流行于盛唐的田园诗,有其独特的内涵。它通过描绘田园生活的恬淡与宁静,寄托诗人返回自然、保持真淳的怀抱。这种精神旨趣,决定了它侧重从田园风光中创造一个和谐宁静的世界,而不是做农村生活的实录。《诗经·豳风·七月》写农人一年的辛劳,白居易的新乐府、《观刈麦》等作品写农家之苦,都不属于田园诗的范畴。王维贬官后,追慕陶渊明的归隐,他对陶诗所表现的田园生活之乐十分向往,笔下经常出现类似陶诗的描写,如《偶然作》之二:

> 田舍有老翁,垂白衡门里。
>
> 有时农事闲,斗酒呼邻里。

喧聒茅檐下，或坐或复起。

短褐不为薄，园葵故足美。

动则长子孙，不曾向城市。

五帝与三王，古来称天子。

干戈将揖让，毕竟何者是？

得意苟为乐，野田安足鄙。

且当放怀去，行行没余齿。

陶诗在描写田园生活时所创造的许多艺术景象，对王维都有直接的影响，如他在天宝间隐居辋川时所写的《辋川闲居赠裴秀才迪》，其中"倚杖柴门外，临风听暮蝉。渡头余落日，墟里上孤烟"的描写，就化用了陶诗的意境。陶渊明的田园诗，自东晋以至初唐，很长时间里是不太受诗坛重视的。初唐王绩的田园创作重新效法陶诗，这之后，继踵陶诗的盛唐诗人，就以王维为代表。

然而，由于王维和陶渊明彼此精神志趣上存在差异，两人的田园诗也因此呈现出不同的风貌。田园对于陶渊明，是象征着他真淳理想的净土，为了守护这一片净土，他躬耕垄亩，以偿素志。对人生的出处穷达，对仕隐的抉择，陶渊明都有很深的思考，这些都反映在他的田园诗里。王维并没有做到陶渊明那样的隐居，无论是济州离职后在淇上、嵩山等地隐居，还是后期在长安过半官半隐的生活，他都没有彻底挂冠而去。田园对于他，是精神休憩的静地，是化解烦闷的乐土，但并没有充分地呈现出陶诗中那种作为精神净土的深刻意义。在陶渊明笔下，田园中的隐士，就是诗人的自我形象，他享受着田园的恬淡与快乐，同时也有躬耕垄亩的艰难，与不得不乞食的无奈。在他恬淡的背后，也埋藏着"贫富常交战"的精神痛苦。我们不妨重温一下陶诗中的这些诗句："种豆南山下，草盛豆苗稀。晨兴理荒秽，戴月荷锄归。道狭草木长，夕露沾我衣。衣沾不足惜，但使愿无违。"(《归园田居》)在王维的田园诗里，我们是很难看到这些内容的，他笔下的隐士高雅风流，出尘脱俗，或临泉酌酒，或倚松抚琴，或落花闲卧，或信步郊原，仿佛已经脱略了一切人间的烟火气息。

对田园生活的描写，陶渊明善于将自己对真淳理想的理解，和眼前的田园景象融会在一起，创造出许多富于寄托的田园景象，他笔下屡屡出现的松菊白云、归鸟孤村，都带有比兴的意味。它们既是田园中的景物，也是诗人怀抱品格的象征。他善于表达田园生活的感受，多以白描的笔法，精练地传达田园生活的氛围，形成内涵丰富的平淡诗风。王维的田园诗并不因循陶诗的平淡，同样是表现田园生活的恬淡和乐，他以更丰富的笔法，描绘出农村生活姿态万千的风光之美。在他的笔下，我们可以看到雨后郊原的爽朗明净，田野上江水的熠熠闪光；可以见到初春的柳绿桃红，故燕归巢，还可以远望青山下白鸟翻飞的轻盈。田园风光，既是如此丰富，又是那样清新生动，引人向往，令人流连。可以这样说，陶诗的动人在于平淡真淳，而王诗的魅力则在于绚烂高华。王维正是用他天才的艺术才能，把田园诗在表现田园生活之恬淡和乐上的独特审美追求，发挥到一种绚丽多姿的境界。当他在后期过上半官半隐的生活以后，别业生活又促使他将山水融进田园的描写。他与孟浩然一同成为盛唐山水田园诗派的代表诗人，是绝非偶然的。

喜祖三至留宿①

门前洛阳客②,下马拂征衣③。

不枉故人驾④,平生多掩扉。

行人返深巷,积雪带余晖。

早岁同袍者⑤,高车何处归⑥。

① 祖三:名咏,排行第三。盛唐著名诗人,王维早年在洛阳
　时,与祖咏相交往,有很深的友情。

② 洛阳客:祖咏是洛阳人,故称洛阳客。

③ 征衣:指旅行人穿的衣服。

④ 枉驾:屈尊见访之意。

⑤ 同袍:《诗经·秦风·无衣》:"岂曰无衣,与子同袍。"孔
　疏:"我岂曰子无衣乎? 我冀欲与子同袍。朋友同欲如是,
　故朋友成其恩好。"这里以"同袍"指朋友间的恩好。祖咏
　年轻时就与王维相交,所以这里称他是"早岁同袍者"。

⑥ 高车:对他人之车的尊称。

这首诗作于开元十三年(725)冬,王维在济州任上。他的老朋友祖咏及第授官后东行赴任,路过济州,王维留他在家中过了一夜,写了这首诗送给他。

王维在济州任上心情很郁闷,有老朋友路过来看望他,当然很激动,然而有意思的是,王维的激动和他待客的举动,我们在这首诗里都看不到,倒是祖咏当时写的《答王维留宿》一诗,让我们看到了他殷勤待客的样子:"四年不相见,相见复何为? 握手言未毕,却令伤别离。升堂还驻马,酌醴便呼儿。语默自相对,安用傍人知!"祖咏离开济州时,王维恋恋不舍,一直把他送到济州东的齐州(今济南附近)才依依惜别。王维还写了一首《送别》七言绝句:"送君南浦泪如丝,君向东州使我悲。为报故人憔悴尽,如今不似洛阳时。"诗意非常感伤。贬谪的抑郁生活,让诗人已经"憔悴尽",短暂的故旧相逢,自然令他悲不自胜。

这首《喜祖三至留宿》既没有絮絮的铺叙,也没有"泪如丝"的悲歌,然而在看似平淡的诗句背后,我们读出了诗人内心的寂寞、茫然,当然也有不能掩饰的孤傲和与故旧的亲情。开篇言祖咏来访，不以故友相称，而呼之以"洛阳客"，一种幽栖地僻的心情隐隐透出纸端。"不枉故人驾，平生多掩扉"两句极堪回味。诗人身在贬所，本来是很希望见到故旧的，但诗意却说自己不要故旧来探望，一生多是掩门独居。这种看似违心的话，实际是诗人对寂寞幽栖这一无奈的现实所做的孤傲的反抗。然而，与自己相知的朋友毕竟来了，"行人返深巷，积雪带余晖"，来自远方的故旧，走进了自己居住的冷清的深巷，他的友情温暖着自己幽栖冷落的内心，就像深冬的积雪上落下夕阳的余晖，纵使心底的积雪不能完全消融，但这短暂的温暖，也足以使自己得到些许安慰。可是，离别的时刻又匆匆来临，当年和自己不分彼此的老朋友，如今可是乘着高车驷马，他要到哪里去高就呢？祖咏此次是及第后授官赴任，前途光明，王维当然知道他的高车将要去往何处，但偏偏以疑问的语言来讲，其实是在感叹自己身居贬所、前路渺茫的处境。读了这首诗，我们不清楚王维是怎样具体招待他的老友的，但我们真切地体会到他当时异常复杂的心情。一首短短的五律,融进这样曲折的思绪,兼具风骨和不无沉郁的思致,语言含蓄而内敛。这与王维早年的诗歌风格是很不相同的。

寒 食 汜 上 作[①]

广武城边逢暮春[②],汶阳归客泪沾巾[③]。
花落寂寂啼山鸟,杨柳青青渡水人。

[①] 寒食:节气名,清明节前一天。汜:汜水,源出河南巩县东南,北流经荥阳汜水镇西注入黄河。

[②] 广武城:古城名,有东、西两城,在唐郑州荥泽县西二十里,今河南荥阳东北广武山上。

[③] 汶阳归客:汶阳指汶水之北,汶水即今大汶河,源出山东莱芜北,西南流至梁山东南入济水(今流至东平入东平湖)。济州在汶水之北,作者自济州西归长安或洛阳,故自称"汶阳归客"。

开元十四年（726），王维离开济州司仓参军任，到长安或洛阳去等待朝廷新的任命，途中路过广武城，写下了这首诗。

七言绝句篇幅短小，曾经有一种意见认为，绝句就是把律诗截取一半形成的。对这个看法，批评的意见很多，在古人看来，绝句最需要构思灵动。尤其三、四句，最好以逆挽、跳脱生发巧思，如果真的截取律诗之半，在短短的四句中再放上对仗的一联，就会有板滞的毛病。很多中晚唐的绝句就严格地遵守着这样的要求。按照这个标准来看，王维这首诗，以接近对仗的方式作结，显然犯了绝句的忌讳，但我们非但不觉其板滞，反而觉得它有说不尽的情意。你看，无言的落花、宛转的鸟啼、青青的杨柳、渡头的归客，这一幅画面生意盎然而又不无惆怅。这种种的形象，何以能给我们如此真切的感动呢，其中诗心的点化，正可以仔细体会。诗中的"寂寂"，是写落花的安详，更是写春山的静谧，而时而传来的鸟啼，更增添了春山的静寂。事实上，春天本无所谓"动"与"静"，"春从何处来，拂水复惊梅"（梁吴均《春咏诗》）是调皮的春天，"红杏枝头春意闹"（宋宋祁《玉楼春·春景》）是活泼的春天，而春天的活泼与调皮原本在于诗人的内心。王维笔下的暮春天气，所以寂然无声，是因为诗人的内心萦绕着离愁的寂寞。下句青青的杨柳，暗含折柳的典故，那一树碧绿的枝条，传递着送行友人惜别的深情，而青条绿水的盎然生意，又让人感到在这个美好的春天，离别是多么遗憾。这一句使我们想到南朝著名作家江淹《别赋》中的名句"春草碧色，春水渌波，送君南浦，伤如之何"。当然，面对阳春美景而生的离别之叹，王维和江淹是一样的，但王维的寂寞和感伤还没有沉痛得走向颓唐，纵使千愁万绪，诗意还是明媚而开朗的。

　　这首诗的成功，实在很难总结出有形的技法，它展示了王维从造化中直接点化和捕捉的艺术天才，含蕴不尽，无迹可求，这就是令后人无比神往的盛唐绝句的神境。在王维的一些七言绝句中，我们都能看到这种含吐不露的神韵，如著名的《失题》："荡子从戎十载余，清风明月苦相思。征人去日殷勤嘱，归雁来时数附书。"《送韦评事》:"欲逐将军取右贤,沙场走马向居延。遥知汉使萧关外,愁见孤城落日边。"

淇上送赵仙舟①

相逢方一笑,相送还成泣。

祖帐已伤离②,荒城复愁入。

天寒远山净,日暮长河急。

解缆君已遥③,望君犹伫立。

① 淇:指淇水,在今河南北部,古为黄河支流,源出林县东南,
  流经今淇县,注入卫河。

② 祖帐:古人习俗,出门上路前先祭路神,叫祖祭,简称祖;祖
  帐,即为进行祖祭所设帐帷,这里表示钱席。

③ 缆:船的缆绳。

开元十五年(727),王维到淇上做小官,这首诗就
作于此时。根据传世的资料,赵仙舟的身世已经不太清

楚，但从诗中可以看出，他和王维有比较深的感情，他们在淇上相聚的时间并不长，短暂的聚会转眼又要长久地分离，所以诗中弥漫着惆怅和感伤。

送别诗虽然离不开惜别的主题，但离情中各不相同的心境，则造就了千变万化的诗境。王维这首诗着重刻画的是离情中的孤独感。与朋友饯别固然是黯然神伤，然而最难忍受的，则是朋友远行后，自己一个人回到荒城之中的孤独与凄凉。诗中的"荒城"有丰富的含义，自己所居的淇上小城，本来就偏僻荒凉，而对于形单影只的诗人，其荒凉就更加孤清难耐。"天寒"一联，正是紧承这一孤独的旋律，而以工致的诗笔渲染描绘。秋日的远山，在高迥的长天下，山影是那样清晰明净，然而它带给诗人的不是风霜高洁的爽朗，而是寂寞无依的孤清；黄昏中急速奔流的长河，把乘舟而别的友人迅速地带向远方，自己虽伤心眷恋，却一丝也不能挽留。诗句勾画的长河、远山，其线条的疏朗，令人想起诗人《使至塞上》中"大漠孤烟直，长河落日圆"的名句，两者都有开阔的视野，但感情很不一样。

这首诗中的长河远山,其景象越是开阔明净,越透露出诗人形单影只的孤独,由此与"荒城复愁入"的孤清恰相呼应。

王维所以在此侧重刻画离情中的孤独感,和他为官淇上的心情是有关的,此时他并没有走出贬官的阴影,仕途的前景也相当渺茫。与早年长安、洛阳的交游生活相比,淇上无疑要寂寞冷清得多。相知的朋友不能经常见面,短暂的聚会之后又要长久地分离,在这种情况下,离别无疑会更强烈地照见自己孤独的处境。就基本的艺术格局来讲,这首诗以山水写离情,正是继承了南朝谢朓融情灵于山水之中的表现传统,但其描写更阔大、更工致、也更富有情致。王维前期的山水诗,继承六朝而能有自己的突破,于此可见。

鸟 鸣 涧①

人闲桂花落②,夜静春山空。
月出惊山鸟,时鸣春涧中。

① 鸟鸣涧：此为《皇甫岳云溪杂题五首》之一。皇甫岳，《新唐书·宰相世系表下》有皇甫岳，其父为皇甫恂。涧，山涧。

② 桂花：也叫木樨，有春桂、秋桂、四季桂之分，这里当指春桂或四季桂。

　　这首小诗描写的，是一个安详静谧的春山良夜。诗题中的皇甫岳云溪究竟在什么地方，史双元认为是在浙江若耶溪边，王维在开元十五年到十七年之间，曾有过一次江南之游，到过越中地区（《〈鸟鸣涧〉别解》，《古典文学知识》1998 年第 1 期）。

　　全诗情感的核心，在开篇的"人闲"两字，诗人下榻在山居，避开了尘世的烦扰、车马的喧嚣，心境十分悠闲而宁静。正因为如此，当桂花细小的花瓣从枝头飘落，他竟然可以感觉到。唐代诗人刘长卿刻画闲适之情的名句"细雨湿衣看不见，闲花落地听无声"（《别严士元》），在构思上与这首诗很有异曲同工之妙。

　　刻画闲适的情绪，本是古诗中十分常见的题材，在不同诗人的笔下，"闲适"也有着各各不同的面貌。刘长卿云："懒从华发乱，闲任白云多"（《对酒寄严维》），闲适中含着疏放与慵懒；朱庆余闲夜荡舟，看到的是"风波不起处，星月尽随身"（《湖中闲夜遣兴》）的明净疏朗；唐末身处乱离的司空图，在闲适中总有拂不尽的无奈："风荷似醉和花舞，沙鸟无情伴客闲。总是此中皆有恨，更堪微雨半遮山。"（《王官》）王维此处的"闲适"，自然也有独特的面貌。

全诗重在从"静"、"空"处写"闲"。那无声飘落的桂花，使人感到春山中一片静寂，春夜静谧至此，才令诗人感到春山是如此空旷，仿佛除了自己，周围什么都不存在。三、四句的构思也很巧妙，一轮明月破云而出，栖息于山涧中的山鸟，被皎洁的月光惊醒，在山谷里发出宛转的啼鸣。云破月出，何以能令山鸟惊醒呢？这个看上去不太合情理的想象，却把山谷的空静写得十分传神。

王维在诗歌中很善于创造一种内涵独特的空境，它不是空虚无有，而是包含着万有的丰富变化；但这个世

界自足自在,远离了一切人为的干扰。这首诗里的云溪
春山,桂花在无声地飘落,山鸟在安详地栖息,它是那样
自在自足,正因为如此,一点皎洁的月光洒落,才会让它
感到惊动。月光的力量固然轻柔而微弱,但它毕竟是来
自这个空静的春山之外,它拂乱了这个自足的世界,而
山鸟的啼鸣,不过是这个平静的世界涟漪乍动的传达。
这断续的啼鸣,则让我们更加领略到春山的空静与广
大。可见,王维是以内涵独特的"空境"来写月夜春山,
融贯了很深的意趣。

　　诗中所创造的"空境",就其构思的方式来看,无疑
可以见出佛教空理的影响,万有不染执着,生灭自在,便
是空性的体现。但王维只是在构思的方式上吸收了佛
教的影响,春夜云山的自在安详,那清香素雅的桂花、宛
转啼鸣的山鸟、沐浴在皎洁月光下的春山,无一不传达
着盎然的生意和诗人怡然陶醉的心情。这种对生活的
眷恋与热爱,在佛教看来,同样是未能去除的执着。作
为读者,我们被诗中深邃的意趣所触动,却又感到它唤
起了自己心中最亲切真实的感受。

华　岳①

　　西岳出浮云②，积翠在太清③。连天凝黛色，百里遥青冥④。白日为之寒，森沉华阴城⑤。昔闻乾坤闭，造化生巨灵⑥。右足踏方止⑦，左手推削成⑧。天地忽开拆，大河注东溟⑨。遂为西峙岳，雄雄镇秦京⑩。大君包覆载⑪，至德被群生⑫。上帝伫昭告⑬，金天思奉迎⑭。人祇望幸久⑮，何独禅云亭⑯？

① 华岳：西岳华山，又名太华山，唐天宝九载(750)正月封西　　岳，为五岳之一，在今陕西华阴县南。

② 出浮云：出浮云之上，极言其高。

③ 太清：天空，古人认为天系清气构成，故称太清。

④ 青冥：指青天。

⑤ 森沉：阴沉幽暗的样子。华阴：唐县名，属华州，即今陕西　　华阴县。这句意思是华山使华阴城白天也阴沉沉的。

⑥ 造化：指自然界。巨灵：指河神，相传黄河被华山阻隔，河

神巨灵把华山劈为两座，河水从中流过，至今人们传说华山山崖上还留有巨灵的掌印和足迹。这两句说过去听说在天地未分的时候，造化生出巨灵。

⑦　方止：止，同"趾"；方形的脚趾印，相传巨灵的脚趾印在首阳山。

⑧　削成：山势峻峭，有如削成。

⑨　大河：黄河。东溟：东海。

⑩　秦京：指关中之地。

⑪　大君：天子。覆载：天覆地载，后用以指天地。

⑫　至德：至高的德行。被群生：广及天下百姓。

⑬　上帝：天帝。伫：期待。昭告：明白地禀告。这里指皇帝封禅华山，昭告上天。这句的意思是上天期待着皇帝的昭告，即期待封禅西岳的意思。

⑭　金天：纬书上说，天有五帝，西方为白帝，华山为西岳，为白帝所治，一说白帝为金天氏。唐玄宗先天二年（713）曾封华岳神为金天王，此指华山神。这句意思是说华山神也很期待着皇帝前来昭告。

⑮　祇：指地神。这句意思是人和神灵都期待封禅华山已经很久了。

⑯ 禅：封禅，帝王祭天地的典礼，在泰山上筑土为坛祭天，谓之封；在泰山下的小山上辟场祭地，谓之禅。云亭：指在泰山下的云云山和亭亭山，上古无怀氏、尧、舜曾在云云山行禅礼，黄帝曾在亭亭山行禅礼，这里借"禅云亭"指封禅泰山。这句意思是说为什么只封禅泰山，而不封禅西岳华山呢？

　　开元十三年（725），唐玄宗东封泰山，十八年，群臣和华州父老多次上表请封西岳华山，玄宗没有准许，从诗中"人祇望幸久，何独禅云亭"之句来看，这首诗大约就作于此时。华山在唐代很受重视，对唐玄宗尤其有特殊的意义，据《旧唐书·礼仪志三》记载："玄宗乙酉岁生，以华岳当本命。"玄宗即位后立即封华山为金天王，其后才遍封天下名山大川。开元十年，他在临幸东都洛阳的时候，又于华岳祠前立碑，还设立了道士观。他虽然在开元十八年拒绝了封禅华山的请求，但并没有就此放弃这个打算，天宝九载（750），他正式准备封禅华山，只是因为华山祠发生火灾，这才作罢。由此我们不难想象，开元十八年，群臣与华州百姓多次上表要求封禅华山，一定是当时朝廷的一件大事，王维此时闲居长安，对此事这样关注，足见他并没有忘情世事。当然，这首诗最吸引我们的，是它对华山的雄伟气势和壮丽景象的卓越描绘。

全诗开篇四句，以浓墨重彩的笔致，描绘了华山雄浑峥嵘的形象。作为高明的画家，王维在这里充分运用了青绿色彩的堆积与渲染。湛湛的青天与绵延百里、弥漫天地的苍翠山石，以满纸凝黛的强烈视觉印象，烘托出华山雄浑的气势。当然，诗歌毕竟与绘画不同，在视觉形象之外，诗歌还可以靠多种的艺术感觉来表现事物的神韵。"白日为之寒"两句，写高耸的华山，那弥漫天地的清冷色调，使白日也笼罩了一层寒气，处在山北的华阴城也因为被华山遮去了阳光而显得十分阴森寒冷。这一段描写，写出了满纸青黛的重彩中所包含的森森寒意，这便是诗比画更擅长的表现手段。

自"昔闻"到"雄镇"八句，追述华山的形成过程，诗中描绘河神巨灵，足踏手推，将华山一分为二，使天地拆开，黄河东注于海，这个不一定有多少根据的传说，被诗人讲述得活灵活现,诗句看似笨拙,但写出了巨灵开分天地的巨大神工。这个传说故事被安排在全诗的重要位置,诗人于此是很有匠心的,华山的雄伟,如果只从形象上去描绘,其内在的气势终究还是难于烘托,有了这个传说故事,读者对华山的想象,就有了一个天地开辟的大背景,巨灵的神力,适足以令读者领略其拔天倚地的恢弘气势。

全诗的结尾点出封禅的主题,诗人有意识地运用"金天"、"云亭"等典雅富丽的文辞,就像葛晓音先生在赏析这首诗时所说的:"犹如在青绿山水底子上以泥金钩染天上云霞和亭台建筑,最后完成了这幅描绘华岳的金碧山水画。"(《古诗艺术探微》第 117 页,河北教育出版社 1992 年)

归 嵩 山 作①

清川带长薄②,车马去闲闲③。

流水如有意,暮禽相与还。

荒城临古渡,落日满秋山。

迢递嵩高下④,归来且闭关。

① 嵩山:又名嵩高山,在今河南封北。

② 带:围绕。薄:草木丛生的地方。

③ 闲闲:往来自得的样子。

④ 迢递:形容山势之高。嵩高:嵩山。

开元二十二年(734)秋,王维的弟弟王缙正在登封做官,王维到嵩山隐居。开元二十二年五月,张九龄任中书令,王维作了《上张令公》一诗请求举荐,差不多一年以后,王维在张九龄的举荐下出任右拾遗,于开元二十三年三月九日后上任,离开了嵩山,到洛阳赴任。王维一方面请求张九龄举荐,一方面又到嵩山去隐居,这里有弟弟在做地方官,便于关照的因素,但另一方面也有待机取仕的考虑。当时唐玄宗正居东都洛阳,嵩山与洛阳为邻,高隐之名容易被朝廷所知。在唐代,嵩山对于隐士成名取仕的意义,并不下于以"终南捷径"闻名的终南山。开元初,唐玄宗备礼征召隐居嵩山的隐士卢鸿;"耻随常格仕进"的李泌,"天宝中,自嵩山上书论当世务,玄宗召见,令待诏翰林"(《旧唐书》)。王维自从贬官济州以来,仕途一直很不顺利,在请求张九龄举荐之后,归隐嵩山,大概也是希望以隐逸高名来呼应张的举荐吧。

这首《归嵩山作》就是这段归隐生活的写照。前人称此诗写"闲适之趣,澹泊之味,不求工而未尝不工"(《瀛奎律髓》),这个评语并不十分准确。虽然是描写隐逸的生活,但全诗的用意并不主要在"闲适",而在一个"归"字。诗中日暮归飞的倦鸟和遍照秋山的夕阳,与流波动荡、荒凉萧瑟的清川古渡,交织而成的是诗人踏上归隐之路,虽闲散而又不无迟暮、萧瑟的独特心境。诗中"车马去闲闲"与"暮禽相与还"等句,都直接流露出取法陶渊明之诗句的痕迹,前者脱化于陶诗之"结庐在人境,而无车马喧",后者脱化于"山气日夕佳,飞鸟相与还"。但是,陶诗对田园的刻画,更为温情,像"暖暖远人村,依依墟里烟"等诗句,充满田园生活的安详自适。田园对于陶渊明,固然是摆脱尘累的避风港,但更是躬耕以偿素志的心灵乐土和理想世界，因此，其隐逸虽有"穷巷寡轮鞅"的寂寞，但更多的还是"闻多素心人，乐与数晨夕"的恬淡快乐。王维这首诗，虽有"闲"，但"适"并不多，多的是落寞。全诗的结尾"归来且闭关"，这个离绝人事的姿态，正点出了其内心的萧瑟。他并没有像陶渊明那样祛除尘累，在与自然田园的冥合中追求心境的恬淡自适，相反，他的内心还未能忘情于世事，还有惆怅的微波。联系他此次隐居嵩山的因由，以及他不久就离开嵩山赴任为官的举动，诗中的心情也就不是很难理解了。

　　这首诗虽然没有得陶诗恬淡的风神，但也开出了自身独特的艺术境界。作为一首五律，诗中的用笔极为凝练，"荒城临古渡，落日满秋山"一联刻画精工而又意境博大，诗中的构图极见匠心，荒城古渡与夕阳下的群山，在点与面的结合中，烘托出弥漫天地的寒山秋意。笔致的精工含情，可以见出取法南朝诗人谢朓的痕迹，而意境的开阔，又融入了北方山水的雄浑与诗人直探造化的深厚艺术功力。

三、出塞与知南选（735—741）

开元二十二年（734），张九龄被任命为中书令，王维向他献诗，希望能得到提拔。从现存的资料来看，王维在从济州司仓参军的任上去职以后，有很多年都在过着隐居、闲居的生活，他并没有为了找到出仕的机会而到处去走门路，张九龄初为宰相，他就向张干谒，请求荐引，这里面体现了他的政治理想，更体现了他在多年的坎坷之后，对政治更成熟的认识。

张九龄（678—740），一名博物，字子寿，韶州曲江（今广东韶关）人。他出身寒门，靠着自己的才华由科举入仕，开元二十二年被玄宗任命为中书令。他贤明正直，刚正不阿，尤其主张要选贤任能，量才授职。为相之

后,玄宗因为张守珪破奚、契丹有功,想任命他为宰相,
张九龄坚决反对,玄宗问他能否只给宰相的名义而不授
予实职,张九龄也表示反对,他说:"不可,惟名与器,不
可以假人,君之所司也"(《资治通鉴》卷二一四)。其
后,玄宗又希望任命李林甫为宰相,张九龄也深以为不
可,他说:"宰相系国家安危,陛下相林甫,臣恐异日为
庙社之忧!"(同上)在坚持量才授职,不以国家之名器
假人的同时,张九龄热情地汲引才俊,在他为相的二十
年时间里,培养提拔了一大批文才卓异的俊杰之士。他
提拔王维为右拾遗、卢象为左补阙,王昌龄、钱起、綦毋
潜、包融等人也都得到过他的奖掖。在李林甫的诽害
下,张九龄于开元二十四年(736)被罢相,随后李林甫
把持了朝政,这也是开元时代开明政治的转折点。后来
唐宪宗与臣下议论前朝的治乱得失,大臣崔群说:"世
谓禄山反为治乱分时,臣谓罢张九龄、相林甫,则治乱固
已分矣。"(《新唐书·崔群传》)

　　在多年的坎坷里,王维目睹了寒士屈抑的现象,更
清醒地认识到,真正能在现实中做到取士以至公之道的

人并不多。可贵的是,他并没有因为这种清醒而变得世故,没有放弃操守而去投机与钻营,相反,他在等待真正符合他理想的当路贤人,张九龄正是这样的人选。在《献始兴公》这首诗里,他称赞张"所不卖公器,动为苍生谋",说自己对张荐引自己的感激,是"感激有公议,曲私非所求"。诗句写得光明正大,充满了动以至公的正气。这不是一般的干谒诗,而是王维政治理想的抒发。

开元二十三年(735),王维在张九龄的举荐下,出任右拾遗。开元二十五年(737),张九龄被罢相,出为荆州长史,这对王维的打击是很大的,只是时隔不久,他就奉皇帝的使命,到凉州去劳军。在河西节度使幕中兼为判官,工作了两年多。大漠风光和边塞将士的豪情,使他暂时忘记了朝廷政治斗争的阴影,流露出他性格中积极活跃的一面。从边疆返回不久,他任殿中侍御史,开元二十八年(740)被派到襄阳去主持"南选"考试,一路上游览了不少地方,山川之美令他陶醉。总的来讲,从出任右拾遗,到出使河西,南下主持考试,尽管这中间有张九龄罢相的打击,但王维的心情一直还是比较开朗活跃的。开元二十九年(741),王维从南方回到长安,当时李林甫当道,朝廷政治日见黑暗,王维的心情也日趋消沉,开始过上半官半隐的生活。

王维的边塞诗主要集中创作在这个时期。而颇为巧合的是,开元诗坛边塞诗的创作高潮也大体出现在这段时间。许多著名的诗人都有边塞之行,留下了不少边塞之作。和其他诗人一样,王维的边塞诗虽然也写到一些边军所存在的问题,但主要的精神还是在歌咏边塞军旅生活的豪情,作品充满热情浪漫的气质。他很善于以比较短的篇幅、凝练的笔法烘托唐军的声威,刻画战争的紧张气氛,描写边塞的壮阔风光,往往留给读者丰富的想象空间,深得简笔传神之妙。在盛唐边塞诗人如岑参、高适、李颀等人多喜用歌行来铺叙抒写的风气里,他这种特点还是比较独特的。

这一时期,王维西至边塞,南至岭南,饱览了许多名山大川,他的山水诗创作大量增多。王维创作山水诗是从他贬官济州之后开始的,随后,山水诗就成为他创作得最多最好的诗体。他与孟浩然都是盛唐山水田园诗派的代表人物，但就艺术成就而言，他超过了孟浩然，而将山水艺术在诗歌中发展到一个难以超越的境地。

同前面所说的田园诗一样，我们这里所说的山水诗，也是一种有着独特精神旨趣和审美内涵的诗体。最早大量创作山水诗的是晋宋之交的诗人谢灵运，其后南齐诗人谢朓有长足的发展。在山水诗人看来，自然中的山川万象，是"自然之道"的体现，诗人应该以澄澈的心灵去映照山水之美，追求内心与"自然之道"的融合。这种精神旨趣，决定了山水诗不是将山水看作诗人主观感情的比附与象征，而是作为诗人以虚静澄澈的心灵加以映照的对象，山水的万千姿态、丰富形貌就得到了更自然的呈现；而在这种呈现中，山水诗展示出清朗澄澈、明净空灵的审美理想，展示出诗人超脱而从容的精神气质（参见葛晓音《山水田园诗派研究》，辽宁大学出版社1993年）。王维的山水诗在他人生的前后期，经历了两个阶段，前期的山水诗主要是接续来自二谢的传统，加以艺术的点化与创造；后期则进一步融入佛理的影响而开拓出崭新的诗境(参见赵昌平《王维与山水诗由主玄趣向主禅趣的转化》,《赵昌平自选集》第111—130页,广西师范大学出版社1997年)。

自谢灵运以来,为了表现山水的自然美,山水诗人的探讨穷力追新。谢灵运偏重以重拙生涩的笔法,周流上下,对景物作繁复的描绘;谢朓则善于以清空简淡之笔,描绘江南秀冶的景象。在南朝至初唐的山水创作中,这两种创作方式一直产生了很大的影响。王维前期的山水诗,以过人的艺术才华,在这两种创作道路中点化出生动的诗境。他描绘过华山的奇伟,终南山的阔大,展现了北方山川大壑的丰姿;他也刻画过南方水国的汪洋浩淼,蜀中山林的幽深繁茂,大漠风光的开阔与爽朗。在他之前,还没有一个山水诗人,将如此丰富的山水佳致包容在笔端,而无论是展现何种景致,诗人的笔致总是贯穿着清新爽朗、高华脱尘的气质。他深通画理,妙达诗心,不少作品对色彩的运用极富匠心,构图也十分精到;他又是极善于创造意境的,通过虚实关系的巧妙处理,传达出意在言外的隽永风神。在后期创作中,他的山水诗进入新的境界,其中在辋川隐居时写下的一些作品,融进了他由接受佛理而具有的精神意趣,传统山水诗所追求的澄澈空灵和佛教的"空"理联系在一起,形成更为含蕴丰富的诗境。

献 始 兴 公①

宁栖野树林,宁饮涧水流。不用坐梁肉,崎岖见王侯②。鄙哉匹夫节③,布褐将白头④!任智诚则短⑤,守仁固其优⑥。侧闻大君子⑦,安问党与仇⑧。所不卖公器⑨,动为苍生谋⑩。贱子跪自陈⑪,可为帐下不⑫?感激有公议,曲私非所求⑬!

① 始兴公:张九龄于开元二十三年(735)封始兴县伯,故称始兴公。此诗原注:"时拜右拾遗。"

② 不用两句:意思是用不着为了得到富贵,而惴惴不安地去干谒王侯。坐,致。梁肉,指美味佳肴。崎岖,不安的样子。

③ 鄙：鄙野，这里是不世故。匹夫：布衣百姓。这句是说我
　　有着匹夫的骨气。

④ 布褐：粗布衣服。

⑤ 任智句：靠权谋智术来生活，这的确是我的所短。

⑥ 守仁句：坚守仁义的操守自是我所擅长的。

⑦ 侧闻：从旁听说，自谦之词。大君子：对张九龄的尊称。

⑧ 安问句：安问，哪管。这句意思是说张九龄用人公正，不问
　　是同党还是私仇。

⑨ 公器：公有之物，这里指国家的官爵。

⑩ 苍生：老百姓。谋：打算，着想。

⑪ 贱子：作者自谦之称。

⑫ 帐下：属下。不：通"否"。这句意思是我可以成为您的下
　　属吗？

⑬ 感激：感动、奋发。公议：公论，公正的标准。曲私：偏袒，
　　有私心。这两句是说如果您以公正的标准任用我，我将感
　　动奋发，如有所偏私，则不是我所希求的。

　　这首诗作于开元二十三(735)年。张九龄于开元
二十二年执政，推荐王维为右拾遗。第二年张升任中书

令,封始兴县伯,王维于同年三月九日被任命为右拾遗。王维被任命为右拾遗之后,写了这首诗献给张九龄。

这是一首干谒诗。干谒对唐人的仕进非常重要,在位者一言臧否,往往会极大改变一个人的仕途命运。王维自从贬谪济州以来,仕途一直是很暗淡的;现在通过张九龄的举荐,竟一下子出任右拾遗这样的重任,其内心当然是充满了感激。为官右拾遗之后创作的这首诗,表达的正是对张的感激,和进一步追随张九龄的愿望。然而,诗中的感激一点也没有庸俗的感恩色彩,而是被精神共鸣的光辉所笼罩,以至我们读出的似乎只是诗人的狷介傲骨,而看不出感激的影子。全诗开篇八句,用陡健的句式表达自己不苟合世事以求荣名的节操;接下来的四句,赞扬张九龄正直无私、为国为民的德行。最后四句表示,自己愿意成为张九龄的属下,希望张九龄以公心来任用自己。诗人刚正不苟的节操与张九龄公正无私的胸襟,在诗中交相辉映,将希望张九龄进一步信任自己、提携自己的干谒之情,表现得磊落光明。

干谒既离不开个人的名利之请,因此跳出私情、出以公心就尤难做到。古来干谒之文不在少数,但唯有盛唐人的干谒诗文,很多都能写得风骨高爽,没有一点乞求和哀恳的姿态,像李白的《上韩荆州书》,下笔飘逸高旷,无一点尘秽。王维这首干谒之作,也是典型的盛唐之音。这种高标的风骨,并不是诗人为文造情的虚矫之语。盛唐士人普遍表现出"济苍生,安黎民"的远大政治理想,其出仕并非只为个人的荣名,这是使其干谒不流于委琐的重要原因。作为一首古诗,这首作品将古体的"咏怀"精神发挥得十分深透。全诗没有具体的铺叙,而是句句都围绕节操与公心来抒写,开篇峻急的句式将自己抗俗自立的傲骨烘托得无比鲜明,从中不难读出与左思五古类似的气质。王维贬官济州以后,古体的创作增多,而且直接继承了魏晋风骨的凛然气质,这首诗就是一个很好的代表。

寄荆州张丞相①

所思竟何在? 怅望深荆门②。

举世无相识，终身思旧恩。

方将与农圃③，艺植老丘园④。

目尽南飞雁，何由寄一言⑤！

① 荆州：唐州名，治所在今湖北江陵。张丞相：即张九龄。开元二十五年(737)四月，张九龄因所荐监察御史周子谅忤旨，被贬为荆州大都督府长史。

② 荆门：山名，在湖北宜都西北长江南岸，与北岸的虎牙山相对，唐人也称荆州为荆门。

③ 与农圃：做耕田种菜之事，指隐居躬耕。

④ 艺植：种植。

⑤ 目尽两句：望断长天，没有传书的鸿雁，想给远在荆州的张丞相寄语也办不到。

　　开元二十五年四月，张九龄被贬为荆州长史，王维写了这首诗表达对张的思念。全诗的开篇，借用了沈约《临高台》"所思竟何在，洛阳南陌头"和刘孝绰《歌行》"所思竟何在？相望徒盈盈"等诗句。沈约和刘孝绰的这两首诗的体裁都是乐府,以乐府语调开篇,诗意显得情韵绵绵。其中"怅望深荆门"的"深"字,深情遥望之状宛然在目。三、四一联,写自己对张九龄知遇之恩的感激。诗人感叹自己"举世无相识",这并不是刻意的夸大,而是内心情感的真实流露。王维在张九龄的提拔下,担任了右拾遗,而张之所以赏识王维,又建立在精神的相知之上。从知音难遇的角度来感念张九龄的恩情,这就使诗意没有流于一般人情琐屑,而是具有了真挚动人的力量。结尾两句与开篇遥相呼应,写自己遥望南国,对故人思念不尽。全诗既能化用乐府神韵,抒写绵绵的情思,又能在其中蕴涵知音相惜的精神骨力,所以给人以独特的回味。

作为一首五律,这首诗采用了平淡自然的风格,以古体的调式运篇,不讲求格律的严谨,语言流畅而不重雕琢,这个特点很值得注意。王维精于近体,但在贬官济州以后,古体创作开始增多,开元中期,他在长安闲居,与孟浩然、张九龄等人开始交往,其近体诗中具有平淡自然风格的作品开始增多,如在孟浩然离开长安回襄阳时创作的《送孟六回襄阳》，其辞云："杜门不复出，久与世情疏。以此为良策，劝君返旧庐。狂歌田舍酒，醉读古人书。好是一生事，无劳献子虚"。诗句同样不以精工取胜，而是融合古体句式，自然中蕴涵情韵。古人称赞这样的作品"自然"，但也指出，学之不当，则会流于浅薄粗疏。王维近体创作上的这种变化，也许是受了张九龄、孟浩然的影响。张九龄本人的创作，注重风骨，讲求情兴。孟浩然生长南国，为诗"冲淡中有壮逸之气"，语言上同样追求平淡自然的风格。王维与张九龄、孟浩然在精神上十分投契，诗风上也受其影响。无论是《送孟六归襄阳》，还是这首《寄荆州张丞相》，都是在知己遭逢坎坷时的内心深情的表达，因此诗人无一例外地采用了平淡自然的语言风格，这种艺术趣味的流露，也许正是彼此心意相通、休戚与共的最好证明。

使 至 塞 上①

单车欲问边②，属国过居延③。

征蓬出汉塞④,归雁入胡天。

大漠孤烟直⑤,长河落日圆。

萧关逢候骑⑥,都护在燕然⑦。

① 使:奉命出使。塞上:边塞。

② 单车:轻车简从。问:聘问,出使。

③ 属国:即附属国。《汉书·武帝纪》颜师古注:"凡言属国者,存其国号而属汉朝,故曰属国。"居延:地名,汉有居延泽,唐后称居延海,在今内蒙古额济纳旗北境。这句意思是说边塞十分辽阔,直到居延城以外的地区,都是大唐的属国。

④ 征蓬:随风飘扬的蓬草,这里是诗人自喻。

⑤ 大漠:广阔无际的大沙漠。

⑥ 萧关:古关名,故址在今宁夏固原东南。王维出使并不经过萧关,这里大约是袭用何逊"候骑出萧关,追兵赴马邑"(《见征人分别》)诗意,并非实指。候骑:负责侦察敌情的骑兵。

⑦ 都护:官名,汉宣帝时设西域都护,为驻西域地区的最高长官。其后废置不常,唐初先后设置安西、安北等六大都护

府,每府各置大都护一人、副都护两人,负责掌管辖区的边防、行政及各族事物。燕然:山名,即今蒙古杭爱山。后汉车骑将军窦宪大破北单于,在此刻石纪功而还。

开元二十五(737)年春,河西节度副使崔希逸战胜吐蕃。王维以监察御史的身份奉使出塞巡视宣慰,并在河西节度使幕府兼任判官。这首诗是王维在出塞途中所写。

诗中最出名的,是"大漠孤烟直,长河落日圆"一联。清人徐增称:"'大漠'、'长河'一联,独绝千古。"(《而庵说唐诗》)清人张谦宜称"'大漠'两句,边景如画,工力相敌"(《絸斋诗谈》)。而其中更见匠心的是"直"和"圆"两字,清人张文荪称:"'直'字、'圆'字,十二分力量。"(《唐贤清雅集》)《红楼梦》里香菱学诗时,也对这两个字深有领会,她说:"想来烟如何直,日自然是圆的。这'直'字似无理,'圆'字似太俗。合上书一想,倒像是见了这景似的,要说再找两个字换这两个,竟再找不出两个字来。"(第四十八回)

一个"直"字，一个"圆"字，诗意的精妙究竟何在呢？仔细品味，诗人把广漠上的景象抽象为简洁的几何图案，这就把大漠的辽阔、空旷刻画出来。我们在生活中都有这样的经验，人的视野越辽阔，就越容易见到事物的整体形象，而事物的整体形象永远比局部所见要简洁。我们在飞机上俯看山河大地，曲折无数的黄河，也会简洁成一条蜿蜒的曲线。大漠上的孤烟，如果走近去看，肯定会见到它随风飘扬，不可能是笔直的，但如果从远方瞭望过去，风中的飘荡就会被忽略不计，而留给人笔直向天的印象。"长河落日圆"也是同样的道理，如果不是在开阔的视野中，人们会更多地注意河水的曲折，但在开阔的瞭望之下，这些弯曲就会被忽略，而落日也会突现出简洁的圆形。所以这些简洁的线条，暗示了诗人骋目远望的辽阔的视野，大漠的旷远亦尽在不言之中。所以明人蒋仲舒说"旷远之景，孤烟如何直，须要理会"（《唐诗广选》），的确是很有见地的评语。

诗人绘事状物的本领固然高妙，但诗意带给我们的回味则更加深长。古来描绘大漠瀚海的诗句多矣，唐代著名边塞诗人岑参云："瀚海阑干百丈冰,愁云惨淡万里凝。"(《白雪歌送武判官归京》)"走马西来欲到天,辞家见月两回圆。今夜不知何处宿,平沙万里绝人烟"。(《碛中作》)这些都是脍炙人口的名句,然而与王诗相较,岑参的诗还是重在描绘大漠地理上的浩瀚,而王维的诗则写出了大漠的壮美。仔细体会王维的诗意,诗人在诗中贯穿了两个旋律,一是大漠的辽阔,一是诗人自身的渺小与孤单。全诗开篇即点出诗人此番出使是"单车问边",在三、四一联中,又把自己比作随风飘扬的"征蓬",就是"大漠孤烟"、"长河落日"的开阔景象,实际上也从另一面折射出诗人在大漠上只旅独行的孤单身影。然而在自然之浩瀚与个体之渺小的对比中,全诗并没有流露出凄伤的情绪,而是以自然的壮阔,折射出诗人心灵的阔大,面对浩瀚的大漠,诗人的身体是渺小的,然而他的心灵是开阔的。正是有这样的心灵,他才能从容地欣赏"大漠孤烟"与"长河落日"的气势,全诗的结句,看上去似乎是无意之笔,实际上正是诗心开阔的传达。此刻的诗人,虽然在大漠上单车独行,然而他的心早已飞向遥远的燕然山，向往着凯旋将士的蓬勃意气。如此的心境，与岑参诗中"今夜不知何处宿"的茫然是绝然异趣的。

艺术上的壮美，来自精神上的超越。王维所以能在大漠的旷远中，写出一种壮美的意境，就在于诗意展现了超越个体局限的阔大心灵，这是超出了日常人情的一种伟大的情感。我们说岑参的"今夜不知何处宿，平沙万里绝人烟"的确是很动人、很亲切的，然而它写的是一种普通的人情，是人面对浩瀚无垠的大漠所自然引起的孤独感，王维并非没有这种感受，然而他超越了，而且他将这种超越表现得如此天真自然，没有一丝艰难劳苦之态。这就是他作为一个卓越的盛唐诗人，最令人神往的地方。

出　塞　作①

居延城外猎天骄，白草连天野火烧②。
暮云空碛时驱马③，秋日平原好射雕④。

护羌校尉朝乘障⑤,破虏将军夜渡辽⑥。

玉靶角弓珠勒马⑦,汉家将赐霍嫖姚⑧。

① 此诗原注:"时为御史,监察塞上作。"

② 居延城:见前诗注。天骄:指匈奴。《汉书·匈奴传》:"胡者,天之骄子也。"白草:形似莠草,茎细无芒,干时呈白色。

③ 碛:沙漠。

④ 射雕:雕,一名鹫,似鹰而大,鸷猛剽疾,十分难射。匈奴中称善射之人为射雕手。

⑤ 护羌校尉:汉代武官名,汉武帝置,秩二千石,奉命保护西羌。乘障:登障守卫。乘,登。障,指边塞险要之处修筑的城墙,有将士在此把守。

⑥ 破虏将军:汉代三国时临时设立的将军名号,孙坚曾为破虏将军。渡辽:《汉书·昭帝纪》:"元凤三年,……冬,辽东乌桓反,以中郎将范明友为度辽将军,将北边七郡郡二千骑击之。"这里借用此典故,意思是渡水击敌。

⑦ 玉靶:有玉饰的马辔头。角弓:用兽角装饰的良弓。珠勒马:泛指鞍辔华丽的马。珠勒,用珍珠装饰的带嚼子笼头。

⑧ 霍嫖姚:指西汉名将骠骑将军霍去病,霍曾任嫖姚校尉,故

称霍嫖姚。

　　这首诗也作于诗人出使塞上的这段时间。诗中描写匈奴狩猎的场景，以开阔的笔势勾勒出匈奴敌兵的强悍勇猛。虽是描写敌兵，但诗中没有一丝贬抑和丑化的笔墨，相反倒是写出了其纵横驰骋的气势。接下来描写汉军的应对，写得从容镇定，一切行军布阵，有条不紊。而诗中的"朝乘障"、"夜渡辽"，则写出汉军日夜备战的旺盛士气。最后一联写君王将以宝剑、角弓和骏马赏赐出师的将军，汉军的胜利尽在不言之中。诗意从敌我双方落笔，彼此气势相当，相互映衬中形成奇特的表现效果，金圣叹称赞说："前解写天骄，是真正天骄；后解写边镇，是真正边镇。前解不写得如此，便不足以发我之怒；后解不写得如此，便不足以制彼之骄。"(《贯华堂选批唐才子诗》卷一)

　　这首诗的体裁很可注意。我们知道盛唐的边塞诗以近体出之的并不多，像岑参的边塞诗大多都是用歌行来写，而王维此诗出之以七律，所以是比较特殊的。

《唐风定》云:"唐人关塞、宫词,罕有入七言律者,右丞此篇,千秋绝调。"其实,这首诗并不是很严格的七律,而是带有浓厚的歌行意味,从题目上看,"出塞"是乐府旧题,属于横吹曲辞,魏晋南北朝以至有唐一代,诗人们对这个乐府旧题赋咏不绝,从全诗的章法和句法上看,虽然中间的两联是对仗的,但诗的前四句写匈奴的气焰,后四句写汉兵的赫赫军容,诗意完全分成两半来写,特别是诗中的失粘之病,更加重了诗意的分离感。这种章法尤其可以见出它不是典型的律诗。一般律诗在八句之间,要讲求起承转合,王维有不少七律作品都做到了这一点,如脍炙人口的《送杨少府贬郴州》、《和贾舍人早朝大明宫》、《奉和圣制从蓬莱向兴庆阁道中留春雨中春望之作应制》等。这首诗的章法,与上述作品都不同,它以四句将一层意思写足,再转换视角,又铺叙尽致,形成"一气喷薄"(高步瀛《唐宋诗举要》)的特点,这就带有歌行的铺叙转换之风;从句法和字法上看,五、六两句,用官名对仗,结尾上句连用三个雕饰华丽的名词,这都带有歌行铺叙赋写的语言特色。当然,诗中出现了两个"马"字,这在律诗,也是字法不够严谨的表现,但从歌行角度看,又不算是明显的缺点。全诗读来,音韵铿锵,声调响亮,清人方东树称赞它"声调响入云霄"(《昭昧詹言》),这也可以看出歌行的影响。高步瀛称赞这首诗:"前四句目验天骄之盛,后四句侈陈中国之武,写得兴高采烈,如火如锦。"这种浓烈的诗意、气氛,和诗人把歌行铺排渲染的特色融合进来有很大关系。赵昌平先生在《初唐七律的成熟及其风格溯源》中,比较深入地分析了七律蜕化于骈俪化的歌行。盛唐七律在体制上已经比较成熟,而且在明清诗论家看来,盛唐七律最典型的代表就是王维、李颀等人的七律。王维有很多格律严谨、体制谨严的七律作品,但这首《出塞作》则保留了许多歌行的特点,使我们可以看到初盛唐七律从歌行中逐渐蜕化的轨迹。

从　军　行①

吹角动行人②,喧喧行人起③。

笳悲马嘶乱④,争渡金河水⑤。

日暮沙漠陲⑥,战声烟尘里。

尽系名王颈,归来报天子⑦。

① 从军行:乐府古题之一,属相和歌辞中的平调曲。

② 角:军中乐器,吹奏以报时间,作用相当于今日之军号。行
人:指出征的战士。

③ 喧喧:部队出发的声音。

④ 笳:即胡笳,我国北方民族的一种管乐器,形状和竹笛
相似。

⑤ 金河:今称黑河,因水中泥沙金紫色,故名金河,在今内蒙
古和林格尔西北土城子一带。

⑥ 陲:边疆。

⑦ 名王:匈奴中与诸小王相区别的,有大名的王。这句是说
将匈奴中所有著名的王都俘虏过来。

    这首诗也作于诗人奉使出塞期间。《从军行》是乐
府古题,在唐代以前就逐渐形成了两个主题,一是描绘

军威、军容，表现军队驰骋疆场的气概；一是写征战之苦，尤其侧重军旅的艰苦与征人思妇的绵绵相思。在唐代，这两个传统都有很出色的发扬，前者如杨炯著名的《从军行》："烽火照西京，心中自不平。牙璋辞凤阙，铁骑绕龙城。雪暗凋旗画，风多杂鼓声。宁为百夫长，胜作一书生。"盛唐在这一题材上亦踵事增华，如王昌龄的"大将军出战，白日暗榆关。三面黄金甲，单于破胆还"；李白的"从军玉门道，逐虏金微山。笛奏梅花曲，刀开明月环。鼓声鸣海上，兵气拥云间。愿斩单于首，长驱静铁关"。后一种表现传统，在盛唐也有出色的表现，如王昌龄的"烽火城西百尺楼，黄昏独上海风秋。更吹羌笛关山月，无那金闺万里愁"。

　　王维这首诗写于出使塞上期间，从内容上看属于前一个表现传统，与上面举出的杨、王、李等人的作品不同的是，这首诗不直接描绘战争的场面，而是把笔力放在战争气氛的捕捉上。开篇四句，写军营里集合出发时的喧喧人声，以及行军中的悲笳马嘶，战事的急迫无形中已跃然纸上，而争渡金河的场面，更使这急迫的行军达到高潮。对于交战的过程,诗中不着一笔,只侧面写出沙漠烟尘中传出的阵阵喊杀之声。战事进行了一天,大漠上是辽阔的夕阳晚景,烟尘中传来阵阵交战的喊杀之声,扣人心弦。这里,诗人巧妙地调动读者的联想,因为大漠越是辽阔空旷,交战的战场就越显得遥远,而烟尘中传来的喊杀之声越模糊不清,越让人不知其胜负而无比焦虑。战争的紧张气氛至此已充盈于笔端。这就是古人所推重的"不着一字,尽得风流"的高妙技巧。这样的表现方法,是诗歌所最擅长的。王维的作品经常能沟通诗画的技巧,像出使河西时创作的《使至塞上》,就深通画理。但这首作品是比较纯粹的"诗"。它不以静态的视觉形象为主,而更多诉诸听觉的想象,诉诸极富动感的渡河意象,展现战争由出兵到凯旋的过程,这些都不是绘画所能胜任的。王维还有另一首边塞之作《陇西行》,也有异曲同工之妙:"十里一走马,五里一扬鞭。都护军书至,匈奴围酒泉。关山正飞雪,烽火断无烟。"诗中描写匈奴入侵,围困陇西酒泉城,烽燧因失修不举,传递军情的士兵飞驰报警。"十里一走马,五里一扬鞭",像一组长镜头,描绘了报警的士兵在大漠上快马飞奔的动感形象,这也是绘画所难以表现的。王维深通诗家三昧,于此可见一斑。

哭 孟 浩 然①

故人不可见,汉水日东流②。
借问襄阳老③,江山空蔡洲④!

① 孟浩然(689—740):襄州襄阳(今湖北襄阳)人,作者的老
　　朋友。此诗原注:"时为殿中侍史,知南选,至襄阳有作。"
② 汉水:即汉江,源出今陕西宁强北蟠冢山,东流入湖北,经
　　襄阳南流,在武汉进入长江。
③ 襄阳老:孟浩然曾以襄阳老自诩。
④ 空:只、只有。蔡洲:在今湖北襄阳东南汉水折而南流处,
　　以东汉末年蔡瑁曾经居此而名。

　　王维与孟浩然在开元十七年(729)相识于长安,两

人建立了很深的友谊。孟浩然于开元十六年赴长安应举，落第后一直滞留长安，在准备返回襄阳时，他心中的失意是很深的。临行前他写了一首诗留别王维："寂寂竟何待，朝朝空自归。欲寻芳草去，惜与故人违。当路谁相假，知音世所稀。只应守寂寞，还掩故园扉。"（《留别王维》）诗中沉重的叹息，和与故人离别的失落，都让我们体会到他与王维不同寻常的知己之情。王维当时虽然从济州贬所回到了长安，但政治上的前途依然十分渺茫，闲居长安，不能用世的苦闷，与孟浩然有很深的共鸣，在为孟浩然送行的诗中，他写道："杜门不欲出，久与世情疏。以此为长策，劝君归旧庐。醉歌田舍酒，笑读古人书。好是一生事，无劳献《子虚》。"诗中描写自己对世情失望已久，越来越想归隐不出，老朋友此番回到旧庐，正好饮酒读书，以此终老，不必再期待人生的功业。

　　然而，牢骚归牢骚，牢骚中的洒脱毕竟不能真正抚平内心的伤痛。孟浩然离京后虽然曾经在张九龄的幕府中短期担任过幕僚，但很快就去职了，终其一生，他的用世之志并没有得到施展。开元二十八年（740）夏秋之间,他因食河鲜,导致旧病复发,突然去世。同年,王维以殿中侍御史的身份知南选,路过襄阳,写下这首作品,此时距孟浩然去世,时间并不久。

"故人不可见,汉水日东流。"流水是一个含义丰富的意象,古人以流水比喻时光的流逝,遂有"子在川上曰,逝者如斯夫"(《论语·子罕》)的喟叹,如今故人的一切也像日夜不停的汉水一样从人世间流走,此情此景,怎不让人怅然若失。流水还是思念的象征,李白有"思君若汶水"(《沙丘城下寄杜甫》)的名句,而此时绵绵不尽的江水,正象征了自己对故人无尽的思念。然而,全诗最精彩的还是三、四句:"借问襄阳老,江山空蔡洲。"借问是向别人询问的意思,蔡洲是襄阳东北汉水中的一个小岛。王维此次到襄阳,其路线是由北及南,所以行程先至襄阳北面的蔡洲。这两句是说,快到襄阳时,我忍不住想问问那位徜徉在山水中的襄阳老如今在哪里,眼前江山依旧,然而哪里还有他的身影。

物是人非的感叹,原是诗歌中最常见的题材,然而高妙的诗笔,应该令读者在物是人非中,读出一种神情。

唐代诗人崔护有脍炙人口的名篇,云:"去年今日此门中,人面桃花相映红。人面不知何处在,桃花依旧笑春风。"(《题都城南庄》)此诗的生动,不仅在于写出了人面不在的惆怅,更在于写出了女子当年与桃花争艳的容光,这就使不见其人的惆怅更令人难以释怀。王维这首诗写诗翁不在,空余江山满目,这一份深长的感慨,也从侧面烘托了孟浩然的隐士风神。作为一位天真疏放、清俊磊落的隐士诗人,孟浩然和襄阳的山山水水已经融为一体,所以诗人才会睹江山胜景而思故人。王维将故友的形象,寄托在无限江山之中,如此开阔的笔力,正是对孟浩然最好的写照。

汉 江 临 泛①

楚塞三湘接②,荆门九派通③。

江流天地外,山色有无中。

郡邑浮前浦,波澜动远空。

襄阳好风日,留醉与山翁④。

① 汉江：又称汉水，长江最大的支流，源出今陕西宁强蟠冢
山，经湖北汉阳入长江。临泛：临流泛舟。

② 楚塞：襄阳一带的汉水，古属楚国的北境，故称。三湘：说
法不一，古诗文中多泛指今洞庭湖南北、湘江流域一带。

③ 荆门：山名，在今湖北宜都西北长江南岸，与北岸虎牙山相
对。此地水势湍急，为长江险要之处。九派：长江的九条
支流，此为泛指。

④ 襄阳：汉江边的重镇，在今湖北襄阳，汉置襄阳郡。与：
如。山翁：指晋代山简。山简字季伦，竹林七贤之一山涛
的儿子。曾当征南将军，镇守襄阳。当地豪族习家有一处
很美丽的园林，山简经常至那里去饮酒游乐，每次都大醉
而归。这两句说我愿意像山简那样，在这里流连醉饮。

　　王维这首作品，不是一般的登临望远之作，而是人
在汪洋浩瀚的大江之上，动荡行舟时的所见。开元二十
八年（740），王维以殿中侍御史知南选，途经襄阳，舟行
汉江之上，乘兴而有此作。关于这首诗的题目，元人方
回《瀛奎律髓》题作《汉江临眺》，而更早的宋蜀本《王摩
诘文集》作《汉江临泛》。从诗意来看，作"临泛"更为贴

切。"临泛",就是泛舟临眺,这首诗种种独到的命意,
都切合泛舟于江水之上的特殊体验。

开篇两句,以宏伟的气势写江汉平原的开阔。唐人
有很多描绘荆门景象的佳句,如李白"山随平野尽,江
入大荒流"(《渡荆门送别》),杜甫"星垂平野阔,月涌
大江流"(《旅夜书怀》)。王维不正面描绘原野的开阔
景象,而以"三湘"、"九派"草草勾勒出一幅荆门楚地的
水道图。这并非率然无意之举,而是在全诗的开篇就烘
托出楚地一片水乡泽国的独特景象。这与下文的神来
之笔,正有紧密的意脉相连。

"江流天地外,山色有无中",古人称赞这两句气象
阔大,但古来气象阔大之句甚多,而这两句的独到,在于
写出了人在大江之上,于舟行的起伏动荡之间,看到的
江天浩淼之景。浩浩的江水仿佛流向天外,而远处的群
山,若隐若现,似有若无。天水相接的景象本是古诗中
常见的意象,李白《送孟浩然之广陵》有"孤帆远影碧空
尽,唯见长江天际流"之句,描写诗人站在江边,目送友
人的船只远去,他的视线看到浩浩的长江流向天边;而

在王维这首诗中，诗人则看到江水远落天外，这就令读者感受到诗人是在摇荡于大江之上的行舟中远望，视线没有那样凝定，江天交汇的界限也在不断变换，因此容易有江落天外的恍惚。"山色有无中"，正写出远山被大江的浩淼烟波所萦绕，而且山影随诗人动荡的视线而时隐时现的景象。由此"郡邑浮前浦，波澜动远空"两句的出现就毫不突兀。满载城池的水中陆地，仿佛是漂浮在江水之上，水中掀起的波澜，击荡着远方的天空。这种浑浑无涯、包载天地的浩淼江景，也只有在大江摇曳的孤舟之上才能真切地体会。

水的灵动曾经激发了古来诗人无穷的诗意，而王维在这里开出了新警的诗境。清人查慎行批评此诗："篇中说水处太多，终是诗病。"（《瀛奎律髓汇评》）然而殊不知，"水"正是全诗的命脉所在，诗中的开阔雄壮乃是孕育于江水的浩淼动荡，故雄阔处见飘渺，飘渺处见雄阔。诗人的可贵，在于他把江水浩淼动荡所带给人的感受精当地表现出来，这里已经不完全是诗心的妙悟。水的空灵动荡，最能启人哲思，而从佛教的义理来讲，水的变幻不居,又最能使人领略万法皆空的本质。在这首诗中,王维真切地表现了江水的浩淼动荡,将看似有形而实在的天地山河写得气韵流转。这种独特的艺术感悟,也许正受益于佛理的浸润,当然,这种浸润并未落于行迹,诗心的妙悟正在有意、无意之间。

四、半官半隐（741—755）

开元二十九年（741）春天，王维从岭南返回长安，深感朝政日非，从此开始过上半官半隐的生活，政治上日见消沉。但在隐居的生活里，他的山水诗创作却达到了高潮，他一生所倾奉的佛理，这时对他的思想、生活和艺术，都有了越来越显著的影响。我们在这里主要介绍三个方面的问题：一、王维半官半隐的生活；二、佛理对王维的影响；三、佛理与诗心的交融。

一、王维半官半隐的生活

王维的隐居，不像陶渊明那样挂冠归隐，只是先后在终南山和蓝田辋川购置了别业，在朝廷休假的日子里,到自己的别业中去啸傲林泉。这就是他独特的半官半隐的生活。这种生活一直持续到安史之乱。丧乱之后,他心境异常萧索,已经基本上不在别业中居住了。

王维过上这种生活,主要的原因是李林甫上台后,朝廷政治日趋黑暗。据记载,李林甫为相之初,曾经把谏官召集起来训示,说:"今明主在上,群臣将顺之不暇,乌用多言?诸君不见立仗马乎?食三品料,一鸣辄斥去,悔之何及!"补阙杜琎上书言事,第二天就被贬官为下邽令。此时王维身为殿中侍御史,正是谏官之职,他所感受到的压力是可想而知的。他的积极用世之心也越来越黯淡了。天宝初年,綦毋潜弃官还江东,王维赠诗说:"微物纵可采,其谁为至公!余亦从此去,归耕为老农。"(《送綦毋校书弃官还江东》)这种心情与他早年劝慰綦毋潜落第时所说的"圣代无隐者,英灵尽来归"已经判然不同了。他从年轻时就交好的韦陟被李林甫贬谪外郡时,他的心情更为悲凉:"临此岁方晏,顾景咏悲翁。故人不可见,寂寞平林东。"(《送韦陟太守》)生活在这样的朝廷,王维一直是很压抑的,他说自已"既寡遂性欢,恐遭负时累"(《赠从弟司库员外》)。
作为一名朝士,他也敷衍过李林甫,在诗中称赞他:"上
宰无为化,明时太古同。"(《和仆射晋公扈从温汤》)但
在充满朋比曲私的朝廷里,他没有投机钻营,李林甫当
政时,"虽奇才异行,不免终老常调,其以巧谄邪险自进
者,则超腾不次,自有他蹊矣"(《资治通鉴》卷二一四)。
在李林甫当政的十七年里,王维只是从从八品上的右拾
遗升到从五品上的文部郎中,这只能算是按常度迁除而
已。在险恶的时事里,王维还以自己的方式,对朝廷风
气的黑暗,表达过不满。在天宝年间作库部员外时,他
的朋友苑咸曾经嘲笑他久未迁除,说他"应同罗汉无名
欲,故作冯唐老岁年"。王维回答说:"仙郎有意怜同
舍,丞相无私断扫门。扬子《解嘲》徒自遣,冯唐已老复
何论。"(《重酬苑郎中》)王维在诗中说丞相是无私的,
只怪自己老朽无能。王维在"这里虽不是'怒目金刚',
但也算不上'无名欲'的罗汉"。他对李林甫屈抑英才
的不满,还是隐然可见的(参见陈贻焮《王维生平事迹
初探》及《王维的政治生活和他的思想》,《唐诗论丛》第

103—125 页,湖南人民出版社 1980 年)。

　　王维正是在这样的处境中选择了半官半隐的生活。关于他隐居的经历,一般是认为从开元二十九年(741)到天宝三载(744)以前的这段时间,他隐居于终南别业;从天宝三载以后,他在蓝田辋川购买了原先宋之问曾经居住的别业。无论是在终南别业,还是在辋川别业,他的朋友裴迪都与他一同作林泉之游。《旧唐书》本传上说他"与道友裴迪,浮舟往来,弹琴赋诗,啸咏终日"。当然,这种生活都是在朝事之暇,王维始终没有真正离开过朝廷。

　　王维的半官半隐,就表面的形式来看,与盛唐时期流行的"朝隐"是很接近的,当时有很多朝廷官员,在长安附近购买别业,在退朝以后到其中去休假。但对王维来讲,这却是他躲避官场的一种方式,当然,这种躲避是很有限的,王维在《与魏居士书》中道出了自己半官半隐的内心隐衷:

　　　古之高者曰许由,挂瓢于树,风吹瓢,恶而去之。闻尧让，临水而洗其耳。耳非驻声之地，声无染耳之迹，恶外者垢内，病物者自我，此尚不能至于旷士，岂入道者之门欤？降及嵇康，亦云："顿缨狂顾，逾思长林而忆丰草。"顿缨狂顾，岂与俯受维絷有异乎？长林丰草，岂与官署门阑有异乎？……近有陶潜，不肯把板屈腰见督邮，解印绶，弃官去，后贫，《乞食诗》云："叩门拙言辞。"是屡乞而多惭也。尝见一督邮，安食公田数顷，一惭之不忍，而终身惭乎？……孔宣父云："我则异于是，无可无不可。"可者适意，不可者不适意也。君子以布仁施义、活国济仁为适意，纵其道不行，亦无意为不适意也。苟身心相离，理事俱如，则何往而不适？

这番话正是他对自己依违于仕隐之间的一种解释，在他看来，身处恶浊的朝堂固然令人压抑，但挂冠而去也会遇到很多问题，两相比较，很难说后者就一定是一个好的选择。与其作这种非此即彼的选择，不如"无可无不可"，只要"身心相离，理事俱如，则何往而不适"？

这话看上去不无道理，但他对陶渊明的理解显然是不恰当的。陶渊明"不为五斗米折腰"，弃官隐居，躬耕垄亩，自有铮铮傲骨。的确，田园生活是艰苦的，陶渊明遭受过乞食之苦，但"乞食之惭"，与为五斗米折腰之"惭"，绝不能等同视之。陶渊明甘愿忍受前者而决不苟且折腰，这是因为他内心有着不能泯灭的原则和理想。王维对陶渊明的批评，话虽然说得很巧妙，我们也可以从中看出佛教思维方式的影响，但究其实质，还是不能彻底坚守原则的软弱罢了。

王维早年贬官济州、隐居淇上时，对陶渊明归隐田园的傲骨，还是表示衷心的倾慕，在向张九龄干谒的作品中，他激昂磊落地说："宁栖野树林，宁饮涧水流。"（《献始兴公》）然而中年以后，却丧失了保持傲骨的勇气。这里面的原因是多方面的。王维是一个在开元盛世中成长起来的士人，他那一代士人普遍对政治怀有积极的热情，希望乘时建功，有所作为。这从他前期的经历里可以看得很清楚。同时他也是一个很重感情、很有责任心的人。他早年贬官后，很向往陶渊明归隐田园之举,甚至说:"不厌尚平婚嫁早,却嫌陶令去官迟。"(《早秋山中作》)归隐的心情十分急切,但另一方面他还是挂念"小妹日长成,兄弟未有娶"(《偶然作》之三),以至于"沉吟未能去"(同上)。在他年逾六旬时,还在《谢弟缙授左散骑常侍状》中表达了极深的手足之情:"臣之兄弟,皆迫桑榆,每至一别,恐难再见,匪躬之节,诚不顾家;临老之年,实悲远道。"亲情和责任感的牵挂,对他不能决绝归隐也是有影响的。当然,王维在天宝以后官职日高,文名日盛,要彻底从官僚社会中抽身而去,无疑是越来越不容易。

　　王维的软弱固然是不可取的,但我们也不应过分地责备他,甚至说他是彻底的圆滑。在恶浊的朝廷里,他没有去投机钻营,没有不顾一切地去追求个人的荣华富贵,这又是他软弱中的一种骨气,妥协中的一种操守,他所说的"身心相离",就是要在恶浊的现实里,保持内心的清白。尽管我们知道,保持这种清白是困难的,但一个人愿不愿意坚持这一点,和干脆放弃这一点,甚至用圆滑的方式为自己恶劣的行径开脱,在现实中还是有很大区别的。这个问题实际上是在中国封建社会后半期，困扰中国士人的大问题，在宋代以后兴起的新儒学，有很多讨论，都由它所引起。在现实中，我们很难根据一个人说的一两句话来判断他是和光同尘而不失操守，还是同流合污而文过饰非，这就需要联系他的所作所为来分析。王维以半官半隐的方式尽可能避开充满跳梁小丑的名利场，在山水林泉中排遣内心的苦闷，恢复内心的宁静与纯洁，这是他对于现实的一种抵抗。当然，他的抵抗是无奈的，他也因此要在现实中忍受人格分裂的痛苦。这种痛苦也渗透在他的林泉之游里，使之少了乘化归真的恬和，多了避世离尘的孤寂。

二、佛理对王维的影响

谈到王维的精神世界，特别是他中年以后的生活态度，佛教的影响是不能不提到的。王维是十分精通佛理的诗人，在中国诗史上，他被称为"诗佛"，这与李白被称为"诗仙"、杜甫被称为"诗圣"一样，都广为人们接受。在他生前，友人就评价他是"当代诗匠，又精禅理"

(苑咸《酬王维》)。

王维很早就接受了佛教。他幼年丧父,九岁时,母亲崔氏就开始师事大照禅师普寂。他的字"摩诘",就取自佛经上著名的居士"维摩诘"。在王维生活的时代,佛教十分流行,士人习佛的风气也很兴盛。据记载,著名僧人神秀被朝廷迎往东都洛阳,王公贵戚和士庶百姓,万人空巷去迎接他(《旧唐书·方伎传》);许多高僧门下都有很多的俗弟子,聚集着许多著名的士人。当时的士人学佛,有各种各样的动机,王维是很认真的,他一生结交过许多僧人,接触过各种佛教宗派的思想,和华严宗、密宗、律宗等宗派的僧侣都有来往,而往来最多的则是禅宗的僧人。

王维接触禅宗,首先是从北宗禅开始的。在他少年时代,由神秀、普寂等人所传的北宗禅在中原十分兴盛。他的母亲崔氏是普寂的弟子。神秀去世后,普寂就是北宗的领袖。王维十五岁来到长安,当时北宗的禅法在士人中流行一时。对王维有奖掖之力的韦陟,就对神秀的弟子义福"常所信重"。王维的弟弟王缙与普寂的弟子广德是知交,广德的弟子昙真去世后,王缙为他撰写碑文,昙真的弟子正顺"视缙犹父"。可见,王维一家都与北宗禅有很深的渊源。

王维接受南宗禅,主要是从与神会的交往开始的。神会是慧能的弟子,在慧能死后,到中原的南阳一带广泛传法,使南宗的影响开始超过了北宗。开元二十八年(740),王维在殿中侍御史任上知南选,路过南阳,在南阳郡的临湍县驿同神会谈论佛法达数日之久。王维向神会询问怎样修道才能达到解脱,神会回答他说:"众生本自心净,若更欲起心有修,即是妄心,不可得解脱。"王维十分惊叹,向在座的人称赞神会"此南阳郡有好大德,有佛法甚不可思议!"此后,王维一直与神会保持着密切的交往,还曾受神会之托,为慧能撰写碑文。神会在南阳传法后,北宗禅的影响趋于衰落,而王维也从北宗禅转向南宗禅,他这种转向与当时士人习禅的风气演变完全一致。

王维一生习佛,最初是因为风气的习染,但随着人生阅历的增多,特别是中年以后政治上的压抑,佛理越来越成为他精神上的安慰。他说："一生几许伤心事，不向空门何处销。"(《叹白发》)这是很感伤的自白。那么，王维对佛教最有体会的是哪些问题呢？从他的诗文中，我们可以看到，他深有所得的，首先就是佛教的"空"理。佛教认为世界万物是因缘所生，并没有客观的实在性。但"空"又不是绝对的虚无、一无所有，而是与"有"相对待而生。"空"是世界的真实本相，而"有"是虚假的幻相，但彼此互相依存，不能相脱离而存在，所谓真空假有，佛教认为，认识这个"空"理，就是般若智慧。王维在很多场合都谈到这种"空"理，如《与胡居士皆病寄此诗兼示学人二首》其一云："色声非彼妄，浮幻即吾真。"其二云："浮空徒漫漫，泛有亦悠悠。无乘及乘者，所谓智人舟。"谈得更透彻的是《胡居士卧病遗米因赠》："了观四大因，根性何所有。妄计苟不生，是身孰休咎。"佛教认为，人的身体是地、水、火、风四大和合而成，"四大无主，身亦无我"(《维摩诘经》)，这种缘起观，正是佛教"空"理的核心内涵。王维从胡居士卧病发出此种感慨，正是对"空"理的阐发。

"空"理是佛教的根本教义,这是一切习佛者不可以绕开的问题。王维长期与禅宗僧人交往,通过接触禅宗,他对佛教的理解具有了一些值得注意的特点。

在中国佛教的各个宗派中,禅宗有它很大的独特性,禅宗以外的宗派有一些共性,它们按照自己的判教学说,都以一部佛经或几部佛经、论书,作为本宗依据的基本经典。如华严宗奉《华严经》为基本经典;各宗创始人都有卷帙浩繁的论述本宗教义理论的著作;按照各宗的教义,各宗都提出了一个比较严格的修行程序;同时都强调写经、读经、讲经和坐禅,修善积累功德。禅宗虽然没有自己系统的判教理论,但它自称是与禅宗以外诸宗相对立的"宗"、"宗乘",它不仅称各种大小乘经论为"教",而且也把依据这些经论建立自己教义的各个宗派称为"教"。它自称是"教外别传",不提倡读经和著书立说,主张"直指人心,见性成佛",强调"传心"、"不立文字"。它认为信徒不必到处求法,应该自修自悟,"识心见性"、"顿见真如本性"(参见杨曾文《唐五代禅宗史·序》,中国社会科学出版社 1999 年)。

　　禅宗并没有在佛教的根本教义之外提出什么新的主张,它强调"不立文字"、"自性自悟",这种主张的理论基础,是佛教中重要的大乘佛性论和中观思想。所谓大乘佛性论,就是说众生皆有佛性,皆可成佛;中观思想,即观想中谛的思想,中谛即是不离二边的道理。这些思想构成了中国佛教各个宗派的理论基础,但禅宗对它的表达是比较独特的,也比较符合一般士大夫的接受习惯,因此由习禅而对中观思想有更深入的体会,在许多士大夫身上都可以看到,中唐的白居易,北宋的苏轼、黄庭坚都是这方面的例子。

　　在习禅的过程中,王维对中观思想的体会也明显地加深了。他很喜欢《维摩诘经》这部经典,在作品中曾多次引用。这部经典提倡的是在家修行的居士禅,王维很倾慕维摩诘"不厌世间苦,不欣涅槃乐"的境界,他自己在中年以后走上半官半隐的道路,可以明显地看出居士禅的影响。他为自己的半官半隐所寻找到的思想基础,就以前面的《与魏居士书》为代表,其中"无可无不可"、"身心相离,理事俱如"的意见,都可以看到中观思想的浸润。

南宗禅在中唐以后,提出了"道不用修"、"平常心是道"(《景德传灯录·道一禅师语》)。这种将禅完全置于日常生活的做法,其理论基础自然也离不开佛教的中观思想。这个主张后来发展到"佛法无用功处,只是平常无事,屙屎送尿,着衣吃饭,困来即卧"(《临济录》)。王维的习禅当然没有走到这种地步。他长期接受北宗禅的影响,也重视"坐禅观心"。他的诗文中多次提到自己的"坐禅"之举,《旧唐书》本传上说他"退朝之后,焚香独坐,以禅诵为事"。北宗的影响,在王维是保持终生的。他愿意避开尘世的喧嚣,在山林中"习静"、"安禅",特别是在晚年,更是"晚知清静理,日与人群疏"(《饭覆釜山僧》)。这和中唐以后的士大夫越来越将修禅日常化,是有区别的。

禅宗主张"自性自悟",强调的是修道者通过自性的顿悟来理解佛法大义,这种禅悟与艺术创作中的妙悟,有近似之处。南宋著名诗论家严羽"以禅喻诗",提出:"大抵禅道惟在妙悟,诗道亦在妙悟。"(《沧浪诗

话》)王维是一个天才妙悟的艺术家,其妙悟之才固然
有天分的因素,但也离不开后天的培养,在这个意义上,
习禅对他显然是有影响的。只是需要说明的是,禅悟与
诗悟的相通,不仅在王维身上,而且在很多诗人身上,都
有体现。如中唐的白居易,北宋的苏轼、黄庭坚,莫不如
此。但这些作家所呈现出来的诗禅相通方式,彼此有很
大的差异。这里有多方面因素的影响,比如一个诗人所
接受的艺术传统、学佛的具体方式和修习所得等。因
此,我们可以说,王维的艺术从佛教中获得了影响,但这
种影响如何呈现,却不能很简单地说明。

三、佛理与诗心的交融

作为"诗佛",王维的诗作,很多都是浸润于佛理
的,但有的很成功,有的并不那么成功。他有不少直接
阐述佛理的作品,如《胡居士卧病遗米因赠》:

> 了观四大因,根性何所有。妄计苟不生,是身
> 孰休咎。色声何谓客,阴界复谁守。徒言莲花目,

岂恶杨枝肘。既饱香积饭，不醉声闻酒。有无断常
见，生灭幻梦受。即病即实相，趋空定狂走。无有
一法真，无有一法垢。居士素通达，随宜善抖擞。
床上无毡卧，锅中有粥否。斋时不乞食，定应空漱
口。聊持数斗米，且救浮生取。

　　这样的作品，在艺术上当然没有什么可取之处。更
值得我们关注的，应该是那些佛理与诗心有深层相通的
作品，然而对这些作品的分析无疑又是极不容易的，因
为用一个古人描述诗艺时常用的比喻来讲，深层的相
通，犹如水中着盐，我们可以感受它的声味气韵，却很难
具体地指出它的形迹。我们这里的说明，也只是尽力得
其约略仿佛而已。

　　中国古典诗歌的最高表现艺术，就是"意境"艺术。
有意境的作品，能够通过特定的诗歌艺术形象，形成丰
富的联想空间，以意在言外、回味无穷的特点，传达心灵
的意蕴。意境艺术在盛唐诗歌中趋于成熟，而王维在意
境的创造上更有极高的成就。有意思的是，"意境"虽

然是一个艺术问题,但中国古代的诗论家在提出这个概念、分析这个艺术现象时,受到了佛教的影响。其中"境"的概念就出自佛教,指心与感官感觉或思维的对象。这说明,佛教在促使中国诗人在认识诗歌艺术的一些问题上是很有帮助的。佛教认为世界的本质是"空",提出"三界唯心",意思是世界上一切现象,皆由心所变现。当然,佛教所说的"心"有特定的含义,与一般的理解不同,当然也不同于艺术家创作时的主观活动,但这种认识可以帮助人们理解诗歌意境的真正旨归在于心灵的传达,而不是生活具体内容的实录。

王维在意境的创造上造诣精深,而其中最引起我们注意的,就是他在诗体的运用、诗歌意象的捕捉与剪裁上,极为灵动神妙,不拘一格,变化从心,无迹可求。他所创作的各种诗体,无不有精妙的成就,而他的山水诗尤以其艺术上的万千姿态而引人注目。这些作品或以色彩点染,或以声响传韵,或奇伟壮丽,或清轻秀雅;有时勾勒繁密,有时清空淡远,有时一草一木,逼真如绘,有时又专以声光气韵,勾勒无形。他选择的意象是如此丰富,笔法是如此变幻不居,在他之前,还没有哪一个诗人能与之相比。王维能把意境艺术发挥到如此神妙的地步,是和受佛理的浸润密不可分的。从创作的灵感上讲,意境的产生得之于妙悟,王维极重妙悟,而禅道的顿悟与诗道的妙悟本有相通之处。从诗歌意象的特点来看,意境艺术最强调剪裁布置、虚实相生,任何拘泥物象的做法,都不可能有成功的意境。王维对佛教的"空"理深有领悟,也曾在诗中阐发过"三界唯心"的道理,如"一兴微尘念,横有朝露身。如是睹阴界,何方置我人"(《与胡居士皆病寄此诗兼示学人》其一)。南宗禅特别阐述过"万法"归之"一心"的道理,《坛经》上说:"性含万法是大,万法尽是自性,见一切人及非人,恶之与善,恶法善法,尽皆不舍,不可染著,由如虚空,名之为大,此是摩诃";"故知一切万法,尽在自身中,何不从于自心顿现真如本性。"世界万物本非实有,皆由心所变现,这一点对他理解诗歌的艺术形象是心灵的传达是有帮助的,因此在意象的选择上,他就表现得不拘泥,不执着,随传情写照的需要而灵活取舍,这对他得意境之真髓,无疑深有影响。

　　王维在天宝年间所创作的一些山水诗，在意境的创造上有极高的造诣，其中的《辋川集》绝句组诗尤其被人看作是意境艺术的极致。清代诗人王士禛称赞这些诗作是"句句入禅"，但这些作品与佛理的相通之迹，还需要仔细的分析。王维在诗歌中很善于写"空"、"静"之景，而其中的"静"又往往和"空"联系在一起，如《鸟鸣涧》"夜静春山空"，由静而觉春山之空；《辛夷坞》"涧户寂无人"，从寂静而觉"无人"之空；因此，"空"境的创造，是王维诗中更根本的特色。王维笔下的"空"，并非空无一物，也不是简单的无人之景，如《鹿柴》中就有"但闻人语响"之句。它包含着丰富的声响色味，而真正没有的，是人心的躁动与人情的执着，所以"空"又往往包含着"静"趣。这种"空"境，就其构思的方式来看，可以看到佛教"空"理的影响，万有自在生灭，不染执着，便是空性的体现。但是，佛教的影响毕竟是有限度的，王维笔下的"空"境，与佛教的"空"理，只是形似而神不似。他以"空"境，展示了内心不同的情感，在佛教看来，这些都是应当去除的执着，其《鸟鸣涧》中空静的春山，让我们领略到诗心的恬淡；《山居秋暝》中的空山，则展示了高洁爽朗的精神世界；至于辋川绝句中幽远无人的山林，其孤清绝尘的内涵，更值得细细品味。在辋川隐居的王维，并没有达到佛教所要求的解脱；就是他自己所说的"无可无不可"、"身心相离"、"理事俱如"，在他也没有真正地实现。他的内心始终忍受着人格分裂的痛苦。这种痛苦伴随着他在朝廷的虚与委蛇，同样也渗透于他的林泉啸傲。和陶渊明的田园诗不同，陶诗对田园有真心的向往、深挚的热爱，他回到田园，就是漂泊的游子回到自己的家园，所以他的田园诗，尽管也有矛盾，有痛苦，但这些并不会动摇他精神上对田园执着的依恋。与陶渊明不同的是，王维对现实是失望的，然而在山林之间，他找到了离尘绝俗的空静，却没有找到多少心有归宿感的恬然快乐。在"晚知清净理，日与人群疏"（《饭覆釜山僧》）中，他固然可以独坐幽篁，抚琴独啸，然而高风绝尘的雅致，还是掩藏不住内心的一丝孤寂。

　　传统的山水诗人，追寻在俯仰山水间求得内心与大化的融合，排解内心的愁闷。王维晚年也有一些这样的作品，比如《终南别业》（中岁颇好道）；但他的辋川隐居之作，很多都是以山水描写刻画一个离尘绝俗的世界，安顿在现实中无所归依的心灵。他所向往的世界是如此清雅高绝，他远离尘世的愿望又是如此强烈。在佛教看来，这当然是不应有的分别心，是应当去除的执着，然而在辋川绝句里，我们读到的，却恰恰是这些于佛理禅心其义未安的深心幽怀。

　　可见，王维的"空"境，吸取了佛教"空"理之形迹，却并未因循其神髓。他毕竟还是一个感情丰富、才艺超群的诗人，而不是一个身心寂灭的佛教徒。在青春意气的年轻时代是如此，就是在身心萧索的晚年，生活的坎坷和佛理的渗透，也并未彻底磨去他的诗人性情。透过其诗中的"空"境，我们看到的，还是一个诗人的凡情，其忧伤寂寞，同样使我们感慨唏嘘。当然，佛理的浸润，使诗人在表达凡情中，有了深邃的意趣，其诗中的"空"境，以丰富的声响色相、物态人迹，展示心意的空灵，将虚实相生的意境艺术推向极高妙的境界。这又是习佛甚深的诗人,在艺术上得佛理禅心之助而精妙绝伦的地方。

终 南 别 业①

中岁颇好道②,晚家南山陲③。

兴来每独往,胜事空自知④。

行到水穷处,坐看云起时。

偶然值林叟⑤,谈笑无还期⑥。

① 终南别业:指终南山上作者的别墅。终南,即终南山。别业,别墅。

② 中岁:中年。

③ 晚:近时、最近。陲:边。

④ 胜事:快意的事。空:只。

⑤ 值:遇着。

⑥ 无还期:指和林叟谈笑,忘记了回去的时间。

关于这首诗的标题，《国秀集》题作《初至山中》，说明这首诗是王维初居终南山而作的。从这首诗里，我们可以真切地体会到隐居的诗人内心所渴望的，究竟是怎样一种生活，怎样一种境界。

诗句卸去了一切雕饰，向友人平静地讲述自己归山隐居的缘由和隐居生活的快然自得。诗人写道，自己中年以后便厌弃了尘俗的生活，潜心向佛，在终南山边过上隐居的生活。山居的生活是如此自在，兴致来临时，自己每每独自在山间闲行，那快意自在的感受，也只有自己心领神会。诗句表面上带有些自叹的意味，诗人对友人说，山间固然快乐，无奈只有自己欣赏，但这其实是反语。诗人真正要表达的是，自己陶醉于山林的高怀雅兴，在世间罕有同调，而自己并不因此而觉得孤独，相反，独来独往自有一份快然自足。

全诗最令人击节叹赏的，是第三联。诗人在山间闲行，走到山溪尽处，眼前似乎无路可行，于是索性坐下来，看白云飘浮而起。一切都是那样自然，山间的流水白云，无一不能引发诗人无尽的兴致。这种自在洒脱、不疾不徐的精神状态,正是隐居山林的诗人最怡然自得的境界。南宋魏庆之高度评价这首诗:"此诗造意之妙,至与造物相表里,岂直诗中有画哉。观其诗,知其蝉蜕尘埃之中,浮游万物之表者也。"(《诗人玉屑》)沈德潜称赞此诗:"行所无事,一片化机。"(《唐诗别裁集》)沈氏看出了诗中的自在,但以"化机"来解释,似有未尽。乘运任化,是道家崇尚的境界,陶渊明对这一境界有深刻的表现,最著名的莫过于他的名句:"纵浪大化中,不喜亦不惧。应尽便须尽,无复独多虑。"(《神释》)王维当然受到这种思想的影响,然而在这首诗中,我们在体味"应尽便须尽"的坦荡的同时,还领略到妙境无穷的活泼,俞陛云先生说:"行到水穷,若已到尽头,而又看云起,见妙境之无穷。"(《诗境浅说》)这种活泼还要从王维深通佛理处来理解。诗意使我们不难联想到禅宗所说的"应无所住而生其心"。禅宗此论法,深刻地阐发了佛教关于空的认识,说明只有去除执着,才能摆脱烦恼,得到解脱。禅宗的许多机锋、公案,都让我们感受到顿悟解脱后的活泼自在。王维此诗无疑也呈现出佛理的浸润,无论是流水，还是白云，只要无所分别、无所执着，就处处是山林的妙景。结尾两句写诗人在山间漫步时，偶然碰到林中老人，于是和他们无拘无束地尽情谈笑，以至于忘了时间。这与前面独赏山水时的自在洒脱，浑融一体。

这首诗平仄不调，但中两联对仗，同时押平声韵，它究竟是律诗，还是古诗，人们有许多不同的看法。清人赵殿成在《王右丞集笺注》中将它归入古诗，近人高步瀛则认为："此等作律诗则体格极高；若在古诗，则非其至者。"（《唐宋诗举要》）偏向于把它看作律诗。诗中的平仄接近拗体，这首诗应该是一首"五言拗律"，诗人使用这种句式，造成一种随意散漫、无意求工的意趣，和诗中的洒脱自在正相呼应。

终　南　山①

太乙近天都②，连山到海隅③。

白云回望合，青霭入看无④。

分野中峰变⑤，阴晴众壑殊⑥。

欲投人处宿,隔水问樵夫。

① 终南山:主峰在今陕西西安长安南五十里。

② 太乙:即太乙山(乙也写作一),终南山的主峰。这里指代终南山。天都:传说中天帝居住的地方。近天都:极言其高。

③ 海隅:海边。

④ 青霭:山中青色的雾气。

⑤ 分野:古人通过天上二十八星宿的区分来标志地上的州国,称分野。

⑥ 众壑:众多的山谷。

中国的山水诗诞生于南方,自南朝以至初唐,描写高山大壑的雄浑之作比较少见。作为一个生长于北国的天才诗人,王维很善于描写雄奇的北方山水,这首作品,是诗人在开元天宝之际在终南别业过着亦官亦隐的生活时创作的,从中我们不难领略诗人浑厚不凡的笔力。

诗人从不同的视点去勾勒终南山的宏伟轮廓。全诗的开篇从遥望的角度，以夸张的笔法，描写终南山高耸入云，它那绵延不断的山岭，一直延伸到东海之滨。第二联则变远观而为近视，写诗人在终南山中行走，身边白云缭绕，而山中的岚烟雾霭，远看则飘荡于山际，待到走到跟前，却又全然消失，无踪无迹。这样的景象，只有在幽深的山谷里才能充分领略，这种属于高山大壑的幽深峻峭，从侧面烘托出终南山的宏伟。五、六两句，则取由高向下的俯看姿态，用笔仍然十分夸张。诗中说，终南山的中峰，就是人间州国的分野，山南山北是不同的天地，而山间的千岩万壑，竟然阴晴不同，气象万千。终南山充塞天地的宏伟壮大跃然纸上。开篇至此，终南山的雄伟已尽收眼底，无怪乎清人沈德潜称赞它："近天都言其高，至海隅言其远，分野二句言其大，四十字中，无所不包，手笔不在杜陵下。"（《唐诗别裁集》）

全诗的最后两句看似与全诗无关，却是深通艺术三昧的妙笔。王维写尽终南山的高大、辽阔与幽深，笔力可谓不凡，但只写到这一点，这幅山水巨作还是缺少一点灵气与神韵。如果单论诗中夸张的笔法，许多穷形尽相的辞赋,就完全可以做得更为成功。王维没有忘记,他是在写一首充满灵性的诗作,全诗结尾的两句,正是灵光一现的点睛妙笔。诗中写道,诗人隔着山溪,向对岸的樵夫打听投宿之处,这幅深山问路的图画,写出了高山大壑所带给人心的荒远幽深之意。沈德潜称赞这两句:"或谓末二句似与通体不配。今玩其语意,见山远而人寡也,非寻常写景可此。"(《唐诗别裁集》)《唐诗评选》云:"结语亦以形其阔大,妙在脱卸,勿但作诗中画观也,此正是画中有诗。"

对这首诗,赵昌平先生有很精妙的分析,他认为此诗"在阔大之中,更注重于大山的变化不可端倪之感,以意韵胜;灵山之高接天都,连山向海,不可名状;云气出入之际,乍有若无;中峰之分野变化,阴晴奇幻;特别是篇末隔水一问,空谷传响:均将大山之空沉表现得含意无尽。……诗中终南山给人的并非是二谢那种写生式的具体图景,而是一种超越形象之外的清虚气韵"(《王维与山水诗由主玄趣向主禅趣的转化》,《赵昌平自选集》第111—130页)。

奉和圣制从蓬莱向兴庆阁道中
留春雨中春望之作应制^①

渭水自萦秦塞曲^②,黄山旧绕汉宫斜^③。

銮舆迥出千门柳^④,阁道回看上苑花^⑤。

云里帝城双凤阙^⑥,雨中春树万人家。

为乘阳气行时令^⑦,不是宸游重物华^⑧。

① 奉和圣制:写诗应和皇帝的诗作。奉,表示恭敬。圣制,皇
帝所写的诗。蓬莱:即大明宫,因宫后有蓬莱池,故名。阁
道:即复道,高楼间架空的通道。开元二十三年(735),朝
廷建筑了连接大明宫、兴庆宫和曲江风景区的通道,供皇
家游览。留春:赏春。应制:应皇帝之命写诗。

② 渭水:渭河,源出甘肃渭源的鸟鼠山,经陕西由潼关入黄
河。秦塞:秦国所在之地,古称秦地为"四塞之国"。

③ 黄山:指渭水旁的黄麓山,在今陕西兴平北,汉时有黄山
宫。汉宫:指黄山宫,汉惠帝二年建造。

④ 銮舆:皇帝的车驾。千门柳:千门万户门前的柳树。

⑤ 上苑：上林苑，秦汉宫苑名，这里泛指皇家园林。

⑥ 双凤阙：宫门前的望楼叫阙，汉建章宫有凤阙，汉武帝时建造。

⑦ 乘：趁着。

⑧ 宸：皇帝出游。

这是天宝年间王维作的一首应制诗。唐宫修成阁道之后，唐玄宗游览阁道，曾在雨中望春赋诗一首，王维这首诗是奉旨唱和之作。应制诗要歌颂皇帝的圣德，要表现皇家的富贵气象，如果是奉和，还要应和皇帝原作的诗意，带着这么多镣铐来跳舞，自然很难写出好作品。王维这首诗能兼顾方方面面，又不落于陈词滥调、贫乏肤浅，显示了极高的才华。清人沈德潜认为"应制诗应以此篇第一"（《唐诗别裁集》），洵非虚誉。

全诗紧扣阁道望春的高迥开阔之意，起句便从长安宫阙为山水环绕的广阔背景落笔，展示了极辽阔的视野，而"渭水"、"汉宫"之语，又使诗意具有了浓厚的历史感。三、四句点出阁道望春之意，皇帝的銮驾在阁道中前行，车驾之下是千门碧柳，回头遥望，宫苑内春花烂漫。这两句表面是写皇宫春色，实际则让人领略到皇家的富贵繁华。五、六句是全诗中最精彩的部分，春雨中的长安城弥漫着氤氲的雾气，只见宫殿前的一对凤阙，高高耸立；雨色迷濛中，依约可以见到城中的万户人家。这两句写出了长安城的宏伟壮观，以及太平盛世的繁华富庶。比较起来，全诗的前四句写长安的开阔和皇家的富贵，虽然也很有笔力，但与这两句相比，还是落于形迹，五、六两句，虽然只是写春雨迷濛中的长安，但诗人捕捉了开阔而浑厚的视觉印象，云中高耸的双阙，使人可以想见帝都的庄严与壮阔，而春雨润泽的千门万柳，则使人感到盛世的繁华。诗句中，虽然没有一个富贵、阔大字样，但大唐盛世万邦来仪、九州安泰的恢弘气象，已经如在目前。清人吴汝纶称赞这两句："大气笼罩，气象万千。"（《唐宋诗举要》）王维晚年作过一首《和贾舍人早朝大明宫》，在这首诗里，他以"九天阊阖开宫殿，万国衣冠拜冕旒"来描写唐王朝的天朝气象，其中

"九天阊阖"与"万国衣冠",词句不可谓不恢弘,但若论诗意的回味,则不及"云里帝城"与"雨中春树"一联。大诗人杜甫描绘开元、天宝的盛世景象,有诗云:"忆昔开元全盛日,小邑犹藏万家室。稻米流脂粟米白,公私仓廪俱丰实。九州道路无豺虎,远行不劳吉日出。"(《忆昔》)这几句诗经常为后人用来说明开天盛世的繁华,但与王维"云里"、"雨中"一联相比,在意境的空灵蕴藉上,还是有所逊色。王维的诗句,最典型地反映了盛唐诗歌"兴象玲珑"的风神,而杜甫的作品更多地开启了新的美学趣味。

全诗的结句,很符合应制的口气,清人赵殿成说:"结句言天子之出,本为阳气畅达,顺天道而巡游,以行时令,非为赏玩物华,因事进规,深得诗人温厚之旨,可谓应制体之式。"(《王右丞集笺注》)这首诗是歌咏雨中望春之意,遣词用句本难以避免花红草绿之柔媚,但诗人能在柔媚中写出宏大的气象,语言的功力非比寻常。清人焦袁熹称赞此诗云:"字字冠冕,字字轻隽,此应制中第一乘也。"(《此木轩论诗汇编》)。

送元二使安西①

渭城朝雨浥轻尘②,客舍青青柳色新③。

劝君更进一杯酒,西出阳关无故人④。

① 元二:姓元,排行第二。使:奉命出使。安西:即安西都护府。唐太宗平高昌以后,置安西都护府于交河城(在今吐鲁番附近),显庆时徙于龟兹(今新疆库车、沙雅间)。诗题一作《渭城曲》《阳关》,又称《阳关三叠》。

② 渭城:地名,汉改秦咸阳县为新城县,不久又改为渭城县,唐代属于京兆府咸阳县辖地,在今陕西咸阳东北。浥:沾湿。

③ 客舍:旅店。

④ 阳关:关名,位于河西走廊的尽头,玉门关南,故址在今甘肃敦煌西南,为汉唐以来通向西域的必经之地。

这首诗大约作于天宝年间,当时就被谱成乐曲,在送别的场合歌唱。演唱时,"西出阳关无故人"一句被连续反复,所以又称为《阳关三叠》。白居易《对酒诗》就说:"相逢且莫推辞醉,听唱阳关第四声。"刘禹锡《与歌者诗》云:"旧人唯有何戡在,更与殷勤唱《渭城》。"可见,这首诗入乐后传唱极广。

古人说:"唐人饯别之诗以亿计,独《阳关》擅名。"(《唐诗解》)又说:"唐人别诗,此为绝唱。"(《唐诗绝句类选》)又说:"后之咏别者,千言万语,殆不能出其意之外。"(《麓堂诗话》)可见,这首诗是写离情的绝唱。对于其艺术上的妙处,古人也有种种的分析,大多都注意到它的自然,所谓"自是口语,而千载如新"(《诗薮》);"信手拈出,乃为送别绝唱"(《唐诗选脉会通评林》);"不作深语,声情沁骨"(《唐诗笺要》)。这些意见都很值得体会,但最精彩的评价,似乎当属清人赵翼。他认为此诗之妙,在于"先得人心之所同然者"(《瓯北诗话》),简单地讲,就是诗中说出了人人心中想说而又不曾说出的话。

王维是送别他的朋友出使安西,而且诗中说:"西出阳关无故人。"这些都是具体的情事,然而无论是白居易,还是刘禹锡,还是千千万万在与友人饯别时演唱这首作品的士人,他们都不认为这首诗只是为出使边塞的朋友送行,而是认为它说出了所有人的依依惜别之情。

"西出阳关无故人"一句固然是以西出边塞唤起惜别之情,但如果把诗意局限在异域荒凉的意思上,我们就很难体会诗中的共通感。诗人所感叹的,是前路之上,再没有自己这个老朋友与友人相伴,而不是单单讲老朋友此去将不再会遇到相知的故人。诗人与远行的朋友之间这种特定的惜别之情,才是使此诗能够"得人心之所同然"的地方。盛唐诗人高适云:"千里黄云白日曛,北风吹雁雪纷纷。莫愁前路无知己,天下谁人不识君。"(《别董大》)这是诗人在一般的送行格局中翻出新意,诗意是说,天下人都是远行者的故人,眼前的故友离别并不需要过分悲戚。与高适的翻空出奇相比,王维的诗句更能写出人情之常,也许初唐诗人王勃的《送杜少府之任蜀川》,可以看作是对王维诗意之悲的另一种化解:"城阙俯三秦,风烟望五津。与君离别意,同是宦游人。海内存知己,天涯若比邻。无为在歧路,儿女共沾巾。"其中最为传诵的名句"海内存知己,天涯若比邻",就是说,只要这世上还有我们两个好朋友在,纵使相隔天涯,也好像比邻而居,这里的"知己",显然也是特指诗人自己与友人。当然,王勃的天真豁达,并不是人人都能有的,友情离别的悲伤,还是被王维的诗句写得最真最透。无论友人此去是仕途显达,前程似锦;还是潦倒悲戚,前路迷茫;是远赴边塞,还是身入京华;这些具体的情事,都不能改变离别中最基本的悲伤,那就是远行人将从此与送行人天各一方,失意的远行固然会使离别的忧伤更加凄凉,但就是前程得意,也并不能抚平友朋暌离的哀伤。王维此诗,正是以凝练的诗句,拨动了所有人心中这根最脆弱的心弦,而诗意的动人,又尤在于最后一句,无怪乎入乐之后,这一句被反复咏唱,使所有听者悲不自胜,白居易正是不能忍受其中的离情别苦,写下了"相逢且莫推辞醉,听唱《阳关》第四声"的诗句。林庚先生对这首诗的题目,何以在传唱中被称为《渭城曲》有一个妙解,他说:"《送元二使安西》因为头两句……便被后人称之为《渭城曲》,好像那原来

诗题的特殊性已经完全被人遗忘,只留下那最丰富的普遍性。"(《唐诗综论》第 120 页,人民文学出版社1987 年)

辋　川　集 并序(选八)

　　余别业在辋川山谷,其游止有孟城坳、华子冈、文杏馆、斤竹岭、鹿柴、木兰柴、茱萸沜、宫槐陌、临湖亭、南垞、欹湖、柳浪、栾家濑、金屑泉、白石滩、北垞、竹里馆、辛夷坞、漆园、椒园等。与裴迪闲暇各赋绝句云尔。

孟　城　坳[①]

新家孟城坳[②],古木余衰柳。
来者复为谁[③],空悲昔人有。

① 坳:山间平地。

② 新家：刚刚住到。

③ 来者：后来的人。

天宝三载（744）以后，王维在蓝田县的辋川购买了别业，和裴迪一同隐居其中，两人"携手赋诗，步仄径，临清流"（《山中与裴秀才迪书》）；一同歌咏了辋川二十处景致，各自写了五言绝句二十首，由王维辑成《辋川集》，并且撰写了序言（见前）。这首诗是王维《辋川绝句》中的第一首。

孟城坳原是初唐诗人宋之问别墅的所在地，到王维在这里重建别业时，宋的别墅早已荒芜，只剩下昔日的古木衰柳。诗人在短短的四句诗中，将一段今昔之慨写得回味不尽。开篇的一个"余"字，读者便可以从眼前的一株衰柳，想象当年宋氏别墅浓荫繁茂、古木参天的景象，今昔的盛衰，尽在不言之中。三、四句又写出了昔人已逝的无奈，和不知来者的茫然，诗意在今昔的时光交错里，延伸出丰富的艺术空间。正如清人李锳所说："四句中无限曲折，含蓄不尽。"（《诗法易简录》）我们不妨把这首诗和裴迪的同咏比较一下，裴诗云："结庐古城下，时登古城上。古城非畴昔，今人自来往。"陶文鹏先生对裴作之不足的分析是很精辟的，他说裴诗"二十字中，'古城'一词虽三次重复，仍无法在读者心目中浮现起鲜明可感的视觉印象。前二句，十个字仅交代出结庐、登城之事，句中并无感情流注。第三句更是多余的废话"（《王维诗歌赏析》第 121 页，广西教育出版社 1991 年）。

今昔之慨，原本是古典诗文中常见的题材，东晋王羲之《兰亭集序》云："后之视今，亦犹夫今之视昔。"感慨中蕴涵着旷达，这是魏晋人的情感。初盛唐陈子昂《登幽州台歌》云："前不见古人，后不见来者。念天地之悠悠，独怆然而泣下。"诗意在天地悠悠的大背景下，抒发了诗人的孤独与悲怆。王维这首诗，在时空交错的悠远背景下，传达了诗人内心一种难以释怀的茫然情绪。昔日的繁华已成往昔，自己为昔人悲哀，将来会有谁来为自己悲哀呢？在今昔的交错里，自己又安身于何处呢？这一份无所安措的茫然，既非晋人的旷达，也非陈子昂式的壮浪悲怆,它正是王维后期孤寂萧索心境的绝好写照。

<h2 style="text-align:center">华 子 冈</h2>

飞鸟去不穷[①],连山复秋色[②]。

上下华子冈,惆怅情何极[③]。

① 去:离开。

② 复:又。

③ 极:尽头。

这是《辋川集》的第二首。诗中描绘了一个秋天的黄昏,诗人在华子冈上下徘徊,一群群飞鸟飞向遥远的天际,绵延的群山,黄叶飘飞。萧瑟悲凉的秋景,使诗人惆怅不已。

秋山暮色,是很容易唤起悲慨的景象,初唐诗人王绩《野望》云:"树树皆秋色,山山唯落晖。"传达了诗人迟暮的心境；而年轻的初唐诗人王勃，有《山中》一诗：
"长江悲已滞，万里念将归。况属高风晚，山山黄叶
飞。"景象虽萧瑟，情绪却不无悲壮。王维这首诗的独
特，在于写出了深邃而悠远的时空感，开篇"飞鸟去不
穷"与第三句"上下华子冈"是最值得细细品味的地方，
这两句描绘的是富于动感的画面，那联翩不断、消失在
远方的飞鸟，将诗人的视线带向远方，而千山秋色的景
象，正是随着诗人视线的绵延而不断展现出来；第三句
描绘了诗人在华子冈上下徘徊，其言外之意也十分精
妙。随着诗人上下山冈的脚步，我们仿佛可以真切地感
到，那漫山飘飞的黄叶，无处不追随着诗人，包围着他，
使他不能逃离这无边的秋意。只有这样我们才能理解
诗人何以发出"惆怅情何极"的慨叹。在王绩和王勃的
诗中，诗人虽然不遗余力地写"树树"、写"山山"，然而
秋意还只是在有限的群山之上，然而在王维的诗中，无
论是山川高下，还是长天无垠，无处不弥漫着秋意，秋意
是如此浩大无边，而人在如此深邃悠远的时空世界面
前，显得如此渺小、如此无力。

诗中的悲哀,已经不是简单的悲秋,而是一种哲理顿悟的悲慨。诗人写出了人在辽远的宇宙面前,一种深刻的无助与凄凉;这也许就是诗人在现实中茫然无着的折射,然而诗意所呈现的深邃意境,已经远远超出了具体的人事,使我们领悟生命中许多无力左右的悲哀。

文 杏 馆①

文杏裁为梁,香茅结为宇②。

不知栋里云,去作人间雨。

① 文杏:一种珍贵的杏树,司马相如《长门赋》有"饰文杏以
为梁"句,似为此所本。

② 香茅:茅的一种,又名菁茅,生长湖南及江、淮间,叶有三
脊,气味芬芳。宇:屋檐。

以文杏为梁、香茅为宇的文杏馆,它是这样高雅脱

俗，远离尘世，那萦绕在它梁栋间的白云，飘向人间，就化作滋润万物的雨水。全诗前两句化用《楚辞》以香草喻君子的笔法，用文杏、香茅这些名贵芳香的植物，烘托文杏馆的高洁；后两句则以"栋里云"与"人间雨"相互映衬，表面上看，仿佛拉近了文杏馆与人间的距离，实际却恰恰突显了文杏馆的孤高飘渺、迥脱凡尘。徜徉在辋川山水之间的诗人，正是渴望在精神上营造起这样一座文杏馆，远离尘世的烦扰，维系内心的高洁。这是山水的佳致，更是诗人心声的流露。

诗意最耐回味的，是三、四两句，裴迪的同咏是这样写的："迢迢文杏馆，跻攀日已屡。南岭与北湖，前看复回顾。"可见，文杏馆地势高卓，背倚高峻的南岭，俯视山前的北湖，裴迪之作，竭力描绘其"迢迢"之态，可谓就题命意。王维之作，只以"栋里云"与"人间雨"映衬来写，没有一个字直言其高，但文杏馆耸出人间的意态已浮现于句中，这就是"不著一字，尽得风流"的妙处。当然，王维笔下的文杏馆，不仅地势高卓，而且具有迥出尘世的飘逸气象，这更是裴作所不及的了。

鹿　柴①

空山不见人，但闻人语响。

返景入深林②，复照青苔上③。

① 鹿柴：地名。柴，同"寨"，竹篱栅栏。

② 返景：夕阳返照。

③ 复：又，再。

　　鹿柴是辋川中一处很幽静的景致，裴迪的同咏之作是这样写的："日夕见寒山，便为独往客。不知深林事，但有麏麚迹。"诗中说鹿柴这里只有獐鹿的足迹，可见其人迹罕至，这个构思还是不无巧妙的，但和王维这首诗比起来，就显得有些直白，没有多少回味。

　　诗的回味，在于写出"意中之意"。鹿柴的幽静，在裴迪的诗里，只是人迹罕至而已，在王维的诗里，则更有了一种深邃幽绝、远离人世的象征意味。你看，那空旷的秋山里，分明可以听见若断若续的人语，但人在何处，却谁也说不清楚。幽静的鹿柴,不是被人偶然遗忘的角落,而是一个与人世绝对疏离的世界,一个世外的世界,人的有形的足迹不可能拉近它与人世的距离。夕阳西下,一缕斜阳,穿过深深的密林,重新照在鹿柴的青苔之上。这转瞬即逝的斜阳晚照,带给读者的意趣,更堪玩味。鹿柴人迹罕至,加之深林遮掩,平时阳光很难投射进来,所以才有茂盛的青苔。只有晨光初起与夕阳晚照时,这个幽僻的角落,才能迎来难得一见的阳光,所以诗中说,返照的夕阳再次落在青苔之上。俞陛云先生说:"深林中苔翠阴阴,日光所不及,惟夕阳自林间斜射而入,照此苔痕,深碧浅红,相映成采,此景无人道及,惟妙心得之,诗笔复能写出。"(《诗境浅说续编》)俞先生点出诗中的画意,自然十分精妙,但王维的用心,似乎并不全在描绘一种少人道及的"深碧浅红"之景,而是要勾画出一种幽峭的意境。这苍苔卜的夕阳,非但不让人感到些许的暖意,反而越发能领略鹿柴终日远离阳光的幽暗与深邃,而诗人的用心,似乎正在这种孤清幽寂之感的传达。

　　王维笔下的鹿柴,与其说是一种现实的景致,不如说是一个精神的世界。这个世界遗世独处,远离了一切浮尘烦嚣,然而人语飘渺中的茫然与终日阴翳的幽暗,也使这个世界不无孤清与冷寂。这正是王维后期心境的投射。从艺术上讲,清人李锳有这样一个评价:"人语响是有声也,返景照是有色也,写空山不从无声无色处写,偏从有声有色处写,而愈见其空。严沧浪所谓'玲珑剔透'者,应推此种。"(《诗法易简录》)有无相生、虚实相成,是一切成功的意境艺术的通则,具体到这首诗中,诗人写人声而极飘渺,苍苔上的夕阳虽是一缕暖色,但恰恰反衬出深林苍苔的幽暗与清冷,这都是对虚实相生之道的妙用。

木　兰　柴①

秋山敛余照②,飞鸟逐前侣③。
彩翠时分明④,夕岚无处所⑤。

① 木兰柴:地名。木兰,落叶乔木,叶子互生,倒卵形或卵形,

花大，内白外紫。柴，同"寨"。

② 敛：收藏。余照：夕阳，落日余晖。

③ 前侣：飞在前面的伴侣。

④ 彩翠：指落日余晖下木兰柴的绚丽景色。

⑤ 岚：山上雾气。

　　清朝诗人王士禛说："余两使秦蜀，其间名山大川多矣，经其地始知古人措语之妙，如右丞：'秋山敛余照，飞鸟逐前侣。彩翠时分明，夕岚无处所。'二十字真为终南写照也。"（《带经堂诗话》）可见，这首诗绘景状物，有极高的造诣。

　　木兰柴以木兰花得名，木兰花本是十分鲜艳的，我们不难想象，木兰柴的景色也一定艳丽夺人。诗人特意选择黄昏时分来着笔，秋山日落，余晖渐收，归飞的鸟儿划过天空，夕阳西下，装点着木兰花的绚丽山色时明时暗，山岚乍起，一切的山光物态又掩盖在雾霭之中。诗意的高妙，在于处处从飘忽不定的印象处落笔，秋山夕照，光线似明若暗，划过天空的飞鸟，行色匆匆；绚丽的木兰花在夕阳下明暗不定;而最后这一切又被突然飘临的夕岚所遮掩。这种笔法,如惊鸿一瞥,回味深长。景色越是飘忽,带给读者的联想越是丰富而动人。

王维深通佛理,这首诗如此善于捕捉景象的变幻莫测之处,也许可以见出佛教色空观的影响,当然,诗意的旨归并不是佛理的阐释,而是诗人心绪的传达。只是当我们驻足于诗人所描绘的这一幅秋山夕景图时,总能感到它不仅仅是绘出了自然界的美景,更有一种深邃的意趣萦绕其间,令我们欲辨忘言,这也许就是浸润于佛理禅趣的诗心所具有的微妙之处。

白　石　滩①

清浅白石滩,绿蒲向堪把②。
家住水东西③,浣纱明月下④。

① 白石滩:地名。
② 绿蒲:多年生草本植物,叶狭长,多生在河滩旁。向:快

要。堪：能。把：满把。

③ 家住句：指浣纱的女子，有的在河东，有的在河西。

④ 浣纱：这里指洗衣服。

　　白石滩是辋川的一处景致，裴迪的同咏是这样写的："跂石复临水，弄波情未极。日下川上寒，浮云淡无色。"从诗中可以看出，白石滩不过是辋水上的一处河滩，裴迪和王维曾在滩上流连；而在王维笔下，这一处平淡无奇的河滩，却变成了一个晶莹剔透、明净高雅的世界。辋水边上，有一片铺满晶莹白石的浅滩，白色的滩石上流着清澈的河水，滩旁蒲草青青，生意盈盈。在月光皎洁的夜晚，一群少女在滩边洗衣，她们的家就在辋水东西。

　　初看起来，这首诗似乎与王维辋川绝句的基调不太吻合，我们在其中读不出《鹿柴》、《竹里馆》那种幽寂与孤清，但诗中所营造的清新爽洁的意境，则是诗人理想的精神境界的象征。青青的蒲草与清澈的辋水，映衬着白石滩的雅洁，而在明月下洗衣的村女，她们是那

样淳朴天真,诗人在这里有意用"浣纱"来代替村女的
"浣衣"。绝代美女西施在入宫前曾是一名浣纱女,诗
人用"浣纱"这个典故,使普通的村女浣衣,也显得无
比高雅;加之明月的映衬,一幅素雅绝尘的图画便如
在目前。

与裴迪的同咏不同的是,裴作基本上是对景物作写
实性的表现,而王维诗中的浣纱女,也许是白石滩旁浣
衣村女的写照,也许并无生活中的原型,而只是出于诗
人的想象,实际情况究竟怎样并不重要。诗人是借生活
中的景致,创造一个艺术世界。王国维在《人间词话》
中将意境艺术按照创作方式分为"造境"与"写境"两
种,王维的诗歌很善于融会这两种艺术手段,而这首诗
则是典型地反映了他在造境艺术上的高深造诣。

竹　里　馆

独坐幽篁里①,弹琴复长啸②。
深林人不知,明月来相照。

① 幽篁：幽深的竹林。

② 啸：撮口发出长而清越的声音。

　　在幽静的竹林深处，诗人抚琴长啸，没有人知道他的存在。只有一轮皓月，透过密密的枝叶，洒落在他的身上。

　　诗人的抚琴长啸，是一种极为高雅的形象。魏晋名士多喜抚琴，嵇康有名句云："目送归鸿，手挥五弦。"（《赠秀才从军》）陶渊明也曾蓄无弦琴一张。而诗中的长啸，则暗用了魏晋之际诗人阮籍闻"苏门之啸"的故事，阮籍到苏门山寻访一位不知名的隐士，阮籍与他讨论"太古无为之道"与"五帝三王之意"，他都毫不关心，阮籍对他长啸，他也只是一笑而已。等到阮籍辞归下山，半路上听到他的长啸，声若"鸾凤之音"（《三国志》注引）。苏门长啸，在唐诗中是很常见的典故，它表达了一种超然世外的隐士风流（参见《中国古诗名篇鉴赏辞典》，日本前野直彬、石川忠久编，杨松涛译，江苏古籍出版社 1987 年）。

　　然而，诗中幽深的竹林，诗人独处其间的孤单身影，还是给抚琴长啸的名士风流,增添了几分孤清与寂寞。知情知意的明月,透过竹林,洒落在诗人的身上,仿佛是在陪伴他,慰藉他的孤单。本该是无情之物的明月,反倒有如许的亲情,人世的冷漠也就尽在不言之中。诗人是高雅绝尘的,然而也是孤独的,在远离尘嚣的山水中,他找到了心灵的纯净,却没有找到感情上的恬然自安。正是这复杂的情感,造就了诗意的无穷回味。

辛　夷　坞①

木末芙蓉花②,山中发红萼③。
涧户寂无人④,纷纷开且落⑤。

① 辛夷坞:辋川地名,以盛产辛夷得名。辛夷,落叶乔木,花开似莲花,有红、紫二色。坞,周围高而中央低的谷地。
② 木末:树梢。芙蓉花:辛夷花和芙蓉花相似,故称。
③ 红萼:红色花萼。
④ 涧户:山涧两崖相向,状似门户,即指山涧。

⑤ 且：又。

　　寂静的山坞中，辛夷花自开自落。前人评论此诗，有的认为："其意不欲着一字，渐可语禅。"（《王孟诗评》）有的则反对说："此诗每为禅宗所引，反令减价，只就本色观，自是绝顶。"（《唐风定》）一首小诗，引来如此多的争论，自然是因为它含义丰富、意味无穷。

　　这首诗是否有禅趣，我们不妨先把这个问题放开，先从本色来悟入。开篇两句，诗意化用了《楚辞·九歌》"搴芙蓉兮木末"的诗句来描绘辛夷花，其中"木末"一语，很值得玩味。《楚辞·九歌·湘夫人》有"袅袅兮秋风，洞庭波兮木叶下"之语，其中"木叶"一词，极具妙理。林庚先生曾精辟地分析说，使用木叶，"带来了整个疏朗的清秋的气息"（《唐诗综论》第 288 页，人民文学出版社 1987 年）。"木"与"树"相比，形象更简洁，而王维在这里写辛夷花开在"木末"，辛夷鲜艳的花萼和"木"的瘦劲朗然的形象相映衬，一种孤芳高绝的气质便萦绕于笔端。清人李锳称赞这首诗"幽淡已极，却饶远韵"(《诗法易简录》)。的确,诗人描绘辛夷,没有花枝招展的繁缛之笔,只以简洁的意象勾勒一种高雅幽绝的气质,这正是"幽淡"的体现。在无人的山坞里,辛夷花自开自落,蓬勃热烈的生意和山坞的幽寂,交织出奇异诗境。辛夷花生生灭灭,超然自足,无人欣赏,也不希求人的欣赏,这正是孤芳高绝的写照。

空谷辛夷,自开自落。从这一独特的意象中,我们不难看到浸润佛理对诗人的艺术构思是有影响的。佛教所说的色空观,认为世界本质的空性,与作为现象的假有,相对而存在。宋代大诗人苏轼,曾作《罗汉赞》,以"空山无人,水流花开"来传达佛教的性空意趣。近人俞陛云先生认为,王维此诗与苏轼之语,正是同一意境(《诗境浅说续编》)。王诗与苏轼之语,从空、有两面来落笔,以万有之生灭,写空境之意趣,如此构思用心,都可以见出佛理的影响。但从诗歌本身来玩味,两者还是有细微的不同:苏轼之语着眼在水之"流"与花之"开",都是生意具足的意象,与空山无人相映衬,十分切合佛教色空观所欲传达的意趣。然而王维此诗,终笔于辛夷的"开且落",如此鲜艳的生命,在寂寞中终结,无论如何是令人感伤的,这就使诗中的空山,带上了幽寂与孤绝的气氛,这种气氛,并不符合佛教追求的解脱之境,却是诗人在幽独中寻求理想人格的写照。

积雨辋川庄作①

积雨空林烟火迟②,蒸藜炊黍饷东菑③。

漠漠水田飞白鹭④,阴阴夏木啭黄鹂⑤。

山中习静观朝槿⑥,松下清斋折露葵⑦。

野老与人争席罢⑧,海鸥何事更相疑⑨?

① 积雨:连日阴雨。辋川庄:诗人晚年隐居的辋川别业。

② 烟火迟:连天阴雨,水气迷濛,炊烟缓缓地升起。

③ 藜:一年生草本植物,新叶嫩苗均可食用。饷:中午送饭。菑:原指刚刚开垦了一年的地,此泛指田地。这句意思是农家中午到田头去送饭。

④ 漠漠:水田开阔的样子。

⑤ 阴阴：夏天绿树成荫的样子。

⑥ 习静：修习"静慧"与"静虑"。朝槿：木槿，落叶灌木或小乔木，夏秋之交开花，有红、紫、白三色。因其花朝开暮落，故称朝槿。古人用它来象征人生无常。

⑦ 清斋：吃素。露葵：一种蕨类野菜，即滑菜，霜露时最鲜美，故称露葵。

⑧ 野老：山野老人，这里是作者自谓。争席：争夺席位。《庄子·寓言》载阳子居（即杨朱）向老子请教，客舍的人见了他都把座位让给他，老子认为他很骄矜，没有人能和他相处好，并告诉他"大白若辱，盛德若不足"；杨朱很受启发，一改常态，客舍的人不再对他谦让，而是和他毫无隔阂地争起座位来。这句是说自己一介野老，已经与物无猜了。

⑨ 海鸥：《刘子·黄帝篇》记载，有人住在海边，与海鸥很亲近，他父亲知道后，命他捉几只海鸥回家。第二天他再去海边时，海鸥便不飞近他了。这句意思是说自己已经完全放下机心，海鸥为什么还要对我心怀猜疑呢？

在王维的传世作品中，七律的数量并不是很多，但在七律史上，这些作品占重要的位置。后人认为，王维的七律,是盛唐七律最典型的代表。

这首诗写于王维隐居辋川期间,全诗在农家蒸藜炊黍的袅袅炊烟中展开,诗人巧妙地让炊烟与连日阴雨的空濛天气交织在一起,勾勒出一幅迷茫的田园积雨图。历来的诗评家都激赏诗中的三、四两句,殊不知这开篇的两句,就已经让连日积雨的濛濛湿意状溢目前。

三、四两句的描绘更加动人。在那水气迷茫的水田上,上下翻飞着洁白的鹭鸟,夏日葱茏的树林间,传来黄鹂的宛转啼鸣。诗句对色彩的运用极具匠心,在积雨的空濛天色中,鹭鸟之白,黄鹂之黄,作为两点亮色点缀其中,色彩的反衬,更增添了读者对空濛天色的感受。而鹭鸟翻飞、黄鹂啼鸣的动感,更使人仿佛身临其境。

在一片空濛中,诗人开始袒露他隐居中的内心世界,面对朝开暮落的槿花,他在参悟人生的无常、世界的空幻;在长松下采摘带露的葵菜,以供清斋素食。诗中的“静”源于佛教,佛教从定、慧的角度,有所谓“静虑”与“静慧”的说法。“静虑”是指静坐修禅,亦即禅定;

"静慧"则是指灭除烦恼之智慧，亦即空慧。诗人这里所说的"习静"当是指修习"静慧"与"静虑"，在屏除尘虑的禅定中领悟世界空幻的本质。用槿花暗示人生的无常，以露葵写诗人持斋奉佛的清心寡欲，使抽象的道理变得形象化。结尾一联，以两个典故，写自己已经尽去机心，与世无争。

当然，这首诗最吸引人的还是前半的写景之句，王维很善于把握自然景色中离形绝相的声光气味，尤其善于刻画一种难描难画的气氛。我们知道，在南朝以至初、盛唐山水诗的创作中，能够写出景物之姿态、山水之氛围的诗句并不多，齐梁阴铿、何逊等人刻画云光雾影，留下了不少意趣飞动的诗句，但像王维这样善于烘托景物之氤氲情状的笔力，并不多见。就此诗而言，三、四两句，最能传达积雨田园的空濛意态。关于这两句诗，唐李肇《国史补》认为唐代诗人李嘉祐有两句诗"水田飞白鹭，夏木啭黄鹂"，王维不过是袭用了这两句诗，加上"漠漠"、"阴阴"而已。李嘉祐的年辈晚于王维，但王维还是有可能见到过李的作品，这个说法是否可靠，还不能下最后的定论。即使这两句真是袭用了李诗,王维加上"漠漠"、"阴阴"四字,也使诗意精彩了许多。"漠漠"刻画出水田在积雨天气中的迷茫空阔的情状,倘若无此两字,积雨空濛之意就难以体现。"阴阴"写出夏木的葱茏和在连雨天的浓翠深茂,无此两字,空有夏木之形相,却少了积雨天气中特有的气氛。

诗中对叠字的运用很可注意。七律而用叠字,这在初、盛唐的七律中比较常见,它是七律与乐府歌行渊源关系的一点遗留。多数情况下,初、盛唐七律对叠字的运用并不成功,所以在七律日趋独立成熟之后,叠字的运用就日见减少。而这里是一个例外,它恰到好处地融合在诗情画意的描绘中,完全没有拖沓之弊。

春 中 田 园 作①

屋上春鸠鸣②,村边杏花白。

持斧伐远扬③,荷锄觇泉脉④。

归燕识故巢,旧人看新历。

临觞忽不御,惆怅远行客⑤。

① 春中:春季之中,即农历二月,是播种季节。

② 鸠:鸟名,即斑鸠。

③ 伐远扬:砍掉桑树高处扬起的长枝,语出《诗经·豳风·七月》:"蚕月条桑,取彼斧斨,以伐远扬。"

④ 觇(chān):窥看。泉脉:伏流于地下的泉水。

⑤ 觞:酒杯。御:饮酒。这两句是说自己举酒欲饮,忽然又喝不下去,想到那些远行在外、不能归乡的人,心中感到惆怅。

　　这首诗具体的创作时间难以确定,从诗意来看,大约是作于隐居辋川期间。田园春色是一个被反复歌咏的题材,然而王维这首诗,无论什么时候读来,都是那样新鲜生动,仿佛春天随诗人的笔触扑面而来。更难得的是,它不仅写出了春天的新鲜生动,更写出了春天田园的独特氛围。

　　诗中描绘的是仲春时节,既非嫩柳才黄的早春,也非林花谢了春红的暮春。仲春的春光,新鲜而又生机勃勃,王维正是敏锐地捕捉了一切可以传达这种仲春感受的物态。屋上的斑鸠已经在欢快地鸣叫,村边的杏花已经盛开,远远望去,一片雪白。开篇十个字,就已经把春光物态的生机勾画了出来。接下来的伐桑觇泉,都是农人进行春耕的准备活动,诗人写农人为春耕做准备,比写春耕本身,更能传达春光来临带给农人的活力。而那高高扬起的桑树枝条,还有在地下涌动的泉水,也让人感到春日的蓬勃。颈联写燕子归来,它们竟然还认得故巢,而屋中的旧主人正在兴致勃勃地看着新年的日历,计算着农时。一年开春,新旧交替,这涌动的生意,又从反面映衬出乡村生活的宁静与单纯。试想,在喧嚣嘈杂的都市,春天固然也带来新的开始,但在躁动的生活里,人们很难从如此细腻的角度去体察春天的来临。只有在宁静的乡村,人们才会留心故燕归巢与翻看新历这样细微的生活情节。

全诗的结尾写羁旅的游子临觞不御,诗意看似突兀,但与前面的描写完全是意脉贯通的。美好的春色,

一年开春的生意,无疑唤起了游子的思乡之情。一个
"忽"字用得很好,诗中的远行客并不是整日沉浸在羁
旅之叹里,面对美好的春光,他也像别人一样感染了春
天的勃勃生意,也同样对未来有了新鲜的憧憬,所以他
置酒陶醉,然而就是在举觞欲饮之际,乡思的惆怅,突然
浮上心头。生活中,并不是只有潦倒失意时,人们才会
思乡,才会想念亲人,快意与欢乐也会使人记惦亲情。
王维在这里写出的,正是这一种微妙的感情,远行客举
觞沉吟的一瞬,固然有羁旅的惆怅,然而惆怅中仍不失
轻快与爽朗。林庚先生曾经精妙地指出,盛唐气象是
"玲珑透彻而仍然浑厚,千愁万绪而仍然开朗,这是植
根于饱满的生活热情、新鲜的事物的敏感"(《唐诗综
论》第48页,人民文学出版社1987年),王维这首小诗
中的乡愁亦是如此。

山 居 秋 暝①

空山新雨后,天气晚来秋。

明月松间照,清泉石上流。

竹喧归浣女②,莲动下渔舟。

随意春芳歇,王孙自可留③。

① 秋暝:秋天的傍晚。

② 浣女:洗衣的少女。

③ 随意:任凭。歇:指春花凋谢。王孙:原指豪门贵戚的子弟,这里指像作者一样的隐士。这两句语出《楚辞·招隐士》:"王孙兮归来,山中兮不可久留。"意思是说,美好的春景虽然消失了,但秋天的景色还是很美的,山中的高隐自可以留在山中,不必归去。

　　这首诗大约作于诗人隐居辋川期间。诗中描绘了秋山的一个雨后黄昏,在淡淡的凉意里,松间的明月,石上潺潺的流水,无一不勾勒出一个爽洁而淡雅的山林世界。

　　全诗以空山开篇,王维的诗中多次出现这个"空"字,这里面带有佛教的影响。从佛教的教义来讲,"空"

作为世界万象的本质，并不是空无一物，其根本的含义是去除了执着的"无我"，它认为万事万物都是因缘和合所生，并无实有的自性。王维这首诗中的空山，并非空无一物、空无一人，其间有明亮的月光和潺潺的山溪，有嬉闹的浣女，有莲花中顺流而下的渔舟，但人在山中，没有尘心俗虑，没有妄念与执着，这就是使山所以为空山的真正含义。

"明月"与"清泉"一联，笔端清澈，绘事如画。你看，一轮明月在黄昏的暮色中升起，皎洁的月光洒在青苍掩映的松林之间。在山溪的青石上，潺潺流动的是明净的山泉，泉水映照着月光，如同洁白的素练。皎洁的明月，清澈的山泉，与冷色的青松、泉石相对照，光感中的躁动，被景物的冷色所过滤，幽静明澈的山林遂如在目前。这里，王维点化了山水诗在创造澄明朗澈之境上的艺术传统。山水诗自产生之初，由于特定的哲学背景，形成了追求澄明朗澈之境的审美趣味，而在具体的创作中，诗人们往往偏爱用冷色调的景物，来表现内心与自然冥合的精神体会。如谢灵运的许多名句，都是偏于冷色，如"白云抱幽石，绿筱媚清涟"（《过始宁墅》）等等。在王维笔下，冷色的景物中又增添了生动的光感，更增添了诗意脱尘的气质和无穷的回味。

"竹喧"、"莲动"一联，正如陶文鹏先生所言，采用了"暗示"的手法，诗人开始不知有浣女，有渔舟，及待听到竹林中一阵欢快的嬉闹声，才见到黄昏归来的浣女；而渔舟本来掩藏在茂盛的莲花中，一阵莲叶摇荡，才见到渔舟在顺流返航（《王维诗歌赏析》第68页，广西教育出版社1991年）。浣女归家与渔舟返航，这是山民生活中日复一日的寻常之举，诗人选取它们，正写出了山间生活的勃勃生气，而这种生气是如此自足和乐，一片天然，完全无须外力的造作，这不正是渴望摆脱尘累的诗人最向往的生活吗？从诗人这个角度讲，质朴的"暗示"法，体现出他的精神状态，无论是浣女、还是渔舟，诗人都是在不经意中发现的，他并没有刻意去探寻秋山的生意，而令人陶醉的生意，就这样自然地呈现在他面前。正是有前面的妙手渲染，诗句结尾处真诚的感叹才没有突兀之处，尽管春天已经逝去，但秋日的山林同样是这样美好，山中的高隐自可以流连于此了。

田园乐七首

出入千门万户，经过北里南邻①。蹀躞鸣珂有底，崆峒散发何人②。

再见封侯万户，立谈赐璧一双③。讵胜耦耕南亩④，何如高卧东窗⑤。

采菱渡头风急，策杖村西日斜⑥。杏树坛边渔父⑦，桃花源里人家⑧。

萋萋芳草春绿⑨，落落长松夏寒⑩。牛羊自归村巷，童稚不识衣冠⑪。

山下孤烟远村，天边独树高原。一瓢颜回陋巷⑫，五柳先生对门⑬。

桃红复含宿雨⑭，柳绿更带春烟。花落家僮未扫，莺啼山客犹眠。

酌酒会临泉水⑮，抱琴好倚长松。南园露

葵朝折⑯,东谷黄粱夜春⑰。

① 千门万户:《史记·孝武本纪》:"于是作建章宫,度为千门万户。"后世称皇宫的门户为千门万户。北里南邻:谓王侯贵族所居之地。这两句写达官贵人的生活。

② 蹀躞:马行貌。珂:马勒上的玉饰,马行走的时候会发出声响。底:何,什么。崆峒:也作空同,山名,相传仙人广成子居住在此山。散发:披散头发,不受拘束的样子。这两句意思是蹀躞鸣珂的贵人又算得了什么,那崆峒山上居住着散发仙人,他们的生活才真的适意。

③ 再见两句:《史记·平原君虞卿列传》:"虞卿者,游说之士也。蹑屩担簦,说赵孝成王,一见赐黄金百镒,白璧一双。再见为赵上卿,故号为虞卿。"这里化用此典,意思是顷刻间得到富贵荣华。

④ 讵:岂。耦耕南亩:《论语·微子》:"长沮、桀溺耦而耕(二人并耕),孔子过之,使子路问津焉。"这里用此典故,意思是躬耕自给。

⑤ 高卧东窗:陶渊明《与子俨等疏》:"尝言五六月中北窗下卧,遇凉风暂至,自谓是羲皇上人。"这里化用其意,指隐者

的闲适生活。

⑥ 策杖：拄杖。

⑦ 杏树句：《庄子·渔父》："孔子游乎缁帷之林，休坐乎杏坛之上，弟子读书，孔子弦歌。鼓琴奏曲未半，有渔父者下船而来，须眉交白，被发揄袂，行原以上，距陆而止，左手据膝，右手持颐以听。"这是说隐士所居之地，连渔父也十分高雅。

⑧ 桃花源里：用陶潜《桃花源记》典故，意思是隐士所居之地的百姓犹如桃源人家。

⑨ 萋萋：草茂盛的样子。

⑩ 落落：松树高大的样子。

⑪ 衣冠：士大夫的穿戴。

⑫ 一瓢句：孔子弟子颜回，贫而好学，《论语·雍也》："贤哉，回也！一箪食，一瓢饮，在陋巷，人不堪其忧，回也不改其乐。"这句的意思是这里的隐士像颜回一样安贫乐道。

⑬ 五柳先生：用陶潜《五柳先生传》典，意思是对门就住着像陶渊明那样的高士。

⑭ 宿雨：昨夜之雨。

⑮ 会：适，恰好。

⑯ 露葵：一种蕨类野菜，即滑菜，霜露时最鲜美，故称露葵。

⑰ 黄粱：小米的一种。

　　这组诗是王维在隐居辋川时创作的，诗题一作《辋川六言》。从体裁上讲，是六言绝句组成的连章体，结构比较严密，七首诗分别表现了田园生活的一个侧面，其中又贯穿着孤芳高洁、风流脱尘的隐士形象。

　　虽然同是写于隐居辋川期间，这组诗和《辋川集》组诗有很明显的不同，后者是诗人在隐居生活中真实心境的反映，所以诗境中包含着幽峭微茫的情绪；这组诗则是诗人隐居理想的表达，所以诗意比较明朗。宋蜀刻本诗题下有"六言走笔立就"一语，可见，诗人创作这七首诗时，是一气呵成，所以彼此精神旨归十分连贯。第一首与第二首，从对比处落笔，写诗人蔑视富贵荣华、向往隐逸生活的意趣。第三首至第七首，描写隐逸生活的各种情趣。第三首化用《庄子·渔父》及《桃花源记》的典故，表现隐居所遇到的，都是布衣高雅之士；第四首写隐居生活中淳朴的田园风情；第五首写隐居生活与贤人高士为邻;第六首写隐居时的闲适与慵懒;第七首则极力描绘隐居的清雅。

在前面的概述中,我们已经分析过,王维对隐居生活的理解,和陶渊明有明显的不同,因此他笔下的田园生活,和陶诗就有不同的特色。这组诗描绘的田园生活高雅出尘,仿佛脱尽了一切人间烟火气。虽然诗中也提到"耦耕南亩",但诗人更向往的还是"何如高卧东窗"、"莺啼山客犹眠"的自在;是"酌酒会临泉水,抱琴好倚长松。南园露葵朝折,东谷黄粱夜舂"的清雅。诗中出现的人物,从不识衣冠的童稚,到杏树坛边听琴的渔父,到居住陋巷的颜回、门前栽种五柳的陶潜,无一不是高蹈超逸,不染尘杂。诗人仿佛要把一切清雅脱俗的传说汇萃起来,编织他心中理想的田园。

组诗中最精彩的要推其五"山下孤烟远村"与其六"桃红复含宿雨"两首。其五刻画隐士所居之地的景物,用笔萧疏,山下远村升起一缕炊烟,天边的高原上长松兀立。陶渊明描写村舍炊烟,有"暧暧远人村,依依墟里烟"(《归园田居》)这样的名句,诗意安详恬淡,而王维的诗句则传达出狷介兀傲之气，远村独树是如此遗世独处，它们正是隐士贤人的写照。其六刻画隐居生活的闲适，写景更富神韵。那桃花鲜艳的花瓣上，还留着昨夜的雨滴，碧绿的杨柳笼罩在迷濛的水烟中，诗人捕捉了阳春三月最清新、最明丽的景色。全诗的后两句，写落红满地，家僮未扫，枝头的黄莺已经欢叫不已，而"山客"还酣睡未醒。春天的蓬勃与生动，恰恰反衬出"山客"内心的自在与陶醉。诗中家僮不扫落花这个情节的安排也很见匠心，陶文鹏先生分析说："观其仆即可想见其主，两个人物虽未出场，其闲静之神态已相映成趣并跃然纸上。"（《王维诗歌赏析》第 151 页，广西教育出版社 1991 年）

这组诗以六言写成，六言诗在音韵上容易板滞，"不能尽神明变化之妙，此自来诗家所以不置意也"（清董文焕《声调四谱图说》）。古来六言诗数量不多，好作品就更加难得，王维这组诗是六言诗中的翘楚。王维善于创造意境，诗中既有鲜明的画面，又有悠长的回味，所以能使易陷板滞的六言，具有了开阖之致；但总的来讲，这组诗比《辋川集》中的五言绝句组诗要逊色一些,因为主题过于鲜明,艺术的手法也有些程式化的地方。

酬 张 少 府①

晚年惟好静,万事不关心。

自顾无长策②,空知返旧林③。

松风吹解带④,山月照弹琴。

若问穷通理⑤,渔歌入浦深⑥。

① 张少府:未详何人。少府,即县尉。

② 长策:好办法。

③ 空:只。

④ 带:衣带;古人上朝或见客时需要束带,在家无事时可以解带。

⑤ 穷通:困顿与显达。

⑥ 浦:小水流注入江海之处。

这首诗也是王维在半官半隐的生活中创作的，要体会王维晚年的心境，这是很重要的一首作品。诗是酬答一位张姓县尉的，这位张少府究竟对诗人说了什么，我们已经无从知晓，但从诗意来推测，他大概是劝诗人不妨留意一下世务。诗人的回答很明确，他已经"万事不关心"了。当然，从诗中我们不难读出诗人内心的牢骚，他说："自顾无长策，空知返旧林。"这种拙于世用的慨叹，在诗人是很无奈的心声，如果不是时事的逼迫，他又何至于如此失意与颓唐呢？然而，诗意并没有因此而形成愤世嫉俗的激越波澜，而是融化在"松风吹解带，山月照弹琴"的闲旷之中，这就是诗人无奈中的人生选择。

全诗最令人唱叹不已的，无疑是结句。诗人写道，若要问我穷通的道理，就请听那江水上渔人越来越远的歌声吧。渐行渐远的渔歌是那样缥缈恍惚，而人生的穷达之理，不也同样难以说清吗？用独特的艺术形象，使读者感悟抽象的哲理，形成意在言外、涵泳不尽的诗歌意境，这正是结句在艺术上的成熟之处。然而更值得我们注意的,是诗人对穷通之理所具有的独特感悟。穷达之理,乃是古代士人人生思考中的根本问题,唐代士人对此也有很多思考,普遍的看法是,穷通乃是由命运所决定,所谓"穷通各问命,不系才不才"(白居易《谕友》);面对个人无法左右的命运,庄子的齐物思想便成为许多士人排遣穷达失意的精神支柱,如李白云:"穷通与修短,造化夙所禀。一樽齐生死,万事固难审。"(《月下独酌四首》其一)白居易提出,只要以齐物的思想来看待,便能"穷通两无闷"(《齐物》)。在这首诗中,王维对于穷通问题的回答,与一般士人的想法并不完全相同,他的思考呈现出佛理的浸润。他跳出一般的思绪理路,以独特的诗歌意境,使读者领略到穷通这一问题本身,其实是虚幻不实的。佛教认为,万法皆空,而作为人生根本问题之一的穷达问题,其根本的性质当然也是空无。诗中渐行渐远的渔歌,正烘托出诗人在顿悟穷达之理实为空无时,内心那一份难以言传的感受。

王维才华出众,声名早著,他从很年轻的时候就开始思考人生世界的根本问题,对佛教产生浓厚的兴趣。

在第一次见到南宗神会时，他一上来就提出了"若为修道得解脱"的大问题，这种对"解脱"的关注，足见他走向佛教，一开始就源自最深切的人生思考。面对穷通这个关乎士人命运的大问题，他作出富于佛理的思考，并非偶然。同样值得我们注意的是，诗中对"渔歌"意象的运用。这个意象出自《楚辞·渔父》，屈原被放逐时，在江畔遇到渔父，屈原向他表白了不俯仰随俗的决心，渔父听罢，"莞尔而笑，鼓枻而去，乃歌曰：'沧浪之水清兮，可以濯吾缨；沧浪之水浊兮，可以濯吾足。'遂去，不复与言。"渔父劝屈原和光同尘，与世俯仰，一曲渔歌正是"无可无不可"心声的流露。王维在深受佛理影响后，对人生所采取的态度，正是一种"身心相离，理事俱如"的"无可无不可"的态度。这一点在《与魏居士书》中有鲜明的流露。可见渔父典故的运用，既为全诗造就了回味不尽的意境，也真切地表露了诗人在顿悟人生本相之后的处世态度。

五、余生晚景（756—761）

天宝十四载（775），安史之乱爆发了。第二年，叛军攻下长安。唐玄宗出奔四川，王维和许多朝臣来不及跟从玄宗。王维不愿意做伪官，服药装病，但还是被安禄山胁迫到洛阳，受了伪朝廷的官职。长安、洛阳收复之后，凡是受了伪职的官员都要被判罪。王维在被俘时曾经写了一首诗："万户伤心生野烟，百官何日再朝天。秋槐叶落空宫里，凝碧池头奏管弦。"（《菩提寺禁裴迪来相看说逆贼等凝碧池上作音乐供奉人等举声便一时泪下私成口号诵示裴迪》）诗中表达了诗人对朝廷的怀念。这首诗传到了行在，新皇帝肃宗很嘉许，王维的弟弟王缙平乱有功，请求削官为王维赎罪，这样，王维就得到了宽恕，只降了官职，不久又升了官。

经历这一场变乱，王维的心境更加消沉，《旧唐书》本传上说他"在京师，日饭十数名僧，以玄谈为乐，斋中无所有，唯茶铛、药臼、经案、绳床而已。退朝之后，焚香独坐，以禅诵为事"。这可以看作他余生晚景的直接写照。他已经很少到辋川去，也很少吟咏山水。这样生活了几年，便与世长辞，官终尚书右丞，世称"王右丞"。

王维在这一时期的创作已明显减少，其中一篇《和贾至舍人早朝大明宫》还是展现了他过人的才华，而且宫商流转，气象富丽，没有一丝颓唐的色彩。然而这毕竟是一篇应酬的作品，最能展示诗人心画心声的作品是越来越少了。同样是经历丧乱，杜甫的诗艺趋于博大沉郁，李白则仍然保持着他明朗的歌唱，与他们相比，王维是太颓唐了，然而这颓唐并不是从丧乱才开始的，而是从诗人后期的颓唐一脉演变而来。一个才华横溢的诗人，在如此萧索的心境中走向人生的终点，的确是令人沉痛和惋惜的。

和贾舍人早朝大明宫之作①

绛帻鸡人送晓筹②，尚衣方进翠云裘③。

九天阊阖开宫殿④，万国衣冠拜冕旒⑤。

日色才临仙掌动⑥，香烟欲傍衮龙浮⑦。

朝罢须裁五色诏⑧，佩声归向凤池头⑨。

① 贾舍人：即贾至，字幼邻（一作幼几），河南洛阳人。天宝末年至乾元元年（758）春官中书舍人。大明宫：唐宫名，在皇宫东南，规模宏伟，内有太液池、蓬莱岛等。

② 绛帻鸡人：宫中夜间报更的人。绛帻，红色头巾。送晓筹：报晓。筹，指更筹，更，古时报更用的牌。

③ 尚衣：唐殿中省有尚衣局，掌天子之服冕。翠云裘：用翠羽编织成的云纹之裘，此指天子之衣。

④ 九天：传说天有九重，这里比喻皇宫。阊阖：宫门。

⑤ 万国：万方。衣冠：指百官。冕旒：指天子。这句写来自各国的臣僚朝拜天子。

⑥ 仙掌：承露金盘上的仙人手掌，汉武帝时立铜仙人舒掌擎

盘以承甘露。这里也可能指灯架或烛台作仙人舒掌擎盘
之状。

⑦ 香烟：指朝会时殿中设炉燃香。欲：已。傍：依附，指附着
于身。衮：天子礼服，上画龙，又称龙衮、卷龙衣。这句意
思是天子衮服上绣的龙好像浮游于烟雾之中。

⑧ 五色诏：用五色纸书写的诏书，指天子诏书。

⑨ 佩：玉佩，唐代五品以上官员的饰物有佩（中书舍人为正
五品上）。凤池：即凤凰池，指中书省。凤池原指禁苑中
的池沼，魏晋以后设中书省于禁苑，因其专掌机要，接近天
子，故称凤凰池。王维作此诗时与贾至皆为中书舍人，
故云。

　　这首诗作于乾元元年春末，贾至的原作是这样的：
"银烛朝天紫陌长，禁城春色晓苍苍。千条弱柳垂青
琐，百啭流莺绕建章。剑佩声随玉墀步，衣冠身惹御炉
香。共沐恩波凤池里，朝朝染翰侍君王。"（《早朝大明
宫呈两省僚友》）王维、岑参、杜甫等人都写了和作，王
维的和作就是这首诗，岑参的和作云："鸡声紫陌曙光
寒，莺啭皇州春色阑。金阙晓钟开万户，玉阶仙杖拥千

官。花迎剑佩星初落,柳拂旌旗露未干。独有凤凰池上客,阳春一曲和皆难。"杜甫的和作云:"五夜漏声催晓箭,九重春色醉仙桃。旌旗日暖龙蛇动,宫殿风微燕雀高。朝罢香烟携满袖,诗成珠玉在挥毫。欲知世掌丝纶美,池上于今有凤毛。"

贾至的原作和王维等人的和作,都是典型的台阁唱和口吻,都写出了唐王朝的宫室之美、百官之富,遣词用句富贵繁华,艺术水平并没有太大的差异,所以前人称"四人《早朝》之作,俱伟丽可喜"(《瀛奎律髓汇评》);"四诗皆佳绝"(胡仔《苕溪渔隐丛话》)。但仔细比较,四人的构思命意还是有所不同。

贾至的原作写得最为平正,颔联描绘早朝时皇宫千门万柳、百啭莺啼的景象,颈联写百官朝见之气氛,尾联点出中书舍人的裁诏之任。王维的和作,并没有按照贾至的原作面面俱到地去铺写,而是紧紧扣住题中的"早朝"之意,将天子晨兴、百官早朝的特殊气氛着力刻画出来。全诗的开篇,写皇宫中鸡人报晓、尚衣进裘、天子晨兴之状历历如绘,句中一个"送"字,一个"方",写出了皇帝匆匆起身、更衣上朝的忙碌神情。三、四两句气势十分宏大，而一个"开"字，给人的感受尤为生动，读者仿佛可以看到，早朝开始时，宫门大启，万国官员已经在等待朝见天子。这不仅写出了唐王朝万邦来仪的气象，也刻画出唐宫早朝的气氛。五、六两句用两个错觉来写晨光朝阳下的宫廷景象，那承露盘下的仙人，在初生的朝阳里仿佛变得活灵活现，天子衮服上绣的游龙好像要随着香炉中冉冉升腾的烟雾而飞翔。尾联不直接写朝罢回归中书省，而是以渐行渐远的环佩之声，写百官退朝逐渐散去的景象。这些都是于离形绝相处勾勒神韵的笔墨。

　　与王维这首诗相比，岑参的作品在遣词造语上更有富贵气象，音韵流转，节奏铿锵。宋代诗人杨万里认为，所有和作中，以岑参"花迎剑佩星初落，柳拂旌旗露未干"最佳（《诚斋诗话》）；明人胡应麟也称赞这两句是"绚烂鲜明，早朝意宛然在目"（《诗薮》内编）。这两句诗虽然在宫廷早晨气氛的描绘上不及王维那样传神，但它的确更照应了百官朝见的题中之义，更具有台阁之作的内涵;所以胡应麟说:"参以格胜,王以调优。"(同上)胡氏对这个意见并没有作出进一步的阐释,但推究起来,岑参之诗表现了唐宫早朝的雍容气象,更有宣扬王化的雅颂之义;而王维的作品偏于刻画早朝时天子晨兴、百官初至的新鲜朝气,诗意更多地流露出一个艺术家对清晨朝会的特有感受,颂扬王化之义不及岑作那样集中,所以岑作以格胜,而王作以调优。

至于杜甫的作品,最精妙的当属颔联,诗意描绘了两个独特的景象,在春日暖阳的天气里,朝会上旌旗在微风中拂动,旗上的龙蛇图案仿佛游动起来,而宫廷中微风和暖,长天明净,燕雀高飞。春日清晨,百官肃立早朝的宏大景象,宛然如见。这种写法,不使用繁华壮观字样,而用平实的语言求得深长的回味,正是宋人非常欣赏的平淡之美,无怪乎宋代大诗人苏轼对这一联激赏不已(《东坡志林》)。这种写法,由于遣词用语不够铿锵流转,表面看来似乎缺少些富贵气象,不太符合台阁唱和作品的美学趣味,无怪乎赵殿丞认为不及王、岑之作。前人的评价往往折射出特定的艺术趣味,我们可以了解这种趣味的差异,但不必再执着于具体的高下之分。

冬晚对雪忆胡居士家[①]

寒更传晓箭[②],清镜览衰颜。

隔牖风惊竹[③],开门雪满山。

洒空深巷静,积素广庭闲。

借问袁安舍[④],翛然尚闭关[⑤]。

① 胡居士:名不详,王维有《胡居士卧病遗米因赠》、《与胡居士皆病寄此兼示学人》,从诗中可以看出胡居士家境贫寒,信奉佛教。居士,在家修佛者。

② 箭:漏箭,古代计时用的漏壶中,安装有标示时间刻度的漏箭,漏壶中的水滴下后,漏箭上的计时刻度依次显露,以此报时。

③ 牖:窗户。

④ 袁安:字劭公,东汉汝阳人。居洛阳,家境贫寒。一次,大

187

雪有一丈多深,穷人大多出外乞食。洛阳令外出巡查,发现他的屋门已经被大雪封死,怀疑他冻死了,扫雪而入,发现他僵卧室中。问他,他说:"大雪天人们都在挨饿,不应该出外乞食。"洛阳令认为他有德行,举为孝廉。(见《后汉书·袁安传》注引《汝南先贤传》)

⑤ 翛(xiāo)然:自在超脱的样子。

　　这首诗大约是王维晚年的作品。前人曾怀疑它是否为王维所作,清人赵殿成《王右丞集笺注》在这首诗题下注云:"一作王劭诗。"陈贻焮先生认为:"据司空曙《过胡居士睹王右丞遗文》'闭门空有雪,看竹永无人'句,知曙所见即是这诗(因"闭门"两句,实承王诗"隔牖"两句之意而来)。曙诗题中说是王维遗文实据胡居士所云。故可以肯定这诗为王维所作。"陈先生的分析是令人信服的。

　　王维和胡居士有很深的精神默契,今传王维写给胡居士的两首诗,都是在谈论佛理。这首诗没有直接谈论佛理,只是抒写思念故人的心情,但从中我们不难体会到诗人独特的精神趣味。在冬雪之夜，诗人想象自己的好友胡居士，此刻正像东汉的名士袁安一样，在冰雪的寒冷世界里，闭关独卧。袁安作为前代的高贤，其人物形象的形成，本与佛教无涉，然而在王维笔下，他却暗合了诗人在接受佛理之后所形成的精神趣尚。王维在《与魏居士书》中提出："身心相离，理事俱如。"通过"身"与"心"的分离，来达到"理事俱如"的自在境界。其含义就是，现实的处境与内心的追求当区别对待，无论环境如何，都不应干扰和左右内心的追求。袁安能在冰天雪地中翛然独卧，不废内心的操守，这正是王维深怀敬意的境界。诗句中出现的"闭关"一词，一方面切合袁安闭门僵卧的情况，另一方面这本身就是一个佛教语汇，表示僧人独处修炼。王维以袁安比喻胡居士，与他对佛理的兴趣显然是有一定联系的。

在诗人眼里，故人胡居士是一个不为风雪所动的高人隐士，那么自己呢？要回答这个问题，我们要回到全诗的开篇"寒更传晓箭，清镜览衰颜"两句，显然，诗人自己是长夜无眠，他在耿耿不寐中听到了报晓的更鼓，揽镜自照,只见容颜憔悴而衰老。心因为受外物的纷扰而辗转不宁,这与胡居士的"翛然闭关"是多么大的反差呀。全诗就是在这种反差中展开,我们理解颔联的用心,也要在这种反差中来体会。

"隔牖风惊竹,开门雪满山",诗人一夜都听见窗外风过竹林的声响,一个"惊"字写出了冬夜寒风的凛冽与萧骚不宁,而"开门雪满山",用开门之际陡然发现大雪满山的强烈震撼,刻画冬雪的来临之猛和弥漫山野的浩大声势。古来描写雪的名句极多,东晋才女谢道韫云:"未若柳絮因风起。"把纷纷扬扬的雪花比作春天的柳絮,写出了雪花飞舞的轻盈姿态。陶渊明云:"倾耳无希声,在目皓已洁。"(《癸卯岁十二月中作与从弟敬远》)描绘出雪花的轻灵洁白。谢灵运云:"明月照积雪,朔风劲且哀。"(《岁暮》)则写出了冬雪之夜的悲壮。王维此处同样是写冬雪,但他少了谢诗的悲壮之气,多了几分千山素裹的浩莽。伴随着凛冽寒风而骤然降临的冬雪,使世界变得那样素洁,而素洁之中又有侵人的寒意。这种境界,实际呼应了诗人内心的精神趣味,深受佛理影响的诗人，他那高旷闲远的心境，经常流露出离绝人事的凄冷，这份凄冷便投射在他眼前的冬雪山景中。

"洒空"与"积素"一联，刻画冬雪将世界净化，用语很有理致。外物本无所谓"静"，无所谓"闲"，这一切无疑是诗人内心对雪中世界的感受。面对着在冬雪的妆扮下越来越纯净的世界，诗人长夜无眠，衰颜自照的焦虑心灵也开始平静，变得闲雅而淡定。可见，这两句实际上是在写诗人内心细微的变化。

冬夜的大雪，抚平了诗人内心的焦虑，将他的精神引向一个高旷纯净的世界。尽管这个世界不无凛冽的寒意，但寒意中展开的高洁，却更加令人向往。而此时此刻，诗人那在大雪中翛然闭关的故人，不正是这个精神世界最好的代表吗？诗人对故人的思念，绝非一般的故友之思，而是一种深刻的精神默契的传达。

这首诗，表面上是写雪夜怀人，实际上是写诗人内心的精神变化，烘托一种理想的精神境界，景语中意脉流贯，颇富回味。

附：未编年诗

夷　门　歌①

　　七雄雄雌犹未分②,攻城杀将何纷纷。秦兵益围邯郸急③,魏王不救平原君④。公子为嬴停驷马⑤,执辔愈恭意愈下。亥为屠肆鼓刀人⑥,嬴乃夷门抱关者⑦。非但慷慨献奇谋,意气兼将身命酬。向风刎颈送公子⑧,七十老翁何所求⑨?

① 夷门：战国时魏国都城大梁的东门,故址在今河南开封市东北隅;魏信陵君门客侯嬴为夷门守关人。
② 七雄：指战国七雄齐、楚、燕、赵、韩、魏、秦。雄雌：比喻

胜负。

③ 邯郸：战国时赵国的都城，故址在今河北邯郸西南。

④ 魏王：即战国时魏安釐王。平原君：赵国赵惠文王之弟，因封于平原，故称。

⑤ 公子：指魏信陵君公子无忌，魏昭王少子，安釐王异母弟，封信陵君，仁而下士，有食客三千人。驷马：即四匹马拉的车。

⑥ 亥：指屠夫朱亥。屠肆：杀猪卖肉的店铺。鼓刀人：操屠刀的人。这句是说朱亥是市井杀猪的屠夫，语用《史记·魏公子列传》"臣乃市井鼓刀屠者"。

⑦ 抱关者：这里指看守城门的人，即大梁夷门守侯嬴。这一句用《史记·魏公子列传》"嬴乃夷门抱关者也"之语。

⑧ 向风刎颈：面向北方刎颈自杀。

⑨ 七十句：《晋书·段灼传》："武帝即位，灼上疏追理艾曰：'……艾功名已成，亦当书之竹帛，传祚万世。七十老公，复何所求哉！'"《三国志·魏志·邓艾传》亦载此事，作"七十老公，反欲何求"。

这首诗是根据《史记·魏公子列传》的记载写成

的,具体的史实是这样的:七十岁的隐士侯嬴为夷门守关人,魏公子信陵君无忌听说后,置酒大会宾客,然后亲自驾车去迎接他,并把车中尊贵的座位让给他。衣衫褴褛的侯嬴毫不客气地坐了上座,想借以观察信陵君的表情。信陵君见此反而愈发恭敬地拉着辔绳。侯嬴又让信陵君绕道带他去看自己的朋友屠户朱亥,信陵君不仅照办,而且更加和悦。到了信陵君家中,信陵君请他坐了上座,并把他介绍给所有宾客,宾客大惊。酒酣,信陵君举杯为侯嬴祝寿,侯嬴这才对信陵君说:"(自己)乃夷门抱关者,而公子亲枉车野……市人皆以嬴为小人,而公子为长者能下士也。"魏安釐王十二年,秦兵围攻赵国的都城邯郸。信陵君的姐姐是赵国平原君的夫人,几次写信向魏王和信陵君求救。魏王派将军晋鄙率领十万大军救赵,因畏惧秦国,留兵邺城(今河北临漳境)不动,信陵君几次催魏王进兵。魏王不听。侯嬴向信陵君献计,让他盗取兵符,带朱亥去夺取晋鄙的军队,然后去救援赵国。信陵君依计而行,侯嬴则实践了他事先许下的诺言,在估计信陵君到达晋鄙军中的时候,北向自刎。

《史记》记载的侯嬴，是身负奇谋的隐士，也是慷慨磊落的"侠客"，在这首诗里，诗人击节赞叹的，并非是侯嬴的"奇谋"，而是他身上"侠"的光辉。《史记·游侠列传》称赞游侠"其言必信，行必果，不爱其躯，赴士之阨困，既已存亡死生矣，而不矜其能，羞伐其德，盖亦有足多者焉"。面对礼贤下士的信陵君，侯嬴尽心竭智，甚至以生命相报，以解救其困厄，这种无贵无贱、肝胆相照的义气，就是"侠"最可贵的品质。"任侠"之风在盛唐时代十分流行，许多诗人激昂磊落的声音中，我们时常可以感受到视万乘若僚友、平交诸侯的"侠"风。

从题目上看，这首诗应该是一首歌行，但它不走初唐以来歌行注重铺陈咏叹的路数，而是上承鲍照七言短古的做法，以古体运篇，强调气势的陡健和风骨的凛然。句式基本使用散体，其中唯一看似对偶整齐的"亥为"两句，也是巧妙点化古文句式。王维歌咏古事却并不完全因袭，他将赵国受困、情势告急一节置于篇首，就与《史记》的叙述顺序并不相同。这种做法可以突出形势的急迫和侯嬴为信陵君纾难的豪侠之风。诗中最精彩的是"公子为嬴"以下的部分，信陵君礼贤下士，侯嬴为之舍身纾难，尤其篇尾化用三国段灼为邓艾鸣不平时所说的话，将侯嬴肝胆相照的豪侠之风，表达得淋漓尽致。由于用笔精到，语语传神，因此全诗在寥寥数语中就可以大开大阖，形成陡健的气势。

陇　头　吟①

长安少年游侠客，夜上戍楼看太白②。陇头明月迥临关③，陇上行人夜吹笛。关西老将不胜愁④，驻马听之双泪流。身经大小百余战，麾下偏裨万户侯⑤。苏武才为典属国，节旄空尽海西头⑥。

① 陇头吟：乐府旧题之一，属横吹曲。相传最早为李延年所作。陇，即陇山，又名陇首、陇坂，在今陕西陇县至甘肃平凉一带。

② 戍楼：这里指陇关关楼。太白：即太白星、金星，也叫启明
星或长庚星，古人认为是西方之精，白帝之子，上天大将军
之象，根据它出没的情况可以预测战争的吉凶胜负。这句
是说长安少年关心边境战事，希望能在战斗中为国出力，
建立功勋。

③ 迥临关：迥，高远的样子；高高地照在关塞上。

④ 关西：指函谷关以西，即今陕西、甘肃一带。关西古时为秦
地，人民习尚武勇，故汉代谚语有云："关西出将，关东出
相。"（见《后汉书·虞诩传》）这里暗指"陇西成纪人"（见
《史记·李将军列传》）、汉代名将李广，并以李广喻老将。
这句写关西老将不能升赏，满腹愁苦，听笛声而流泪。

⑤ 麾下：部下。麾，军中主将的旗帜。偏裨：偏将，副将。万
户侯：食邑万户的侯爵。古代封爵，均有食邑，食邑的大
小，以功勋大小为等级。万户侯是食邑最多的侯爵。这句
是说自己手下的将士都有了最高的封赏。这里暗用汉代
李广的典故，李广英勇善战，但无尺寸之功，他手下的将
士，"才能不及中人，然以击胡军功取侯者数十人"（见《史
记·李将军列传》）。

⑥ 典属国：汉代官职名，掌管外国归服等事物。节旄：指使

197

符节头上的旄。旄,牦牛尾。汉武帝时,苏武出使匈奴,被扣留在北海(今俄罗斯贝加尔湖),令他放牧公羊,并对他说,公羊怀孕才能回到汉朝。苏武执节牧羊十九年,节上的旄都脱落了,回到长安后汉武帝已去世,继位的昭帝只封他为典属国。这两句是以汉朝苏武的经历比喻功大赏小。

"陇头吟"属横吹曲,就是用笛子演奏的乐曲,曲调比较忧伤。这一旧题今传最早的作品,表达的是征人漂泊之苦,诗中写道:"陇头流水,流离山下,念吾一身,飘然旷野";"遥望秦川,肝肠断绝。"初唐的卢照邻,中唐张籍、王建、鲍溶等人所写的"陇头水"之作,都是表现征人流离的悲哀,而王维这首诗在内容上却有很大的创新。诗意从对比处切入,一方是渴望建功立业、对未来充满幻想、却不谙人世艰难的长安游侠少年,一方是身经百战却无尺寸之功、备尝人生凄凉的关西老将;一方是青春的憧憬与朦胧的躁动,一方是历尽世事沧桑,欲说还休的无奈。尖锐冲突的两个形象交织在一起,非但没有彼此消解,反而形成了奇崛的诗境。

　　这种以少年与老翁对照落笔的写法,并非是王维的首创。南朝陈沈炯有《长安少年行》,在刻画了任侠尚义的长安少年之后,笔锋一转,描写一位目睹了世事沧桑的衰翁,用繁华历尽的衰朽,暗点人生功业的虚幻。有趣的是,这种构思方式,在盛唐诗坛屡屡受到诗人的关注。在开元前期十分活跃的诗人崔颢、王翰也有构思类似的作品。崔颢《江畔老人愁》直接延续了沈炯之作的格局,以游侠少年与江畔老人映衬落笔,在昂扬的意气中贯入世事的空蒙与惆怅;王翰的《饮马长城窟行》,在以表现战争疮痍为主的旧题中,也加入一段将士慷慨赴边的内容以为对比。这种作品流露出盛唐士人在开朗奋进之中,对时代的隐忧也开始有所体会的独特心境。这种感受在开元中后期日见突出。才名与际遇的冲突,孕育了这种希望与失望交织的作品。然而,这毕竟是盛世隐忧,还没有像中晚唐那样走向颓唐,因此诗人的忧虑是以一种历史、世事的大变幻来表现,传达的是朦胧的感受,而不是具体深刻的现实认识,用笔的开阔视角,也使人生感慨不至落入酸腐的悲吟。

王维这首诗大约也是创作于及第之后,仕进遇到挫折之时,诗中表达了不遇的悲哀,但在悲哀中,写出了荡气回肠的凛然风骨。诗中刻画关西老将在一轮孤月之下,闻笛驻马,泪不自禁,用老将心中的痛苦再也无法克制的一刻,来传达他内心无可诉说的屈抑之悲。关西老将的蓝本是汉代的名将李广,李广奇才善战,却无尺寸之功,最终因战败而将要面对刀笔吏的审问,不堪其辱而自杀。李广曾经向术士询问,为什么自己的部下,才能远不及自己,却封官加爵,而自己却始终沉沦。从这个细节可以充分看出李广的天真和不谙世事,王维独取这一题材点化入诗,正写出关西老将昂藏垒坷、疏落世事的个性,将志士不遇的悲哀刻画得无比沉痛。

从语言特点上看,在戍楼上夜观太白的长安少年,在陇头明月下闻笛泪流的关西老将,都形成了含蕴不尽的诗歌意境。《唐贤清雅集》云:"极凄凉情景,说得极平淡,是右丞家数。"这便是诗中意境的传神之妙。同时,全诗又保持了七古短章的飞腾气势,从少年夜观太白到陇头明月,话分两端,过度却极为自然,把老少对照的构思发挥得神行无迹。《批点唐诗正声》称此诗"音节气势,古今绝唱",洵非过誉。

老　将　行

少年十五二十时,步行夺取胡马骑①。射杀山中白额虎②,肯数邺下黄须儿③。一身转战三千里,一剑曾当百万师。汉兵奋迅如霹雳④,虏骑崩腾畏蒺藜⑤。卫青不败由天幸⑥,李广无功缘数奇⑦。自从弃置便衰朽,世事蹉跎成白首⑧。昔时飞雀无全目⑨,今日垂杨生左肘⑩。路傍时卖故侯瓜⑪,门前学种先生柳⑫。苍茫古木连穷巷,寥落寒山对虚牖⑬。誓令疏勒出飞泉,不似颍川空使酒⑭。贺兰山下阵如云⑮,羽檄交驰日夕闻⑯。节使三河募年少,诏书五道出将军⑰。试拂铁衣如雪色,聊持宝剑动星文⑱。愿得燕弓射大将⑲，耻令越甲鸣吾君⑳。莫嫌旧日云中守，犹堪一战立功勋㉑。

① 夺胡骑：《史记·李将军列传》记载，西汉名将李广在雁门击匈奴，受伤后被胡兵擒拿，途中他夺得胡骑，驰回汉营。这里以李广喻老将年轻时勇猛过人。

② 射杀句：《晋书·周处传》记载，周处膂力过人，但少年时为害乡里，后来改邪归正，射杀了南山的白额虎，又斩杀了水中之蛟。这里用周处的典故喻老将年轻时的勇武。

③ 肯数：岂肯服气。邺下：邺城，三国时魏都，故址在今河北临漳西南邺镇、三台村以东一带。黄须儿：曹操的次子曹彰，英勇善战，因为长着黄色胡须，被曹操爱称为"黄须儿"。曹操封曹彰于邺下，故称邺下黄须儿。这句是说老将年轻时就是碰见黄须儿曹彰这样的人也不服气。

④ 这句说老将率领军队临敌迅速，有如疾雷。

⑤ 崩腾：溃退奔逃的混乱样子。蒺藜：一种植物，果实呈三角形，带刺。古人仿照它的样子铸成铁蒺藜，放在交战之地，阻止敌人骑兵的前进。

⑥ 卫青：汉武帝时名将。天幸：卫青的外甥霍去病六次攻匈
奴皆不败，人称其有"天幸"。因卫、霍在《汉书》中合传，
王维在这里误将霍去病事移于卫青名下。

⑦ 李广：西汉名将，与匈奴交战七十余次，但没被封侯，所以
他疑心自己命运不好，没有封侯相。无功：没有功名。数
奇：命运不好。古时以偶数象征吉利，奇数象征厄运。

⑧ 蹉跎：虚度光阴。

⑨ 昔时句：后羿善射，曾与吴贺北游，吴欲其射雀的左眼，后
羿却射中了右眼，终身为此羞愧。这里喻老将当年射艺
极精。

⑩ 今日句：《庄子·至乐篇》："支离叔与滑介叔观于冥伯之
丘、昆仑之虚，黄帝之所休，俄而柳生其左肘，其意蹶蹶然
恶之。"这里的垂杨，即指"柳"，假借为"瘤"。这是说老将
如今久不习武，肘上肌肉松弛下垂，如长了肉瘤。

⑪ 故侯瓜：《史记·萧相国世家》记载，东陵侯邵平种瓜，瓜
美，世称东陵瓜；此喻老将退隐后，过着躬耕的生活。

⑫ 学种先生柳：东晋陶渊明作《五柳先生传》，称其宅边有五
柳树，自号五柳先生。这句是说老将学陶渊明过隐居田园
的生活。

⑬ 虚牖：敞开的窗户。

⑭ 疏勒出飞泉：据《后汉书·耿弇传》记载，东汉明帝时，耿恭据守疏勒城，匈奴断绝水源加以围困，汉兵掘井不得水，耿恭就向井祈祷，水遂涌出。匈奴以为汉兵有神助，立即撤走。颍川空使酒：据《史记·魏其武安侯列传》记载，汉颍川人灌夫为人刚直，经常借酒发脾气。这两句是说老将军要学耿恭卫边立功，从来不学灌夫那样借酒泄愤。

⑮ 贺兰山：在今宁夏西北，俗名阿拉善山。

⑯ 羽檄：古代调兵文书，上插羽毛，表示紧急。交驰：马行不歇，古代设驿站，专供传递公文的人换马或休息，换马再跑，故称"交驰"。

⑰ 节使：使臣，古代使臣持天子给予的符节以为信物，故称节使。三河：汉代以河南、河东、河内三郡为三河，辖境在今山西西南部及河南北部一带。诏书：朝廷下的文书。五道出将军：皇帝命令分五路出兵。《汉书·常惠传》："宣帝初即位，本始二年，……汉大发十五万骑，五将军分道出。"这两句意思是天子下诏招募兵士，分道出兵。

⑱ 聊持句：挥动有七星文饰的宝剑。

⑲ 燕弓：燕地出产的强弓。

⑳ 越甲鸣吾君：《说苑·立节篇》记载,越军侵入齐国,雍门子狄请求齐王允许他自杀,齐王问其原因,他说越国军队的兵甲之声,已经惊动了国君。于是他刎颈自杀。越军看到齐国臣民如此忠于齐王,就退了兵。这句是说老将军耻于让敌军入境惊扰君王,准备报效国家。

㉑ 云中守：云中是汉郡名,治所在今内蒙古托克托东北。据《汉书·冯唐传》记载,魏尚曾任云中守,匈奴不敢进犯,后被削职为民。汉文帝慨叹,国家边患频繁,却没有得力的人御边,冯唐为魏尚鸣不平,文帝重新任命他为云中守,消除了边患。这两句以老将的口气,说不要像嫌弃昔日的云中太守魏尚那样嫌弃我,我还能为国建立功勋。

这是王维用歌行体来表现边塞题材的名篇,它的写作时间已经很难确切考知。诗中的老将,年轻时勇武过人,转战南北,然而遭遇不公,老来被朝廷弃置。但他的报国之心,从来不曾泯灭。与王维早年所作的《燕支行》一类的作品相比,这首诗揭露了军队中赏罚不公的现象,抒发了明时弃置之悲,从这一点来看,它大概不是诗人未入仕途之前的少作,而应该是经历了政治坎坷以后的作品。

自从贬官济州以后，王维对盛世中所隐藏的贤才弃置的社会问题，有了更清醒的认识；这首诗正是在边塞的题材中，抨击了这种带有普遍性的社会问题。诗中塑造的老将，在很大程度上是化用了汉代名将李广的形象。开元时期的边塞诗，普遍喜欢用李广的典故，如高适《燕歌行》云："君不见沙场征战苦，至今犹忆李将军。"王昌龄《从军行》云："但使龙城飞将在，不教胡马度阴山。"这些都是脍炙人口的名篇佳句，然而它们多是从李广的英勇善战着眼，王维此诗则充分挖掘了李广形象中的悲剧性。李广一生与匈奴七十余战，屡立奇功，然而他不仅未能封侯，最后一次随卫青出征，因卫青派他走一条绕远的路，路上缺少水草，又失了向导，耽误了会师的日期。李广不堪忍受听候审讯的耻辱，自刎而死。李广的不幸，原因是很复杂的，所以《史记》上说他运气不好，"数奇"，王维并没有反对这个说法，但他说"卫青不败由天幸，李广无功缘数奇"，其中"天幸"一词是双关语，既指受上天的眷顾而有好运气，又指得到天子的宠爱。卫青是汉武帝皇后卫子夫的同母弟,王维把李广的不幸与卫青的"天幸"对比起来写,诗句隐约地透露出李广的失意与他没有靠山不无关系,这就强化了李广的悲剧中寒士不遇之叹,这个主题,正是他在贬官济州后的《偶然作》、《寓言》等作品里反复书写的。

全诗从"自从弃置"以下,描写老将军被朝廷弃置以后的凄凉生活,他得不到朝廷的任用,体力和精力都很快衰朽,隐居乡间,无人相问,生活也十分萧条贫困,每天只有对着敞开的窗户,看远处的寥落寒山。一个当年驰骋疆场、指挥千军万马的神武将军,在弃置的凄凉之中,只有眼看着光阴蹉跎,自己一天天走向衰老。一句"寥落寒山对虚牖",就使我们无比真切地体会到老将在弃置之中,精神上巨大的寂寞和生活的清寒与萧条,再想想出现在全诗前半部的那个转战南北的矫健形象,怎能不让人感慨嘘唏。王维固然是艺术的天才,然而倘若他对蹉跎与凄凉没有一点亲身的感受,我们也很难想象他能写出这样动人心魄的诗句。

　　然而王维并没有让老将的弃置之悲走向颓唐,虽然被世人遗忘,但他还是"壮心不已",尽管自己遭遇不公,但他不想学灌夫使酒任气,发其一己之悲。当国家战事再起,他也做好了准备,把铠甲擦得雪亮,重操七星宝剑,准备重上疆场。他不是恐惧寂寞,更不是要为自己邀取功名,他是不能忍受国家被外族侵略的耻辱,要马革裹尸,捍卫国家。尽管我们知道,已经弃置衰朽的老将军,也许再也得不到重上疆场的机会,但他一心报国有万死的精神,还是使我们看到了一个真英雄的崇高境界。

　　不计私利,动以公义,这正是盛唐精神中最动人的旋律,在目睹和经历了社会的不公、人生的坎坷之后,盛唐的进步士人还是多能以素风相勉励、公义相期许,而王维在这首诗中所热情讴歌的,也正是这样一种精神境界。

　　这首诗也体现出诗人对歌行艺术的成熟运用,诗中两次转韵,韵脚的变化十分自然,化用大量的典故而不见堆叠,能以流动跳跃的气势,画出老将精神世界的神采。其中传神写照的功力，为初唐歌行所难以相比，显示了盛唐歌行的高度艺术成就。

过　香　积　寺①

不知香积寺，数里入云峰。

古木无人径，深山何处钟。

泉声咽危石②，日色冷青松。

薄暮空潭曲③，安禅制毒龙④。

① 香积寺：中国净土宗的祖庭，唐高宗永隆二年（681）建，故址在今陕西西安长安。香积，佛经上说，众香世界的佛名为香积。

② 咽危石：咽，低声哭泣。危，高。泉水在高高的山石间流淌，发出如同呜咽的声音。

③ 薄暮：傍晚。曲：隐僻之处。

④ 安禅：佛教语，指入于禅定。制毒龙：佛经上说，西方一水潭中有一毒龙，被高僧以佛法镇服。这里比喻寺中的僧人

坐禅,使人心的欲念和妄想都被制服。

这首诗的具体写作时间,今天已经难以确知,但它在王维的作品中是很有代表性的,在倾心佛教以后,王维越来越离绝人事,向往清静而幽寂的生活,尘心日淡的心境,使他笔下屡屡出现孤寂幽僻之景,这首诗便是一篇代表作。

现实中的香积寺作为净土宗的祖庭,其香火不会十分冷清,然而在诗人笔下,它是那样远离尘嚣,幽寂飘渺,这便是诗人艺术的创造。古往今来,描绘深僻幽静之景的诗句并不在少数,王维此诗,很有一种独特的个性,要理解这一点,我们不妨举两首其他诗人的著名作品来比较一下。盛唐诗人常建,有一首脍炙人口的《题破山寺后禅院》,诗中描绘了破山寺静谧的气氛,其诗云:"清晨入古寺,初日照高林。曲径通幽处,禅房花木深。山光悦鸟性,潭影空人心。万籁此都寂,但余钟磬音。"这首诗用空灵的笔致,突显了破山寺的安详静谧。中唐苦吟诗人贾岛,以其孤僻而狷介的个性,赋咏了不少山寺孤僧的题材，其中有一首云："众岫耸寒木，精庐向此分。流星透疏木，走月逆行云。绝顶人来少，孤松鹤不群。老僧年八十，世事不曾闻。"诗中刻画了山寺老僧迥脱凡尘、孤高奇崛的形象。同是人迹罕至的山寺，王维笔下的香积寺更多地呈现出幽微深峭的迷茫色彩。全诗开篇的四句，句式盘旋而下，首句落笔即用"不知"一词，写诗人在山间跋涉，原本是不知道这里还有一座香积寺，然而在人迹罕至的古木森林中，耳际突然飘来一两声寺院的钟声，使诗人知道此中深藏佳寺。清人赵殿成称这四句："此篇起句超忽，谓初不知有山寺也；迨深入云峰，于古木森丛人迹罕到之区，忽闻钟声，而始知之，四句一气盘旋，灭尽针线之迹，未易多觏。"其实，赵氏的解释还不十分准确，飘渺的钟声固然透露了山寺的存在，但没有人径的古木森林还是让诗人感到茫然。一句"何处钟"，便透露了诗人内心的迷惘。开篇寥寥数语，香积寺深藏于云林之间，令人难寻其踪迹的飘渺幽深已萦绕于笔端了。这一种似真似幻的迷惘感觉，正是王维在刻画幽寂之景时最偏爱的基调。我们在他的辋川绝句中可以读到很多这样的感受。这种感受的形成，与佛教的影响有很大的关系，常人以为实有的世界，在佛教看来不过如梦幻泡影，万法的本质不过是空性而已。王维对这一点有很深的感悟，这对他感受世界的方式有了很大的影响。我们对比他和常建、贾岛之作的不同，就可以看出，无论是常建诗作的静谧，还是贾岛诗作的幽僻，它们都缺少王维诗中的迷惘幽幻。这便是王维的独特所在。

诗中五、六两句向为人称道，山中的流泉在嶙峋的山石间穿行，发出断续低弱的泉声，仿佛人在呜咽，一个"咽"字用得十分传神；日光照射在青松上，由于山林幽暗，披洒着日色的青松反而使人感到寒意。日光本来是温暖的，诗人却用"冷"来形容。清人赵殿成说："下一'咽'字，则幽静之状恍然；著一'冷'字，则深僻之景若见。昔人所谓诗眼是也。"这两句的核心是一个"冷"字，它们勾画了一个幽僻冷寂的山林世界，与前面刻画香积寺的迷惘幽幻相互呼应，共同烘托了香积寺的离绝人世。

结句从寺外的清潭落笔,写潭水的空旷,潭岸的曲折,僧人安禅入定,点出香积寺内蕴的佛境。全诗不作正面描写,只是刻画一种迥离人世、迷惘幽幻的气氛。

观　猎

风劲角弓鸣[1],将军猎渭城[2]。

草枯鹰眼疾[3],雪尽马蹄轻[4]。

忽过新丰市[5],还归细柳营[6]。

回看射雕处[7],千里暮云平。

[1] 角弓:用兽角装饰的良弓。

[2] 渭城:秦的旧都咸阳古城,汉代改称渭城县,唐代属于京兆府咸阳县辖地,在今陕西咸阳东北。

[3] 鹰眼疾:猎鹰的目光很锐利。

[4] 雪尽句:积雪融化,马奔跑起来没有沾滞,十分轻快。

[5] 新丰市:故址在今陕西西安临潼东北,唐时盛产美酒。

⑥ 还(xuán)：通"旋"，立即、迅速。细柳营：在今陕西咸阳
南渭河北岸，汉代名将周亚夫在这里屯兵。这里借指
军营。

⑦ 射雕处：打猎的地方。雕，一名鹫，似鹰而大，鸷猛剽疾。

观猎是唐诗中很常见的题材，王维这首诗描绘一位
将军在长安附近打猎的情景，是唐人此类作品中极负盛
名的佳作。

描写狩猎场景的诗作，诗人往往铺叙校猎时的声
势、排场，如唐太宗之《出猎》诗云："三驱陈锐卒，七萃
列材雄。寒野霜氛白，平原烧火红。雕戈夏服箭，羽骑
绿沉弓。怖兽潜幽壑，惊禽散翠空。"诗中描绘从猎士
卒的精锐、出猎阵容的浩大，野兽四散奔逃，极尽赋写之
能。李白一首《观猎》五律亦着眼于此，所谓："江沙横
猎骑，山火绕行围。箭逐云鸿落，鹰随月兔飞。"苏颋在
《御箭连中双兔》中，甚至细致地写到了玄宗射中一双
白兔后"欢声动寒木，喜气满晴天"的欢呼场面。王维
这首诗与上述作品不同，他充分运用执简驭繁的笔法，

勾画狩猎的紧张气氛,以及狩猎将军的神武矫健。诗句没有出现一兵一卒,更没有写到将军命中了多少野兽,但狩猎的紧张激动已令人感同身受。

全诗的开篇用倒起的笔法,先写被拉满的弓箭,在呼啸的北风中,发出尖锐的颤音,再交代这是将军在渭城狩猎。寒风中引弦将发,这令人屏却呼吸的一刻,使紧张的狩猎气氛,一开篇就抓住了读者。沈德潜《唐诗别裁》称:"起二句若倒转,便是凡笔,胜人处全在突兀也。"今存唐人观猎诗,能如此开篇者绝无仅有,大诗人李白之《观猎》诗以"太守耀清威,乘闲弄晚晖"开篇,不免失之平弱。王维这种开篇法,沈德潜《说诗晬语》称:"起手贵突兀,王右丞'风劲角弓鸣'、杜工部'莽莽万重山,带甲满天地'、岑嘉州'送客飞鸟外'等篇,直疑高山坠石,不知其来,令人惊绝。"

三、四句具体描写打猎的情景,在初春的茫茫旷野上,草木还是一片枯黄,禽兽无处藏身,很快就被猎鹰发现;冬雪消尽,猎人纵马驰骋,显得那样轻快。这里,诗人的描绘很耐人寻味,原本是禽兽因为枯草中难以藏身,易被猎鹰发现,但诗人不从禽兽落笔,而是写猎鹰的目光十分敏锐,一句"鹰眼疾",读者仿佛可以看到苍鹰搏击野兽的迅猛,而"马蹄轻"则生动地写出骏马在旷野上追逐猎物的矫健。苍鹰的迅猛与骏马的矫健,表面上是写从猎之动物,而实际上则让人联想到狩猎将军的神武英姿。至于狩猎后的凯旋,也是观猎诗经常出现的内容,在这首诗中,王维连用了两个地名,其中"新丰市",在唐代盛产美酒,而"细柳营"则是汉代名将周亚夫屯兵之地,透过这两个地名,读者仿佛看到将军归猎时,饮酒欢庆的热烈场面和号令有致的整齐军容。"新丰市"与"细柳营"两处相隔七十多里,诗中却说"忽过"、"还归",让人感到这支队伍瞬息千里,士卒的矫健跃然纸上。全诗的结尾,在驻马回望、千里云平的开阔气势中,勾画出将军的豪迈英姿。

这首诗展示了"虚实相生"的极高造诣,无论是狩猎的紧张气氛,还是狩猎将军矫健神武的英姿,都是脱略具体形相、很难表现的内容。王维只是用简洁的笔法,就使神情毕现。这也是盛唐诗歌最受人称道的艺术

成就。晚唐诗人韦庄也有一首《观猎》诗，我们不妨作
一个对比："苑墙东畔欲斜晖，傍苑穿花兔正肥。公子
喜逢朝罢日，将军夸换战时衣。鹘翻锦翅云中落，犬带
金铃草上飞。直待四郊高鸟尽，掉鞍齐向国门归。"韦
庄这首诗虽然写得很细致，很具体，但言尽意中，没有
什么回味，其中"犬带金铃草上飞"，更显得十分庸俗
无趣，与王维"草枯鹰眼疾"的神俊，相去不可以道
里计。

新 晴 野 望

新晴原野旷，极目无氛垢[①]。

郭门临渡头[②]，村树连溪口[③]。

白水明田外，碧峰出山后。

农月无闲人[④]，倾家事南亩[⑤]。

① 极目：尽力远望。氛垢：尘埃。

② 郭：外城。

③ 溪口：山间溪流的出山口。

④ 农月：农忙的节令。

⑤ 南亩：泛指农田。语出《诗经·豳风·七月》："同我妇子，
　馌彼南亩。"

　　这首诗描绘了初夏田园雨后初晴时的景象，虽然
具体的写作时间已经难以确考，但在王维的山水田园
作品里，它一直是很受注目的。诗中以敏锐的艺术观
察，描写新晴之后田园风物的清新爽朗，用笔极为
精练。

　　全诗八句，句句切合新晴望远之意。首联言新晴之
后，极目远眺，空气是如此清新，没有一丝尘埃。第二联
写到由于空气十分清新明净，所以诗人远眺，看到了远
处的"郭门"与"溪口"，外城的城门是城市与田园交接
的地方，而山溪出山的溪口，则是原野与山林接壤之处。
这些远在田园旷野的边缘的景物，正是因为雨后空气清
新，诗人才得以在远眺中收于眼底。"白水"、"碧峰"一
联，写田野之外，河水反射着阳光，波光闪烁，而在群山

之外,高耸的碧峰清晰地呈现出来。诗中一个"明"字,一个"出"字,写出了雨后特有的景色。雨后河水上涨,加之空气清新明净,河水反射阳光,就显得比平时更加明亮夺目;而高耸的山峰,平时为氛垢所掩,难得一见,雨后空气明净,遂呈现在诗人目前,仿佛陡然出现一般。结尾两句看上去似与野望无关,其实也是诗人眺望原野的所见。诗人极目远眺,不仅见到了远处的群山、田野外的流水,也见到了原野上耕作的农人。由于视野清晰,他不但看见了农人,而且还看得出其中的男女老幼,由此感受到农民们"倾家事南亩"的忙碌。可见,诗人的每一笔,都不是浮泛的。

　　这首诗的一个独到之处,是将田园诗的安详和乐,与山水诗表现传统中的澄明朗澈的审美趣味,融会在一起。我们知道,中国的山水诗脱胎于玄言诗,诗人的山水审美意识与领悟自然之道的追求联系在一起,在艺术上就形成了追求澄明朗澈之境的审美趣味。谢灵运笔下的山水,绝大多数都呈现出川明水媚、天朗山清的明澈境界,如他的《登江中孤屿》中的名句"云日相辉映,空水共澄鲜",就是极好的代表。南朝以至盛唐,在山水诗发展的过程中,诗人虽然在山水中融进了越来越丰富的感情,但这种追求澄明朗澈的审美趣尚一直被保持着。王维的这首作品就题材而言,是以田园为主,但其中充分地融会了山水诗典型的澄明朗澈的审美趣尚,诗人从田园景物中提炼最有特色的意象,通过极富匠心的色彩、构图、光影的安排,展现出既恬然和乐,又天清地朗的田园景象。这正是诗人对山水田园诗传统的巧妙点化。

送梓州李使君①

万壑树参天,千山响杜鹃②。

山中一半雨③,树杪百重泉④。

汉女输橦布⑤,巴人讼芋田⑥。

文翁翻教授,敢不倚先贤⑦。

---

① 梓州:唐州名,治所在今四川三台。李使君:《新唐书·三

宗诸子传》："(李)璆(高宗孙)……二子：谦为郧国公、梓州刺史。"不知这里的李使君是否就是李谦。使君，刺史的别称。

② 杜鹃：鸟名，又名杜宇、子规。相传古蜀国王杜宇含冤死去后，灵魂化为杜鹃鸟。

③ 一半雨，又作"一夜雨"。

④ 树杪：树梢。

⑤ 汉女：这里指梓州的少数民族妇女。古时称嘉陵江为"西汉水"，所以称这个地方的妇女为"汉女"。一说"汉"指国名，公元221年，刘备在蜀中称帝，国号为汉。输：缴纳。橦：即木棉树，其种子表皮长有白色纤维，可用来织布。这句的意思是蜀地的妇女以橦布输官。

⑥ 巴：古国名，战国时为秦所灭，于其地置巴郡，辖境在今四川旺苍、西充、永川、綦江以东地区。讼芋田：指农事纠纷。讼，打官司。芋田，巴蜀人多种芋。

⑦ 文翁：西汉庐江郡舒县(今安徽庐江)人，景帝末为蜀郡太守。《汉书·循吏传》记载，他在蜀地兴办学校教化蜀民。翻教授：反而进行教育。敢不：怎敢不。倚：依傍。先贤：指文翁。这两句的意思是说李到任后，怎敢不追随文

翁,教化蜀民。

这首送别诗具体的写作时间难以确考。送别诗一般都是要谈到远行人目的地的风物人情,抒写作者对行人的留恋、劝勉。王维这首诗并没有脱离这个格局,只是诗人艺术才华高超,诗意虽遵循程式,却焕发出强烈的感染力。全诗最精彩的无疑是前四句,巴蜀之国的崇山峻岭,到处都生长着参天大树,千岩万壑中回荡着杜鹃的啼鸣。诗句在"万壑树参天"的气势中发端,而"千山响杜鹃"更是神来之笔,一个"响"字,使读者已经分不清,什么是杜鹃的啼鸣,什么是这啼鸣在山谷中的回响,鹃啼与重重回响,汇合在一起是那样清脆响亮。人们无须眼见,便可以真切地领略巴蜀之地千山万壑的雄浑气势,仿佛神驰其间。

"山中"、"树杪"一联,描写蜀地崇山峻岭、沟壑纵横,山林之间,或晴或雨;山间泉水丰沛,众多的流泉从高峰倾泻下来,远远望去,仿佛是从低处的树梢奔涌而下。陶文鹏先生认为,这一句"绝妙地表现出远处景物互相重叠的错觉,诗人以画家的眼睛观察景物,运用绘法入诗,将三维空间的景物叠合于平面画幅的二维空间,若非深谙画家三昧,决不能将最远处、高处的泉瀑画在稍近、稍低的树梢上。这样,就表现出山中景物的层次、纵深、高远,使画面富于立体感,把人引进一个雄奇、壮阔而又幽深、秀丽的境界"(《王维诗歌赏析》第81—82页,广西教育出版社1991年)。

三、四两句的"一半雨",又作"一夜雨",哪一种更好,前人和今人都有争论。如作"一夜雨",三、四两句便成为流水对,赞成作"一夜雨"的俞陛云先生认为:"律诗中之联语,用流水句者甚多。此诗非特句法活泼,且事本相因,惟盛雨竟夕,故山泉百道争飞。凡泉流多傍山麓,此言树杪,见雨之盛、山之高也。与刘眘虚之'时有落花至,远随流水香'皆一事融合而分二句。妙语天成,流水句法之正则也。"(《诗境浅说》)俞先生的解释固然精妙,但细味诗意,还是"一半雨"给人的联想空间更为丰富。好的诗歌不能徒摹形相,而一定要给人以回味,所谓"含不尽之意见于言外"(《六一诗话》引梅尧臣语）。诗句作"一半雨"，写出了山间阴晴不同的景色，更重要的是可以让人由此联想到蜀地群山的深幽广大，这正是古人所说的"象外之象"、"景外之景"。如果作"一夜雨"，只是写山间雨水丰沛，看上去与下句形成因果联系，读来颇为通畅，但诗歌毕竟不是山间的气象报告，与"一半雨"相比，"一夜雨"带给读者的联想空间相对有限，诗意也因此而不及"一半雨"那样浓厚。

　　五、六两句是写蜀地的物产、民风，蜀地偏僻，古人向来认为该地的民风不甚开化，"汉女输橦布"一句，字面是写蜀地的百姓向朝廷交纳租赋，这里大约是用了《晋书·食货志》上记载的典故。东汉初年，朝廷因为百物皆贵而令以布帛为租，后尚书张林批评此举，认为这样做会导致为吏多奸。这里王维大约是以"汉女输布"来暗示友人，蜀地也许存在"为吏多奸"的问题，而"巴人讼芋田"则以蜀人的农事纠纷，写当地民风不够淳朴。这样，诗意就自然地过渡到结句的"文翁翻教授，敢不倚先贤"。蜀地的习俗既然不如中原淳厚，治蜀并非易事,李使君如何能不向先贤文翁取法,去教化当地的百姓呢!

　　诗句描绘蜀中的风景与其后叙述风土人情,两者之间并不是完全脱节的,在诗人笔下,蜀中的千山万壑、大树流泉,其磅礴茂盛的生意、原始而天然的气势,与中原与江南的山水迥异其趣。诗意由此逗露出巴蜀地处偏僻、蛮荒尚存的环境特点,由此呼应下文对民风人情的描述。尽管前四句写景如绘,语意天然,但放在全诗中来看,它们与后四句意脉贯通,并非离为两截。

书　事①

轻阴阁小雨②,深院昼慵开③。

坐看苍苔色④,欲上人衣来。

① 书事：写目前所见的事物。

② 阁：停辍。

③ 慵：懒。

④ 坐：且。

　　这首小诗写得极有味道，细雨初停，天色微阴，诗人独自待在深深的庭院里，连院门也懒得打开。庭院里静无一人，唯有青苔满目。诗意之妙，自然来自三、四句想从天外的构思。青苔本是无情之物，何以能奔赴人衣呢？诗人在这里不过是说，自己在如此幽静的院落里，慵懒地待着，只怕这样待下去，连自己的襟袖之上也要生出青苔了。这个看似不近情理的想象，却把诗人的慵懒，以及小院轻阴的潮湿静谧写得如在目前，如今有江南水乡生活经历的人，对这种体验想来不会陌生，尤其在黄梅天气，于小院深深中读此诗，更会很有感觉。

　　诗心之妙本来是千变万化的，王安石晚年所写的《书湖阴先生壁》云："茅檐长扫净无苔，花木成畦手自栽。一水护田将绿绕，两山排闼送青来。"诗中的三、四两句，也是将无情之物写得有情，"两山排闼送青来"的构思方式，也与王维此诗有些近似，但两首诗的内涵则相去甚远。王诗句意劲健，以青山送绿，写诗人对田园生活的热爱与陶醉；而王维此诗，则是以青苔欲染襟袖，写诗人独处深院的慵懒。可见，诗歌艺术的变化，并不能单从有形的艺术技巧上去体会，还需要灵活悟入，不拘成法。

孟浩然

导　言

　　天才狂放的大诗人李白,曾经倾心赞美过与他同时的一位诗人:"吾爱孟夫子,风流天下闻。红颜弃轩冕,白首卧松云。醉月频中圣,迷花不事君。高山安可仰,徒此挹清芬。"这位令他高山仰止的诗人就是孟浩然。不独李白,孟浩然赢得了他那个时代许多诗人的敬重,王维与他为忘形之交,诗人杜甫在他身后真挚地写道:"吾怜孟浩然,短褐即长夜。赋诗何必多,往往凌鲍谢。清江空旧馆,春雨余甘蔗。每望东南云,令人几悲诧。"(《遣兴》)

　　孟浩然不是一个经历丰富的诗人,《旧唐书·文苑传》记载到他,只有四十四个字;《新唐书》增加了一些有关他的传闻,也仍然是很简单。他一生只在张九龄的幕府中当过幕僚,而且时间很短。作为一个仕途不达的士人,他又不像李白那样长年漫游天下,更没有杜甫那种颠沛流离的经历,一生大部分时间都生活在家乡襄阳,过着隐居的生活。在同时代人的眼中,他是一个"骨貌淑清,风神散朗"(王士源语)的隐士,与孟浩然友善的王维,曾为他画过一幅像,《新唐书·孟浩然传》记载:"初,王维过郢州,画浩然像于刺史亭,因曰浩然亭。"他还为孟浩然画了一幅绢本像,已经失传,然而见过此画的人留下了题记:"观右丞笔迹,穷极神妙。襄阳之状,颀而长,峭而瘦,衣白袍,靴帽重戴,乘款段马,一童总角,提书笈,负琴而从,风仪落落,凛然如生。"在孟浩然身后,诗文散失过半,布衣之士王士源为他四方搜求。王士源同样是一个"常游山水,不在人间"的高蹈之士,倾力为孟浩然编辑文集,自然是源于内心的景仰。王士源感叹孟浩然:"未禄于代,史不必书。"(《孟浩然诗集序》)而他虽竭力搜求,似乎也没有为孟浩然的生平增加太多的内容。

孟浩然的诗作并不以题材、内容的丰富而见称,他的诗主要集中在山水、田园、咏怀、酬赠等方面,虽然和王维同是盛唐山水田园诗派的代表,但在山水田园之外的创作中,他涉及的题材远不及王维那样丰富。就艺术的才能来看,他决非拙于才情,但也不是才气焕发的那一种。王维深通诗书画乐,能在诗中融合各种艺术的妙理,李白更是富于出人意表的构思和想象,杜甫则是以诗艺的集大成而著称;也许我们可以说,王维、李白之才,偏于自然天成,而杜甫之才,偏于人力和学养,但无论哪一种,在孟浩然的创作里都展示得不那么充沛而丰富。孟诗涉及的题材内容比较集中,艺术的手法也未能像有些诗人那样千变万化,这也许就是令北宋诗人苏轼批评他"才短"的原因,苏轼说:"孟浩然之诗,韵高而才短,如造内法酒手而无材料尔。"(《后山诗话》引)苏轼有这样的批评并不偶然,因为苏轼本人就是才情绮焕的诗人,他那种汪洋纵恣的行文、奇思妙想的比喻,都是才情充溢的表现。孟浩然倘若与苏轼同时,面对如此的才情,恐怕一定会自叹弗如。

就是这样一位经历简单,作诗的才气也不那么丰富的诗人,却在众星辉耀的盛唐诗坛,"风流天下闻",这就是孟浩然的为人与为诗最吸引我们的地方。他的生活经历是简单的,然而他的精神世界并不简单,他不是一个不闻世事、为隐居而隐居的人。在盛唐那个蓬勃的时代,他也同许多人一样,对社会、对人生怀有积极的抱负和理想。他并不是孤守在家乡的山水里,也曾远赴京洛,漫游吴越,在干谒和漫游里,走过了和许多盛唐士人相同的人生轨迹。生活的挫折、精神世界中的波澜,使他"白首卧松云"的超逸融进了壮逸的风骨。

孟浩然的诗歌,从艺术创作上讲,深得妙悟之趣,宋代严羽说:"孟襄阳学力下韩退之远甚,而其诗独出退之之上者,一味妙悟而已"(《沧浪诗话》);从艺术的境界上讲,正如苏轼所言,虽然"才短",然而"韵高",境界是脱俗不凡的。据王士源记载,孟浩然"凡所属缀,就辄毁弃,无编录,常自叹为文不逮意也"(《孟浩然诗集序》)。可见他作诗笔笔不苟,而"文不逮意"的感叹,正是他追求诗意奇崛的写照。他的诗大多是得之于"清淡",前人称之"以清胜,其入悟处,非学可及";又说"浩然清姿淑质,风神掩映,乃在淡若无意之中"(《唐诗归折衷》)。然而这种清淡,是"初读无奇,寻绎则齿颊间有余味"(同上);是"冲淡中有壮逸之气"(《骚坛秘语》)。他的诗继承了建安风骨与峻健,与魏晋风流的清真自然,将这两者融合为清旷超迈的独特诗境,成为盛唐诗歌美学理想的典型代表。

孟浩然是一个盛唐时代的隐士诗人,他的热情,他的痛苦,以及他在山水清音中遨游心胸的超逸,都带有盛唐时代的天真与浪漫,让我们循着他清旷而不无壮逸之气的诗句,来体会他感情世界的委曲,品味他落落风仪中的独特魅力吧。

孟浩然的诗集最早是由王士源在天宝四载(745)编成,共三卷,收诗二百一十八首。天宝九年,韦滔得到王本,重加缮写,"增其条目"。今存最早的孟集刻本是宋蜀刻本,收诗二百一十首,上海古籍出版社1982年影印;李景白《孟浩然诗集校注》(巴蜀书社1988年)、徐鹏《孟浩然集校注》(人民文学出版社1989年)、佟培基《孟浩然诗集笺注》(上海古籍出版社2000年),是比较

完备的校注本,陈贻焮《孟浩然诗选》(人民文学出版社
1983 年)选注精当,本书部分注释参考了其中的意见,
谨此致谢。本书所选诗歌作品的文本依据宋蜀刻本,或
据他本校改,不一一列出校记。

一、待仕乡园(689—728)

孟浩然(689—740),襄州襄阳(今湖北襄阳县)人。前面已经提到,关于他的生平经历,新、旧《唐书》的记载都很简略,王士源为他编辑文集,并且写了序,对他的生平描述得详细了一些,成为后人考证的重要依据,但整体上讲,还是比较简单的。今人陈贻焮先生根据孟浩然的诗作,结合有关的史料,大致理出了他的生平梗概,写成《孟浩然事迹考辩》(《唐诗论丛》第1—62页,湖南人民出版社1980年)。陈文写成之后,又有一些新的考订文章出现,对陈文作了补充,也提出了一些不同的意见,但总的来讲,陈文的内容仍然是最全面、最丰富的。

根据陈文,我们知道孟浩然在襄阳南郭外七里岘山附近的江村中，有一所祖传的园庐。园庐的北面有一条涧水，因此就叫涧南园，而这条涧水就叫北涧。又因为附近过去曾经有冶城，所以又叫冶城南园，简称南园。他就住在涧南园里，和兄弟们一起侍亲读书。他的诗中有很多内容描写南园的生活和在西、南郭外宴饮游乐的事情，在《涧南园即事贻皎上人》中，他这样描绘自己家园周围的环境："弊庐在郭外，素业唯田园。左右林野旷，不闻城市喧。钓竿垂北涧，樵唱入南轩。"可见他的家周围都是空旷的树林和原野，高兴了可以到北涧去钓鱼，有时樵夫的歌声会传到屋里。园庐的附近有岘山，他的《岘山送萧员外之荆州》说："岘山江岸曲，郢水郭门前。……亭楼明落照，井邑通秀川。涧竹生幽兴，林风入管弦。"这就是他的园庐所在的江村的鸟瞰图。岘山上有西晋羊祜的碑与祠，据说人们感念羊祜的功德，见碑无不落泪，所以又把这碑叫"堕泪碑"。此外，他家的附近还有望楚山和万山，万山又叫汉皋山，山下有解佩潭，相传郑交甫在这里遇到两个仙女，并接受了她们相赠的玉佩。附近又有万山潭，晋朝大将杜预刻南征、纪功两块碑,一块立在岘山上,一块沉在潭水中,所以又叫沉碑潭。县南八里,有后汉习郁所凿的习家池,晋朝的山简镇守襄阳时,常来池上游乐饮酒,大醉而归,称为高阳池。孟浩然的诗里经常提到这些地方,他的《初春汉中漾舟》说:"羊公岘山下,神女汉皋曲。……良会难再逢,日入须秉烛。"又《万山潭作》说:"游女昔解佩,传闻于此山。求之不可得,沿月棹歌还。"又《登望楚山最高顶》说:"暝还归骑下,萝月映深溪。"这样的诗很多,可见他平时读书之暇,常在家园附近的山水中流连。

县东南三十里,隔着汉江,有一座鹿门山,东汉的高士庞德公在岘山躬耕,和司马徽、诸葛亮很友善,他后来携妻子登鹿门山,采药不归。孟浩然在鹿门山有别业,偶尔去那里居住,他很仰慕前代贤人隐居鹿门的高蹈作风,所以有时也说自己是隐居鹿门。

年轻的孟浩然,虽然徜徉在家乡的明山秀水之间,但他内心怀着积极的抱负。四十岁前,他一直读书习文,为应举入仕做准备。他自己说:"唯先自邹鲁,家世重儒风。诗礼袭遗训,趋庭沾末躬。昼夜恒自强,词翰颇亦工。"(《书怀贻京邑故人》)可见他读书为学受到了家庭的影响。

在这段时间里,孟浩然还离开家乡,去过一些地方。开元十四年(726)前,他曾漫游于襄阳、扬州、宣城间,结识了大诗人李白,两人感情深笃,李白的《送孟浩然之广陵》就作于此时。

孟浩然早年的诗作,就是这种隐居待仕生活的反映。他的家资比较丰厚,使他不必像中晚唐以后一些家境贫寒的士子那样汲汲干进,以求生计;他的进取心,是不希望寂寞于盛明时代,不甘心碌碌无为的精神追求,反映了盛唐士人独特的风貌。他与李白一见如故,也就毫不令人奇怪了。他一边读书习文,一边优游山水,既深怀鸿鹄之志,又倾慕"高风邈已远"的隐逸风流,这就为他形成"冲淡中有壮逸之气"的诗风,奠定了精神基础。

孟浩然诗艺的成长轨迹,不同于杜甫这一类诗人。杜甫的诗艺随着其人生经历的变化而有丰富的演变,而孟浩然的诗风在他一生中,并没有特别明显的变化。中年以后的生活,并没有给他的诗艺带来突变,而只是使早年就呈现的艺术个性更趋鲜明,内涵更深厚而已。所以,在他早年的作品里,我们就已经可以读到许多足以为其诗艺之代表的诗篇,他的性情面目也已经在字里行间历历如绘。王国维在《人间词话》中说有"主观之诗人"与"客观之诗人","客观之诗人,不可不多阅世,阅世愈深,则材料愈丰富、愈变化";"主观之诗人,不必多阅世,阅世愈浅则性情愈真"。对于孟浩然,这个区分似乎并不太适用,他不像杜甫那样,阅世越深就越丰富博大,但也没有被阅历磨去性情的真粹与光芒,而是阅世愈深则性情愈真,事实上,这正是盛唐许多诗人的共性。下面,就让我们从孟浩然早年的作品里,去看看他的性情和风仪。

题 鹿 门 山①

清晓因兴来,乘流越江岘②。沙禽近方识③,浦树遥莫辨④。渐到鹿门山,山明翠微浅⑤。岩潭多屈曲,舟楫屡回转⑥。昔闻庞德公,采药遂不返。金涧养芝术,石床卧苔藓⑦。纷吾感者旧,结缆事攀践⑧。隐迹今尚存⑨,高风邈已远⑩。白云何时去,丹桂空偃蹇⑪。探讨意未穷⑫,回舻夕阳晚⑬。

① 鹿门山:在今湖北襄阳东南三十里,原名苏岭山。东汉建武年间,襄阳侯习郁立神祠于山,刻两石鹿夹神庙道口,俗称鹿门庙;遂以庙名山。

② 乘流:顺流而下。江岘(xiàn):汉江旁的岘山。岘山在襄阳城南七里(一作九里),汉江西岸旁。作者的本宅叫涧南园,在岘山附近;屋北有涧通汉水。这句是说从涧南园乘船经屋北的涧水入汉江,越岘山,顺流而下。

③ 沙禽:沙洲上的水禽。

④ 浦:水边。

⑤ 翠微浅:天明时山色呈淡青色,故称"翠微浅"。翠微,山色清淡青葱,故古人以翠微称山色。

⑥ 屈曲:弯曲曲折。舟楫:船和桨。这两句是说船在弯弯曲曲的岩间潭水中迂回前进。

⑦ 庞德公：东汉隐士，襄阳人，躬耕岘山，不入城市，夫妻相敬如宾，和司马徽、诸葛亮相友善。刘表几次以礼延请，皆不就。后携妻子登鹿门山采药，不返（见《后汉书·逸民传》）。金涧：极言山涧的神异。养：生长。芝术：泛指野生草药。芝，灵芝。术(zhú)，山蓟，有白术、苍术两种。石床：石大可卧者。这四句说以前听说庞德公采药不返，隐居于此；如今这里的山涧中依旧长着他当日采过的药草，而他躺卧的石床已经被苔藓掩盖了。

⑧ 纷：繁盛的样子，这里形容感触之深。耆旧：德高望重的老人，指庞德公。结缆：停船系缆。事攀践：指攀登鹿门山，凭吊庞德公隐居的遗迹。这两句说自己被庞德公的事迹所感动，于是停下船来，攀登鹿门山，凭吊庞德公的遗迹。

⑨ 隐迹：指石床等庞德公隐居的遗迹。

⑩ 邈：遥远。这句是说庞德公的高风亮节已经相去邈远了。

⑪ 白云：梁陶弘景在回答梁武帝问山中隐居的乐趣时，曾经作诗云："山中何所有，岭上多白云。只可自愉悦，不堪持赠君。"后世常用"白云"来象征隐士的情趣，这里则象征风仪高洁的隐士庞德公。何时去：犹言久已不在。丹桂

空偃蹇:《楚辞·招隐士》有"桂树丛生兮山之幽,偃蹇连
蜷兮枝相缭"句。偃蹇,树枝屈曲繁茂的样子。这两句的
意思是:丹桂依然枝柯繁茂,然而树下的隐士却高风久
逝,物是而人非,令人怅然。

⑫ 探讨:寻访先贤遗迹。

⑬ 回舻:掉转船头,乘船回去。舻,船头。

    这是孟浩然的一篇少作,在一个诗人的创作中,少
作是很微妙的作品,它也许缺少一些生活磨练后的力
度,但同时也会展示出诗人本真的气质,以及艺术上的
一些独特的个性。在远赴长安应举之前,孟浩然徜徉在
家乡襄阳的山水中,诗中的庞德公是古代隐居鹿门山的
隐士,对这位"高风邈已远"的先贤,诗作表达了无尽的
向往,然而我们不能只看到诗人对隐士高风的企慕,还
要读出诗中的另一重旋律,那就是诗人探寻胜迹的勃勃
兴致。

    就内容而言,全诗记述的是一次历时一天的鹿门之
行。开篇的"清晓因兴来",与结句的"探讨意无穷"遥

相呼应，贯穿全篇，说明诗人前往鹿门，乃是因为探幽寻胜的兴致不可遏止，这兴致直到归途仍袅袅不绝。诗中按游踪安排诗句，"沙禽近方识，浦树遥莫辨"生动地刻画了船行于开阔的江面之上的独特视觉感受，而读者也随着诗人视线的变化而感受到一分轻舟摇曳的灵动。进入鹿门山之后，开阔的江面变成弯曲的溪流，而"岩潭多屈曲，舟楫屡回转"，则使读者感受到小舟在溪流中穿行，曲折摇曳。对隐士庞德公的描绘，不细数其隐迹之情状，而只是以虚运笔，以"丹桂空偃蹇"而生物是人非的慨叹，全诗最终归结于夕阳返棹，一日行程的结束。看上去似嫌呆板，却呼应了全诗记述游踪的线索。

全诗根据游踪布局安排，渲染诗人探幽寻胜的兴致。这一重旋律使全诗充盈了一种新奇与惊异的体验，它与企慕隐风的旋律交织，创造出高蹈而不落萧索、清旷却含有热力的独特诗境。这固然可以看作是青年孟浩然在对隐风的企慕中所逗露的少年意趣，但事实上它折射出孟浩然隐逸情趣的某种独特的气质。从年轻时代探幽寻胜的好奇，到历经人事坎坷之后的昂藏不平，孟浩然对隐逸的追求,总伴随着一些情感的激动和心绪的波澜,与陶渊明天真自然、一片恬淡的境界,有着微妙的差异。

洗 然 弟 竹 亭①

吾与二三子②,平生结交深。

俱怀鸿鹄志③,共有鹡鸰心④。

逸气假毫翰,清风在竹林⑤。

达是酒中趣⑥,琴上偶然音⑦。

① 洗然:作者的兄弟。

② 二三子:语出《论语·述而》:"二三子以我为隐乎?"这里指和自己志同道合的几个兄弟。

③ 鸿鹄志:《史记·陈涉世家》载陈涉为人佣耕时,曾叹息说:"燕雀安知鸿鹄之志哉!"鸿,大雁。鹄,天鹅。这句是说自己与兄弟数人虽然是布衣之士,却都有高飞出群的大志。

④ 鹡鸰：一作"脊令"，水鸟名。《诗经·小雅·常棣》："脊令在原，兄弟急难。"鹡鸰本为水鸟，落在陆地上，身处困境，就会呼唤同类前来救助。《诗经》此句用以起兴，表达兄弟在急难中互相救助的心情。这句是说，自己兄弟数人手足情深，有患难与共的情谊。

⑤ 逸气：指高雅超逸的情怀。假毫翰：用笔墨表达出来，指作诗文。假，借。毫，长而尖细的毛。翰，长而硬的羽毛。毫翰借指笔。清风：实指，也暗喻人的清高品德。竹林：切竹亭，也借阮籍诸人作竹林之游以自况。阮籍生当魏晋易代之际，由于感时伤乱，又怕遇害，就纵酒谈玄，蔑视礼法，曾和山涛、嵇康、向秀、刘伶、阮咸、王戎经常集于竹林之下，弹琴饮酒，恣意游乐，世称竹林七贤。这两句写兄弟们在竹林中雅集，欣然赋诗。

⑥ 达是句：陶渊明《晋故大将军长史孟府君传》："君讳嘉，字万年，……好酣饮，逾多不乱，至于任怀得意，融然远寄，傍若无人。（桓）温尝问君：'酒有何好，而卿嗜之？'君笑而答曰：'明公但不得酒中趣耳。'"这里用这个典故，表达自己和兄弟们情怀高雅，通达这饮酒中的意趣。

⑦ 琴上句：《晋书·陶潜传》："性不解音，而蓄素琴一张，弦

徽不具,每朋酒之会则抚而和之,曰:'但识琴中趣,何劳弦上声。'"陶渊明认为琴中之趣,不在弦上之声。这句化用这个典故,说自己兄弟数人雅集抚琴,深得琴趣。

孟浩然早年在家乡与兄弟们一起读书,手足情深。他的《入峡寄舍弟》是这样写的:"吾昔与汝辈,读书常闭门,未尝冒湍险,岂顾垂堂言。"诗中虽是说自己与弟兄们少不更事,不知人世艰难,但我们从中可以想见作者与年轻的兄弟们不畏艰难、胸怀大志的少年意气。这意气虽然不无幼稚,但奠定了诗人积极用世、昂藏垒坷的精神基调。这首《洗然弟竹亭》,是孟浩然早年的作品,诗中表达了弟兄之间的友爱和他们胸怀大志、超逸脱俗的精神气质。

诗人和洗然弟等人本是有血缘关系的兄弟,但他在开篇化用《论语》中"二三子"的典故,把彼此的关系说成是志同道合的知己之情,而不仅仅是手足亲情,如此发端,笔力高亢。三、四两句呼应开篇的知己之意,说兄弟们俱怀鸿鹄大志,同时又点出兄弟的手足情深。五、六两句又以魏晋的名士风流来刻画兄弟们的高雅意趣，烘托其脱俗的品格。孟浩然很欣赏魏晋的名士风流，曾在诗中多次表达内心的向往，他的《听郑五愔弹琴》就是这方面的代表："阮籍推名饮，清风满竹林。半酣下衫袖，拂拭龙唇琴。一杯弹一曲，不觉夕阳沉。余意在山水，闻之谐凤心。"孟浩然虽然向往阮籍等人的名士风流，但他并没有去模仿他们的佯狂和孤僻，他笔下的名士风流，更多地呈现为高雅的品格和清新的意趣。因为他是以青春昂扬的热情来追慕魏晋名士的文采风流，其高雅的背后乃是峻健的风骨与蓬勃的朝气。盛唐士人对江左风流的仰慕，普遍呈现出这种新的精神面貌。毕竟，生长在开元盛世的士人，不必再像魏晋名士那样忧谗畏讥、临深履薄，不必借诗酒风流来逃避世路的险恶，他们可以以蓬勃的朝气来重新领略魏晋名士的高雅与脱俗，为之赋予新的品格。

诗人将魏晋风流和建安风骨巧妙地融合在一起，诗人与兄弟们的鸿鹄大志和竹林清风的高雅爽朗，被协调得那样完美。对此，陈贻焮先生有很精彩的分析，他说：

"'鸿鹄志'和'竹林'、'清风'、'逸气'摆在一起,看起来并没有任何不顺眼,反而那么自然,那么调和,似乎使我们觉得这'鸿鹄'只有从那青翠欲滴的'竹林'中冲天而起,才是莫大的喜悦!"(《论孟浩然的"隐逸"》,《唐诗论丛》第66页,湖南人民出版社1980年)对于孟浩然诗有建安之风,前人有很多精彩的意见,称他是"祖建安,宗渊明,冲淡中有壮逸之气"(《唐音癸签》引《吟谱》),晚唐诗人皮日休和孟是同乡,也特别著文指出:"明皇世,章句之风,大得建安体。论者推李翰林、杜工部为之尤,介其间能不愧者,唯吾乡之孟先生也。"(《郢州孟亭记》)当然,正像这首诗所表现的,孟浩然追复建安风骨,也非亦步亦趋,建安士人的慷慨悲歌,在这里被清新的旋律所取代,诗意健举爽朗,而这种风格,正是盛唐之音的动人魅力。

彭蠡湖中望庐山^①

太虚生月晕,舟子知天风。挂席候明发,

渺漫平湖中②。中流见匡阜,势压九江雄③。
黯黮凝黛色④,峥嵘当曙空⑤。香炉初上日⑥,
瀑布喷成虹⑦。久欲追尚子,况兹怀远公⑧。
我来限于役,未暇息微躬⑨。淮海途将半,星霜
岁欲穷⑩。寄言岩栖者,毕趣当来同⑪。

① 彭蠡湖:即今江西鄱阳湖,在今江西九江庐山以南。庐山:
   亦名匡山、庐阜,故诗中称为"匡阜"。在今江西九江西南,
   鄱阳湖口以西。

② 太虚:指天。月晕:月亮周围的一圈光气,古有"月晕而
   风"的说法。舟子:驾船人。明发:天明时分。渺漫:辽
   阔的样子。这四句是说夜晚在辽阔的湖面上停泊,船家看
   见月晕而预知天将起风,于是就挂上帆席,等候天明开船。

③ 中流:水流之中,这里指湖中。这两句写由湖中见到庐山
   雄踞于九江之上。鲍照《登大雷岸与妹书》说:"西南望庐
   山,又特惊异,基压江湖,峰与辰汉相接。"可参看。

④ 黯黮(yǎn dǎn):青黑。黛,青黑色,古代妇女用以画眉。
   这句是说在晨光中,庐山山色青黑,犹如黛色凝结。

⑤ 峥嵘：高峻貌。这句是说庐山高高耸立在晓空里。

⑥ 香炉：庐山的北峰，状如香炉，称香炉峰。慧远《庐山记》："东南有香炉山，孤峰独秀，气笼其上，则氤氲若香烟。"峰下有瀑布。

⑦ 瀑布句：日光经瀑布喷散的细雾折射，形成彩虹。

⑧ 尚子：指尚长（一作向长），东汉的高士，字子平，隐居不仕，把儿女婚事办完后，就和友人北海禽庆游名山去了，后不知所终。远公：指慧远，东晋高僧，居庐山东林寺，和隐士刘遗民等结白莲社。陶渊明和他也有交往。这两句是说自己早就有高蹈出世之心，今天见到庐山，缅怀慧远，就更想归隐了。

⑨ 于役：语出《诗经·王风·君子于役》："君子于役，不知其期。"本指在外服兵役或劳役，后指因事外出。微躬：自谦之辞。这两句是说，无奈自己此行有事务在身，没有时间少作停留。

⑩ 淮海：指扬州。《尚书·禹贡》："淮海惟扬州。"扬州唐时为广陵郡，治所在今江苏扬州。星霜：星宿的位置因地球的运转而递变，一年为一循环，霜每年遇寒而降，因以星霜转换喻年岁改易。这两句是说，从故乡赴扬州，至此才走

了一半路程,而一年却又过完了。

⑪ 岩栖者:指隐居于庐山的高士。毕趣,谓赴扬州将事情办
完之后。趣,趋赴。这两句是说自己事情办完之后,当来
此与山中高士同隐。

孟浩然在开元十六年(728)以前曾经去过一两次
扬州,这首诗就是写于其中一次行旅。孟浩然写庐山的
作品不少,像《晚泊浔阳望庐山》即是脍炙人口的名作,
而这首诗的巧妙之处,在于它把古来行役与山水两个传
统融合了起来。古人的行役诗不以寻幽览胜为目的,主
要展示普通行旅中的感受,这类作品南朝时以谢朓最为
擅长;而山水诗则以欣赏留恋山水之美为依归,谢灵运
首开其端。孟浩然此诗作于行役之中,他从记行的笔调
入手,为庐山的出场,安排了突兀而震撼的背景。

奔波于行路的诗人,在暮色中泊舟于彭蠡湖上,船
家看到月晕,知道第二天将可以乘风起航。开篇四句平
淡得仿佛只是旅行的流水账,因为这只是一次事务在身
的旅程,并非探幽访胜,因此无论是诗人,还是船家,都

不会想到庐山此刻就掩藏在眼前的暮色里，大家只想着明日的行程。这是漫漫江行中一个平常得不能再平常的夜晚。然而随着曙色的降临，宏伟的庐山，在毫无准备的诗人面前突然展现了，它在江流之畔，高耸入云，青黑的山石，在晓空中突兀峥嵘。这种景象对人心的震撼，无异会超过诗人在明确的期待中寻山探水的感受。

"香炉初上日，瀑布喷成虹"，则描绘出庐山在朝日中的勃勃生机，一个"喷"字表现出强烈的震撼力。庐山，这个在古往今来的文章诗作中熟悉得不能再熟悉的意象，在这首诗里又一次生动而新鲜地展现出它令人惊心动魄的魅力。当然，在谢灵运等人的山水诗里，我们经常可以读到诗人在攀山涉水后突见美景的惊异，如谢灵运《登江中孤屿》就描绘了他被"云日相辉映，空水共澄鲜"的美景所震撼的激动，孟浩然此诗从行役的平淡入题，更强化了奇景乍现的惊异，这是对山水传统的巧妙点化。

诗作的后半，又逐步回到行役的主题，诗人留恋于匡庐奇景，然而限于行役，不能少作流连，只能等待将来重访幽胜。在山水与行役的微妙交织中,诗人开拓出奇特的诗境。

宿 武 陵 即 事①

川暗夕阳尽,孤舟泊岸初②。

岭猿相叫啸③,潭影似空虚④。

就枕灭明烛,扣舷闻夜渔⑤。

鸡鸣问何处? 人物是秦余⑥。

① 武陵:今湖南常德武陵。相传晋代武陵渔人偶然误入的世外桃源即在境内(见陶渊明《桃花源记》)。即事:就眼前景物加以描写。

② 川:河流。泊:停船靠岸。这两句说天黑时船刚刚靠岸。

③ 岭猿句:说岭上猿猴啼叫,互相呼应。

④ 潭影句:说清潭映着暮天倒影,像是空的一样。

⑤ 就枕两句:说躺下睡觉时,还听见夜出捕鱼的人扣舷而歌。暗切《桃花源记》中的武陵渔人。扣,敲击。舷,船边。

⑥ 鸡鸣两句：意谓天明才发现已经到了武陵。《桃花源记》载秦人入桃花源避乱，遂与外间隔绝。晋武陵渔人偶然误入，见到其后代，他们生活古朴，风俗淳厚，不知秦以后的事。下句用此典故，说武陵这地方人物古朴，俨然是世外桃源。

　　孟浩然在开元十六年（728）以前去过一次武陵，这首诗就是写乘船初至，夜宿武陵的感受。

　　陶渊明笔下的桃花源深得唐代诗人的厚爱，前面我们提到的王维的《桃源行》就是很著名的题咏之作，在不同诗人的笔下，桃源有不同的风姿，王维以之为美丽的世外仙境，韩愈以之为奇特而不无怪诞的人间异境。在这首诗里，孟浩然写出了他眼中的一个幽寂脱尘的桃花源。

　　全诗的角度十分巧妙，先言自己虽已身在武陵夜宿，但不知其为武陵，直到天明才发现已经到了世外桃源。这种构思可以充分刻画武陵的独特氛围带给诗人的感受。在《桃花源记》中，那位武陵渔人，是在两岸缤纷落英的引导下走进一个世外仙境,而桃花源的美丽与桃源人物的和乐,则表达了陶渊明恬淡自然的人生理想。然而在孟浩然笔下,桃源更多地呈现出幽寂辽夐的高蹈气氛。

在黄昏暮色中,诗人的一叶孤舟停泊在岸边,在诗人看来,这不过是漫漫江行中一个平常的夜晚,他根本没有意识到自己已经来到著名的武陵。此时两岸的山谷里传来阵阵猿啼,岸边的潭水和群山,在暮色中一片迷茫。在古诗中,猿啼是很凄凉的意象,所谓"巴东三峡巫峡长,猿鸣三声泪沾裳"。在这里,夜猿的啼声和看上去深不可测的潭水,描绘出武陵之夜的幽僻冷寂,甚至有几分神秘的气氛。诗人在夜色里就枕安眠,吹灭了烛火,至此,画面中唯一的一点亮色也消失了,耳畔传来的是渔夫的阵阵渔歌。这里渔夫扣舷而歌的意象,不仅切合《桃花源记》中渔人的形象,而且也化用了《楚辞·渔父》的典故。渔父作为一个世外高隐的形象,曾劝说屈原和光同尘、与世俯仰,屈原不从,"渔父乃去,鼓枻而歌,其辞曰:'沧浪之水清兮,可以濯吾缨;沧浪之水浊兮,可以濯吾足。'"诗人在这里用这个典故,描绘出武陵的迥出世外的气氛。

这首诗多处胎息于齐梁诗作的艺术技巧,善于以景物的光影变幻,刻画环境的独特气氛,如开篇之"川暗夕阳尽",写江水在暮色中的印象;"潭影似空虚",刻画夜色中深潭倒影天光的独特感觉,都使诗意清空灵动,体现出诗人日见成熟的技艺。

夜归鹿门歌①

山寺鸣钟昼已昏②,渔梁渡头争渡喧③。
人随沙岸向江村,余亦乘舟归鹿门。
鹿门月照开烟树④,忽到庞公栖隐处⑤。
岩扉松径长寂寥⑥,惟有幽人自来去⑦。

① 鹿门:山名,在今湖北襄阳东南三十里,原名苏岭山。东汉建武年间,襄阳侯习郁立神祠于山,刻两石鹿夹神道口,俗称鹿门庙;遂以庙名山。

② 昼已昏：谓天色已昏暗。

③ 渔梁：襄阳东沔水中有渔梁洲，即江水中的一块陆地。

④ 开烟树：笼罩着树木的云烟散开，树木显露出来。

⑤ 庞公：庞德公，东汉隐士，襄阳人。他躬耕岘山，不入城市，夫妻相敬如宾，和司马徽、诸葛亮相友善。刘表几次以礼延请，皆不就。后携妻子登鹿门山采药，不返（见《后汉书·逸民传》）。

⑥ 岩扉：石门。寂寥：寂静空旷。

⑦ 幽人：指隐居的人。

　　孟浩然早年在家乡时，有时到鹿门山的别业中去居住一段时间，他把这称为隐居鹿门，这首诗就描绘了诗人日暮乘舟从涧南园前往鹿门山的情景。

　　诗中写道，在山寺黄昏的钟声中，渔梁渡头挤满了归帆的船只，人们都要回到那江村中的家里，而诗人也要乘舟返回鹿门。"余亦乘舟归鹿门"中的"亦"，很耐人寻味。诗人身边的众人是日暮还家，而诗人说自己也和他们一样要回到鹿门，这说明，他已经把隐居的鹿门山看成自己真正的归宿。明人钟惺认为此诗的幽细之调,得此一句而"一转有力"(《唐诗归》),是很有见地的。诗人真正的家,不在炊烟袅袅的江村,而在寂寞的鹿门山,只此寥寥数语,诗人特立独行的形象便如在目前。诗的后四句极力刻画鹿门山的清幽冷寂,当年庞德公隐居的地方笼罩着云烟暮霭,其间的松径石扉寂寥已久,唯有隐者来去,而这里正是自己的归宿。诗中遗世独处的气氛,折射出诗人内心高奇寡合的意趣。从艺术上看,这是一首歌行,却并不讲求铺叙回旋,"鹿门月照开烟树,忽到庞公栖隐处"是典型的歌行句式,读者很自然地期待下文会有长篇的铺叙,但仅延续了两句就戛然而止,烟云暮霭中唯有松径寂寥,幽人来去,诗意的回味十分深长。

岳 阳 楼①

八月湖水平,涵虚混太清②。
气蒸云梦泽③,波撼岳阳城④。

欲济无舟楫^⑤，端居耻圣明^⑥。

坐观垂钓者，徒有羡鱼情^⑦。

① 诗题又作"望洞庭湖赠张丞相"、"临洞庭"。张丞相，指
　　张说。

② 涵虚：形容湖面空阔无边。混：合。太清：指天。

③ 云梦泽：古大泽名，具体地理位置说法不一，汉代以后认为
　　在今湖南、湖北境内，洞庭湖包括其中。

④ 撼：摇动。岳阳城：即岳州巴陵县城，今湖南岳阳。

⑤ 欲济句：说想渡过洞庭，可惜没有船和桨。

⑥ 端居：平居，指隐居。圣明：过去颂扬皇帝有德之辞。这
　　里指如今皇帝圣明而天下太平。

⑦ 羡鱼：《淮南子·说林训》："临河羡鱼，不如归家织网。"这
　　两句说自己看到湖边有人垂钓，不禁想起"临河羡鱼"的古
　　训，意思是自己徒有出仕的愿望，但无法实现。

　　根据佟培基先生的考证，开元四年到五年间
(716—717)，张说任岳州刺史，此时孟浩然游洞庭湖，

写此诗向张说干谒(《孟浩然诗集笺注·前言》,上海古籍出版社2000年)。诗的前四句,历来脍炙人口。时值八月,秋水初落,平静的湖面,映照着秋日的天空,一个"平"字,写出了八百里洞庭的辽阔,而一个"混"字,写出了水天一色、浑涵一体的浩淼景象。然而,最令人击节叹赏的,则是三、四两句,当湖水蒸腾,整个云梦泽都笼罩在氤氲万状的水气之中;波涛翻滚时,连岳阳城也被撼动。其中"蒸"、"撼"两字,用得十分响亮,洞庭湖浩瀚中的壮浪之气,如在目前,无怪乎清人王士禛称赞此两字:"何等响,何等确,何等警拔也!"(《然灯记闻》)

这种气势磅礴的笔力,在以往的山水诗中是十分罕见的。自谢灵运以来的山水诗,对深浑壮美的山水景象表现不多,艺术上的经验也相对较少,王维表现北方深山大壑之美的诗篇,在山水的创作传统中,就十分引人注目。孟浩然这首诗,写水国之浩淼而有雄浑壮浪的意境,这与他在写景中融进了兴寄的旨趣是很有关系的。

这首诗的旨归,不是俯仰山水,而是借浩瀚的湖景,抒发"欲济无舟楫"的苦闷,表达希望得到荐引、一骋鸿图的渴望。诗人把胸有大志而施展无门的郁闷，寄托在洞庭湖云蒸波撼的壮浪气势之中，全诗的后半部正是对这一兴寄旨趣的揭示。前人批评此诗"前半何等气势，后半何其卑弱"（《唐诗成法》）。这个意见是不太恰当的。盛唐士人的干谒，并不是一味的卑微乞怜，而是充满对个人才能和前途的自信，他们的干谒诗文，往往能写得光明磊落、风骨超然。孟浩然在这首诗里，说自己"端居耻圣明"，就是渴望在圣明的时代有所作为，不甘心壮志蹉跎，碌碌以终，其胸襟气度，绝非蝇营狗苟之辈可比。这首诗前半部的开阔兴象，与后半部的干谒之情，不仅不矛盾，而且是相互映衬、相互发明的。清人纪昀评此诗"前半望洞庭湖，后半赠张相公，只以望洞庭托意，不露干乞之痕"（《瀛奎律髓汇评》），近人高步瀛称此诗收句于"干乞之意"，而"词意超绝"（《唐宋诗举要》），这些意见都是值得注意的。

二、长安求仕不利（728—729）

开元十六年（728），孟浩然离开家乡，到长安去应举。他为什么选择了这个时候到科场中去呢？佟培基先生认为，开元十四年、十五年，进士科的主考官都是严挺之，储光羲、崔国辅、綦毋潜、常建、王昌龄这些著名的文人纷纷及第。王昌龄等人都是孟浩然的好友，他们接连登第，显然激发了孟浩然的求仕之心（《孟浩然诗集笺注·前言》）。一路上，孟浩然都对应举的前景充满了信心，到长安后的第二年早春，考试临近了，他写了一首诗，说："咸歌太平日，共乐建寅春。……何当遂荣擢，归及柳条新。"（《长安早春》）他以为自己一定可以一举及第，在柳条初黄的时候，就回家去报喜。

　　然而事与愿违,他竟然落第了。于是他就在长安留下来,等待新的机会。这段时间,王昌龄在秘书省做校书郎,他也就常到秘书省中去玩。当时张九龄作秘书少监、集贤院学士、副知院事。王维也在长安。孟浩然和张九龄、王维成为不拘形迹的好朋友。一天晚上,秋月新霁,秘书省诸公集会赋诗,孟浩然吟道:"微云淡河汉,疏雨滴梧桐。"满座的人都觉得清新俊逸,于是都搁笔不作了。这样过了一年多,在开元十七年(729)的深秋,他写了一首《题长安主人壁》,慨叹自己长年抛开自己家乡的田园不管,在长安白白地陪着秘省诸公玩,真是荒唐。此时他显然已经因仕进的坎坷而动了归心。他还打算向朝廷献赋,以求一第。唐代从垂拱二年(686)开始,设置了四铜匦,其中之一叫延恩匦,凡是献赋求官的人都可以投书于此匦中。玄宗的时候,这个制度还保留着,杜甫就曾经在科举落第后,献过三大礼赋。孟浩然也希望走这条路,然而也失败了,在这一年年底,他踏上了回家的路,临行时写了一首《留别王维》,感慨"当路谁相假,知音世所稀"。王维是他的知音,然而王维自己此时也还在长安闲居，仕进无门，那些真正有力的当权者，又没有一个人肯来援助自己，孟浩然的心情无疑是很伤感的。伤感中他也不乏牢骚，说自己是"不才明主弃，多病故人疏"（《岁晚归南山》）。

关于孟浩然长安不第，《新唐书》的本传上记载了这样一个传说："（王）维私邀入内署，俄而玄宗至，浩然匿床下。维以实对，帝喜曰：'朕闻其人而未见也，何惧而匿！'诏浩然出。帝问其诗，浩然再拜，自诵所为，至'不才明主弃'之句，帝曰：'卿不求仕，而朕未尝弃卿，奈何诬我！'因放还。"这个故事大约是出于附会。孟浩然黯然地离开长安，李白说他是"红颜弃轩冕"，实际上他并没有这样潇洒。在长安这个繁华之地，他没有找到任何出路。

孟浩然长安求仕的失败，主要的原因是缺少当权者的荐引，他曾经向张九龄感叹"惜无金张援，十上空来归"（《送丁大凤进士赴举呈张九龄》）。盛唐时代，朝野上下虽然形成了浓厚的荐贤风气，但在实际的现实政治中，任人唯亲、不能取人至公的现象还是不能避免的，这种盛世表象下潜伏的矛盾,孟浩然在他隐居家园的时候,不会有如此真切的体会。他在长安的作品,开始反映这些不合理的现象,早年那种激昂的抱负,此时化为感士不遇的不平之气。他的诗作有了更多的锋芒。当然,孟浩然的长安生活虽然失意,但还是相对短暂的,不像杜甫那样旅食京华长达十年,饱受辛酸。这主要是因为他的家境与杜甫不同,杜甫是一介寒儒,而孟浩然还有相对丰厚的家资,故乡还有先人的旧庐。所以,在困顿失意里,他常常提到自己的"南山田";想到的是"还掩故园扉"。他还不至于因生计的逼迫而竭力留在名利场中,这也使他不能像杜甫那样,看到盛世背后种种深层的矛盾;然而他诗中的不平之音,还是让我们感受到了盛世中一些真实的世情。

　　孟浩然写于长安的作品,多是表达失路的慷慨不平,他没有流于狭隘的怨刺与讥弹,而是在批判流俗中,展现了内心的风概与节操。殷璠在《河岳英灵集》中,称开元十五年后盛唐诗坛"声律"与"风骨"始备,而孟浩然这些"风骨凛然"的作品,正是开元诗坛走向成熟中的一个响亮的声音。

赴京途中逢雪

迢递秦京道^①，苍茫岁暮天^②。

穷阴连晦朔^③，积雪满山川。

落雁迷沙渚^④，饥鹰集野田。

客愁空伫立，不见有人烟。

① 迢递：远貌。秦京道：通往长安的大道。长安在秦地，故
　 称秦京。

② 苍茫：旷远迷茫之状。

③ 穷阴：整日不见阳光的日子。连晦朔，指整月。晦，阴历每
　 月最末一天。朔，阴历每月初一。这句说整月都是阴天。

④ 迷：迷失。渚：小洲。这句意思是满地积雪，大雁飞来找
　 不到沙洲栖宿。

　　开元十六(728)年，孟浩然离开家乡，前往长安，在

途中遇到大雪。尽管他此次进京赴举，对前途很有信心，但毕竟是初次到长安去参加影响人生命运的考试，因此也难免不体会到几分前程莫测的茫然，客行孤独，加上大雪漫天，心中脆弱的旋律尤其容易被触动。

　　孟浩然早年在家乡创作的五律，很少有单纯的描摹物态之作，他对于初唐沈、宋等人的近体诗创作风气并没有多少习染。也许这和他生长南方，远离京城有关。这首诗以五律刻画雪景，与早年《洗然弟竹亭》等作品相比，摹景之句无疑增多了，但并没有走上工巧一路。

　　全诗的取景十分开阔，辽远的长安古道，整月不见阳光的阴霾的日子，以及满是积雪的山河。诗人以廓大的时空为背景，勾画了一幅大雪连阴的山川图景，语言工整，但不失浑厚之致，所以宋代诗人刘辰翁称此诗"决不为小儿语求工者，大方语绝无峻处"（《王孟诗评》）。当然，诗人开篇这种取景方式并非率然无意之举，它与诗作后半部的客愁形成呼应，在天地阴霾之中，诗人形单影只地走在远离家乡的客路上，而前方的长安，究竟会有什么等待着自己，诗人此时还是一片茫然，行旅的孤独和无助,无疑在这幅宏大阴翳的雪景图中得到突现。诗中"落雁迷沙渚,饥鹰集野田"一联,以找不到栖宿之地的大雁和无处觅食的饥鹰,描写大雪苍茫的荒凉景象,然而诗人所以选择这两个意象,也并非只是摹写雪景的荒凉,而是暗合了自己内心的迷惘和孤独。那无处可归的大雁和栖惶的饥鹰,不就是漂泊在大雪中的诗人的影子吗?

古人在处理诗歌的情景关系时,有很深刻的追求。宋代梅尧臣提出,诗歌要"状难写之景如在目前,含不尽之意见于言外"(《六一诗话》引),意思就是说诗句不能简单地表现物象景物,还要带给读者不尽的联想。宋朝人所追求的"言外之意",是诗人丰富的主观体验,如宋祁的名句"红杏枝头春意闹"(《玉楼春》),就写出了诗人从红杏的怒放所感受到的盎然春意。然而孟浩然这首诗所追求的"言外之意"更带有比兴的特点,那就是使诗中的物象成为诗人心象的寄托,让读者从诗中的形象读出诗人个体的形象。这种在五律中蕴涵比兴的做法,在杜甫的作品中有最集中的发挥,但在中晚唐以下就逐渐稀少。无怪乎清代著名学者纪昀称这首诗："此所谓唐人矩度,古格有焉,不可废也。"然而他也提醒说:"然效之易入空腔。"(《瀛奎律髓汇评》引)意思是说,这种写法有为心造境的成分,在景物的描写上,有时不追求工细,学习不力,就会落入浮泛。当然,在这首诗里,我们见不到这样的毛病,它是孟浩然化比兴于摹景之中的一个成功的尝试。

题终南翠微寺空上人房①

翠微终南里,雨后宜返照②。闭关久沉冥③,杖策一登眺④。遂造幽人室⑤,始知静者妙⑥。儒道虽异门,云林颇同调⑦。两心喜相得⑧,毕景共谈笑⑨。暝还高窗眠⑩,时见远山烧⑪。缅怀赤城标,更忆临海峤⑫。风泉有清音⑬,何必苏门啸⑭。

① 终南:主峰在今陕西西安长安南五十里。翠微寺:佛寺

名,唐高祖在终南山太和谷修太和宫,后废弃,唐太宗为避暑重新修建,改名翠微宫,后舍为寺,即翠微寺(见《元和郡县图志》)。空上人:事迹不详。上人,对和尚的尊称。

② 翠微两句:翠微寺在终南山中,在雨后阳光的返照中景色最美。

③ 闭关:闭门谢客,隐居修行。特指禅僧停止为人接众之事,而一心一意于室中坐禅修行。沉冥:销声匿迹,不与外界往来。

④ 杖:拄。策:指手杖。

⑤ 造:访问。

⑥ 静者:与前句"幽人",都指空上人。

⑦ 同调:彼此志趣相投,就像曲调相同。这两句说,自己和空上人,一是儒生,一是僧人,道门虽然不同,而对自然山水的爱好却是相同的。

⑧ 相得:相投合。

⑨ 毕景:直到日光将尽。景,日光。这句是说自己和空上人谈笑了一天。

⑩ 暝:晚。

⑪ 烧:野火。

⑫ 缅怀：遥想。赤城：山名，在今浙江天台北，一名烧山，土
色赤，形似云霞。标：标志，表识。孙绰《游天台山赋》：
"赤城霞起而建标。"意思是山色红赤如霞是赤城山独特的
标志。临海：郡名，三国吴置，治所在临海（今浙江临海
县）。峤（jiào）：尖而高的山。谢灵运有《登临海峤初发彊
中作与从弟惠连见羊何共和之》诗。这两句是说点点山火
映衬下的终南山，使我遥想山色如霞的赤城山，而座座尖
峰犹如临海之峤。

⑬ 风泉句：山间的风声泉音，就是最好的音乐。化用左思
《招隐诗》"何必丝与竹，山水有清音"诗意。

⑭ 苏门啸：根据《晋书·阮籍传》记载，晋代阮籍曾在苏门山
（在今河南辉县西北）遇见孙登，和他谈修炼之术。孙登不
答，阮籍于是长啸而退；到了半山，忽听见上面传来鸾凤般
的声音，在山谷间回响，乃知是孙登的啸声。啸，撮口发出
长而清越的声音，古代高雅之士好长啸以抒情。

开元十七（729）年，身在长安的孟浩然前往终南山
中的翠微寺，拜访了深居其间的空上人，和他欢谈竟夕，
留宿在寺中，在客榻上看到远山点点的山火，不仅想起

超卓尘外的赤城山和谢灵运笔下的临海之峤。这首五古为我们记录了诗人这次充满山水清音的行游。

却除尘累、高蹈世外的生活，一直对孟浩然有强烈的吸引，孟集中笔涉方外的作品，固然有不少因折射了世事的失意而变得清幽冷寂，但更有相当一些作品流溢着清新的笔触，传达着诗人新奇的憧憬，甚至是浪漫的想象。在这首作品里，雨后山寺的清朗，空上人的高洁出尘，诗人与之宾主相得、乐而忘倦的融洽，都使我们读出了诗人内心的轻快，而诗人远望点点山火、遥想赤城的幻觉，更令诗意不无天真与浪漫的气息。也许此时，孟浩然初入长安，对人生的前景正怀着意气风发的幻想，而"无人荐《子虚》"的痛苦还没有来困顿他。当然，这只是我们的推测，孟浩然写作时的具体情事，我们无法坐实去推断，似乎也无需如此，但诗中所流露的轻快心情，却是我们真切可感，也值得细细品味的。

山寺孤僧，这种出尘高蹈的方外意象，在诗歌的表现传统中，一直与诗人对仕隐矛盾的现实思考相联系，伴随着诗人现实的失意困惑，成为纷扰世事之中摆脱尘累、不苟流俗的某种象征。从西晋郭璞的游仙诗，到谢灵运与僧人交往的诗作，到初唐诗坛大量的类似作品，这个传统一直拥有很强的表现旋律。中唐诗人贾岛，将这一旋律中的矛盾与冲突发展到一个更加尖锐的程度，他笔下大量出现的山寺孤僧形象，无一不带有孤绝人事的奇僻。孟浩然并没有完全游离于这个表现传统之外，但他有自己的创造。在这首诗中，清新爽朗的翠微山寺、无一点尘秽之气的空上人，共同造就了一个诗人无比向往的尘外之境，然而诗人并没有让这个理想的山林之境，在与尘世的冲突中展开，而是自然地呈现它的清新与高洁。理想无比高爽，而笔端没有一丝狷介与屈抑，在这一片自然的山水清音里，不需要孙登的长啸来助兴，因为那悠长的啸声里，还是可以隐然听出高雅的主人内心的孤寂。在眼前清澈的山林之间，诗人的心灵似乎不言而喻地被安顿在理想的诗境里，其笔端的爽朗，不是暂时忘却痛苦的轻松，而是一片天籁的自然化成。这是诗歌史上不多见的声音，这就是令后人企慕的盛唐之音。

　　崇尚清真，追求风骨，是盛唐诗人的普遍追求。大诗人李白曾多次表述过这样的主张，在阐述自己诗歌主张的《古风》中，他热烈赞美"圣代复元古，垂衣贵清真"的时代风尚，在《赠江夏韦太守良宰》中，他称赞韦太守的诗"清水出芙蓉，天然去雕饰"。天然清真的风格和激昂磊落的风骨，在李白的诗歌中是经常结合在一起的。孟浩然这首诗，亦将一种出尘之意，表现得如此天真自然，既风骨高峻，又清真恬和。

　　作为一首记游之作，这首诗极富兴象创造之妙。全诗开篇四句，在山间雨后的爽朗中，刻画空上人暂时结束闭关、杖策登眺的脱尘形象，淡淡几笔，传达出无限神韵。诗人与空上人欢谈终日，没有谈玄论理的枯燥，洋溢其间的是两心相悦的情意，而诗人在僧寺客榻上神驰万里的想象，都为我们描绘出诗人心灵的清旷与洒脱。

题长安主人壁①

久废南山田，叨陪东阁贤②。欲随平子去，

犹未献《甘泉》③。枕席琴书满,襆帷远岫连④。
我来如昨日,庭树忽鸣蝉。促织惊寒女⑤,秋风
感长年⑥。授衣当九月,无褐竟谁怜⑦!

① 题壁:在墙上写字题诗留念。唐人多作题壁诗。长安主
　　人:指作者入京应试时所寄居的主人家。

② 南山田:作者家乡的园庐涧南园在岘山旁,岘山在襄阳
　　(今湖北襄阳)南,故称南山田。叨陪:自谦不配陪,含有
　　空陪的意思。东阁贤:这里指秘书省诸公。语出《汉书·
　　公孙弘传》:"(弘为丞相,)开东阁以延贤人。"阁,亦作
　　"阁",小门。孟浩然在长安落第后,间游秘书省,时张九龄
　　为秘书少监、集贤院学士、副知院事,王维在长安闲居,孟
　　与张、王为忘形之交(见王士源《孟浩然诗集序》)。这两
　　句说我让家乡的田园荒芜已久,在这里陪着诸公玩,一事
　　无成,实在荒唐。这既是感慨自己落第后久滞长安,也有
　　埋怨诸人未能相荐之意。

③ 平子:东汉张衡字平子,南阳西鄂(今河南南阳)人,我国
　　古代著名的文学家和科学家。善辞赋,又精通天文历算,
　　制造出浑天仪和地动仪。他的《归田赋》说:"游都邑以永

久,无明略以佐时。……感老氏之遗诫,将回驾乎蓬庐。"
上句的意思就由此引申出来。献《甘泉》:西汉人扬雄成
帝时召对,献《甘泉》、《河东》、《长扬》等赋(见《汉书·扬
雄传》)。这两句的意思是说:我本想象张衡那样归田隐
居,只是还没有献过赋,所以迟迟未行。

④ 琴书满:语出庾信《拟咏怀》其十:"琴声遍屋里,书卷满床
头。"褰帷:撩起帷帘。远岫:远山。这两句是说自己终日
与琴书为伴,挑帘远望,唯见群山,处境十分孤独寂寞。

⑤ 促织:蟋蟀,一作趋织。古谚:"趋织鸣,懒妇惊。"(见《尔
雅》疏)这句表面上说天气渐冷,蟋蟀鸣声不已,贫寒无衣
的寒女闻之心惊;实际上是表达作者在蟋蟀的声声长吟中
惊觉一年将逝,深感岁月蹉跎。

⑥ 长年:年纪老大。这句意思是秋风乍起,自己为年华逝去
而感伤。

⑦ 授衣两句:《诗经·豳风·七月》:"七月流火,九月授
衣。……无衣无褐,何以卒岁?"授衣,谓将裁制冬衣的工
作交给妇女们去作。褐,粗布衣服。诗意还化用了《史
记·范雎蔡泽列传》上的"赠绨袍"的典故。魏人范雎因
须贾的中伤,被鞭打殆死,后亡命秦国为相。须贾使秦,范

雎有意打扮成一副落魄的样子去见须贾,须贾不知其已显贵,可怜他衣裳单薄,以绨袍相赠。后须贾得知范雎已为相于秦,遂惶恐请死,范雎说所以不杀他,是因为"绨袍恋恋,犹有故人之意"。唐诗中多用这个典故表达故人之情,这里则是哀叹自己身世寥落,无人哀怜援引。

长安二载,孟浩然没有找到任何出路,面对渐起的秋风,耳畔是声声促织的寒吟,一年又要过去了,然而仕进的希望还是那样渺茫,此时的诗人,再也无法忍受内心的焦虑和惆怅,在长安的客居里写下这首作品。

表面上看,这是一首很常见的仕进失意之作,然而萦绕其间的,并不是一个卑微的士子怨艾权贵的愤激之语,而更多的是没有相知援手的孤独心绪。全诗的开篇仿佛是冲口而出的牢骚,却很耐人寻味。诗人感叹家乡的田园因自己漂泊在外而长久地荒废,自己身在长安,好像是得到不少名公巨卿的赏识引接,经常有诗酒游宴的眷顾,但到头来一想,自己不过是整天陪着大人物玩而已,那些东阁贤没有一个肯对自己援之以手。这种失意不禁让我们很自然地联想到杜甫旅食长安时的辛酸：
"朝扣富儿门，暮随肥马尘。残杯与冷炙，到处潜悲
辛。"（《奉赠韦左丞丈二十二韵》）然而孟浩然的委屈与
杜甫的辛酸是不尽相同的，杜甫的辛酸，流露出一介寒
士的无奈，而孟浩然的失意，则更多地表现为一种被朋
友冷落的孤独之叹。诗的后半部，萦绕的正是孤独的旋
律，自己独处客舍，只有满床的琴书和窗外的远山在陪
伴自己，耳畔是促织的声声寒吟。全诗的结尾，化用范
雎的典故，感叹自己如此孤独失意，谁是那犹有故人之
意、解袍相赠的人呢？可见，诗意还是落到了被故人冷
落的情感上，这也正是全诗的基调。

我们常说，盛唐士人有视万乘若僚友、平交诸侯的
气概，这不仅仅体现在李白"天子呼来不上船，自称臣
是酒中仙"（《饮中八仙歌》）的豪放中，同样也体现在孟
浩然这种独特的失意感受里。中唐以下，科场的屈抑之
叹越来越多地见诸诗作，很多诗人在伤时怨命之中，明
显流露出一种卑微的姿态，所谓"逢人话天命，自贱如
埃尘"（姚合《感时》）。孟浩然的悲哀，不是这种寒虫式

的哀叹,而只是遭友朋冷落的无奈,语气虽悲而不失节概。李白景仰孟浩然,称他的隐居是"红颜弃轩冕,白首卧松云"。孟浩然的隐居其实没有李白写得这样潇洒,然而即便如此,他的失意里还是有平交诸侯的风操与骨气,这又是他风仪落落、迥出常人的地方。

岁晚归南山①

北阙休上书②,南山归弊庐③。

不才明主弃,多病故人疏④。

白发催年老,青阳逼岁除⑤。

永怀愁不寐⑥,松月夜窗虚⑦。

① 岁晚:年终。南山:指故园,作者家乡的园庐涧南园在岘山旁,岘山在襄阳南,故称南山。

② 北阙:建于宫殿之北的阙观。汉代尚书奏事、朝见,皆往北阙。阙,宫门前两土台上建楼观,中间空阙,作为过道,所以叫阙。休:不要。上书:指上书给皇帝表示政见,请求

任用。

③ 弊庐：破旧的房屋,谦称自己的家园。

④ 疏：疏远,不亲近。

⑤ 青阳：指春天。岁除：一年将过去。这句意思是说：时间过得太快,一年转眼将尽,春天匆匆而来,好像是在逼催旧岁离开。

⑥ 永怀：长久地想着岁暮年老而无所成就的事。愁不寐：因忧愁而睡不着。

⑦ 虚：空洞的样子。

这首困顿失意之作,是有关孟浩然的身世最著名的作品。《新唐书·文艺传》关于此诗令玄宗不快的记载虽然经过考证而知其为误传,但千百年来,这个故事流传不歇,就像李白的醉不奉诏、采月而逝的种种传说一样,人们讲述它,乐意相信它是真实的,究其原因,就是因为它们符合人们心目中的诗人形象。

王之望在《上宰相书》中曾引用这首作品,批评孟浩然心有躁忿,他说："孟浩然在开元中诗名亦高,本无宦情,语亦平淡。及'北阙'、'南山'之诗,作意为愤躁语,此不出乎情性,而失其音气之和,果终弃于明主。"

　　这个批评并没有多少根据,孟浩然并非没有宦情,相反,他从家乡远赴长安,甚至积极地干谒游从,都是源自一份热切的用世之心,他本人对此也从不讳言,如今,面对仕进无望的残酷现实,他的诗句流露出痛苦与郁闷也完全在情理之中。然而,在"不才明主弃,多病故人疏"的叹息里,我们还是能读出孟浩然独特的个性,并非一句简单的"愤躁语"所能说明。

　　孟浩然感叹自己因为"不才"而见弃于明主。唐人对人生穷通的思考,谈得最多的是"时"、"才"、"命"等问题,所谓"时",就是指自己能不能遇到开明的、使自己的才华得以发挥的时代;所谓"才",就是指个人的才华;而所谓"命",则是指左右人生起伏的"命运"。三者之中,"时"、"命"都是个人所不能左右的,孟浩然在这里只将失意归结于自己的"不才",而没有伤时叹命,这就使一种昂藏狷介之气隐然流露于笔端。事实上,孟浩然从来没有真正对自己的才华失去信心,也并非完全不以时命为意,他曾感叹:"穷通若有命,欲向论中推"
(《晚春卧病寄张八子容》);"三十既成立,嗟吁命不
通"(《书怀贻京邑故人》)。但在这首作品里,他只言己
之不才而不论时命之舛,就使诗意增添了几分突兀拗
峭,因为诗人所谓"不才",实际上更多的是反话,是以
自嘲的方式来嘲讽当朝不能识贤用才的时事。无怪乎
传闻中唐玄宗听到此句,怫然不悦,可见它明显地表达
了诗人的不平之气。"多病故人疏"一句,看似与"不
才"之叹没有多少联系,其实正是一脉相承。诗人在长
安落第后,四处干谒,希望得到新的荐举之人;卧病自然
会使朋友凋疏,影响交游,所以这也是一句无奈的牢骚
语,表达一种与世疏阔的感觉。

前四句语势陡健,后四句则转入回味深长之笔,清
人朱之荆称:"结句是寂寥之甚,然只写景,不说寂寥,
含蓄有味。"(《增订唐诗摘抄》)高步瀛称:"结句意境
深妙。"(《唐宋诗举要》)这些都是很有见地的意见。总
的来看,这首诗抒发穷途失意之悲,但语意并没有流于
狭窄的怨刺讥弹。《唐诗矩》云:"此诗未免怨,然语言

尚温厚。卢纶亦有《下第归终南别业》诗，与此相较，便见盛唐人身份。"卢纶之诗云："久为名所误，春尽始归山。落羽羞言命，逢人强破颜。交疏贫病里，身老是非间。不及东溪月，渔翁夜往还。"（诗题一作"落第后归终南别业"）卢诗面对落第之痛，深感世态炎凉，伤时怨命，其音慽慽，自不能与孟诗的昂藏垒坷相比。中唐而下，类似卢诗的作品日见其多，到唐末，更是怨艾之音盈耳，由此反观孟浩然此诗，越发可以领悟盛唐人精神上的独异之处。

留 别 王 维①

寂寂竟何待？朝朝空自归②。
欲寻芳草去，惜与故人违③。
当路谁相假？知音世所稀！
只应守索寞，还掩故园扉④。

① 留别：行人以诗文或实物留赠送别者。

② 寂寂：冷落。这两句说自己在长安到处请求汲引，但总是失望而归。

③ 违：离开。这两句是说自己即将还乡隐居，唯一感到惋惜的是要和你这位好友离别了。

④ 当路：掌握重要权力的人。假：帮助。知音：知己。语出《列子·汤问》：伯牙善鼓琴，钟子期善知音；后钟子期死，伯牙绝弦，因为不再有知音的人了，后因谓知己为知音。索寞：枯寂无生气。扉：门。这四句是说，有权势的人谁也不肯帮助我，而世上像你这样的知己好友又很少，那么就只得回家去关起门来，照旧过那种枯寂无聊的日子。

孟浩然告别长安时，王维有诗赠别："杜门不复出，久与世情疏。以此为良策，劝君返旧庐。狂歌田舍酒，醉读古人书。好是一生事，无劳献《子虚》。"（《送孟六归襄阳》）孟浩然则写了这首诗留别王维。

长安二载，孟浩然和比自己年轻的王维成为忘形之交，此番离别，心情无疑是很黯然的。全诗流露的感情很耐人寻味，诗人感叹自己在长安寂寞无成，朝朝空归，这里的"空归"之语并非无的放矢，而是与其后五、六两句呼应，言外之意是说，自己日日都在外游从于公卿名士之间，但暑去春来，竟得不到任何援手，日日失望而归。三、四两句说自己终于失望得准备回乡隐居，只可惜要和知心的好友分离。言辞痛苦中流露着恳切的知己之情。"当路"一联，诗人感叹真正当权的显要，没有一个人肯帮助自己，像王维这样的知音，在世上是多么难得，然而这位知音好友，此时也是闲居长安，无法帮助自己。从孟浩然创作于长安时期的一些应酬之作里，我们可以更深地体会这种失望。他的《与黄侍御北津泛舟》中云："自顾躬耕者，才非管乐俦。闻君荐草泽，从此泛芳舟。"诗人非常希望这位黄侍御能引荐自己，所以特地随从他一同泛舟游宴。从中我们不难发现，孟浩然在长安，的确是很急切地希望得到援手，得到引荐，我们不能说这是庸俗的，因为诗人并没有为此而钻营，他只是渴望找到真正赏识自己才华的人。当他发现自己最终不能在"当路"者里遇到知音的时候，他做出了"只应守索寞，还掩故园扉"的痛苦决定。

全诗的旋律是非常消沉的,这种消沉也让我们领略了孟浩然与王维的深厚情谊。孟浩然仕进无成,内心很黯然,然而这份痛苦,他并不是向谁都表露的。在《题长安主人壁》这首近乎独白的作品里,他坦陈内心的隐痛;而在《京还留别新丰诸友》中,他则在痛苦中表现出"拂衣从此去,高步蹑华嵩"的洒脱。消沉与洒脱,都是诗人内心的真实,只是消沉是更脆弱的一面,这一面除了诗人自己咀嚼,就只有向好友倾诉了。我们不难联想到,杜甫饱含深情的《梦李白》,其中写到梦中的李白又将远行时,有"出门搔白首,若负平生志"之句,在世人眼中豪放如仙人的李白,在杜甫眼中竟有如此苍老、脆弱的一刻,这正是杜甫对李白一片深情的流露。

这首诗是五律,但化用了古体的句式,"欲寻芳草去,惜与故人违"一联以叙述的语气,直贯而下,仿佛是老友之间临别时的絮絮不已,但又格律谨严,"当路谁相假,知音世所稀",诗句抑扬顿挫,仿佛是向老友倾诉着内心的苦闷。对没有金张援手的愤懑,对知音难遇的失望,我们似乎可以随着诗句的抑扬,读出诗人内心思绪的起伏,这样的句法都带有古体的特点,与诗中醇厚深挚的感情配合完美。

京还留别新丰诸友^①

吾道昧所适,驱车还向东^②。

主人开旧馆^③,留客醉新丰。

树绕温泉绿^④,尘遮晚日红。

拂衣从此去^⑤,高步蹑华嵩^⑥!

① 新丰:即今陕西西安临潼东北的新丰镇。

② 吾道:指自己所坚持的"道"。昧所适:谓不知什么地方可以实现自己心中的"道"。昧,不明白。这两句的意思是说自己功名不就,只得出京东归。

③ 馆:招待宾客之所。

④ 温泉:在今西安临潼东南骊山下,唐玄宗时于此置温泉宫。

⑤ 拂衣:拂拭衣巾,表示对尘俗无所留恋。

⑥ 高步:昂首阔步。蹑:登,踏。华:西岳华山,在今陕西华

阴南。嵩：中岳嵩山,在今河南登封北。此泛指名山。

这首诗的题目一作《东京留别诸公》,但从诗的内容来看,应以《京还留别新丰诸友》为是。因诗中出现的"新丰"、"温泉"都是长安附近的地名、景致,而东京远在洛阳,地点上不尽符合。

离别长安的时候,一位友人在新丰为孟浩然饯别,遂有此作。全诗以工整的五律,化用汉魏以来咏怀古诗的风骨,参错以齐梁诗歌的工丽,描写诗人在即将离开繁华旖旎的长安城时,内心的留恋与"拂衣而去"的倔强交织在一起的复杂心情。

开篇"吾道昧所适"运用经语,十分庄重,而第二句"驱车还向东",语言上化用《古诗十九首》之一的"驱车上东门",而内容上则化用了汉魏咏怀古诗中常见的诗人驾车独行的意象,如《古诗十九首》之一云:"回车驾言迈,悠悠涉长道。四顾何茫茫,东风摇百草。"又如阮籍驱车作穷途之哭。这个意象,有力地烘托了诗人茕茕独立的形象。

"树绕温泉绿,尘遮晚日红",深得齐梁诗歌工丽之妙。上句刻画长安的旖旎风光,下句描写红日向晚、宾从杂沓的新丰之宴意兴将阑的场面,句中的"尘遮"之状,既有描写宾从杂沓、纷纷攘攘的实写成分,也暗指长安城这个红尘世界令人留恋的氤氲情状。然而,尽管长安城如此繁华旖旎,诗人还是决定踏上孤独远行的道路,一句"拂衣从此去",生动地写出了诗人在送行的宴席中,对长安的生活不禁又生出留恋,然而他最终掸落了内心这一丝眷恋,走上"高步蹑华嵩"的道路。这里又化用了西晋著名诗人左思《咏史》其五"被褐出阊阖,高步追许由。振衣千仞冈,濯足万里流"诗意。诗人要像前辈诗人那样,置身千仞之高的华山与嵩山,用精神的高绝超越眼前的红尘羁束。

全诗以汉魏咏怀古诗的风骨开篇、作结,以齐梁丽句写长安的风光,两相映衬,诗人拂衣远行的傲骨更加磊落分明。长安二载,孟浩然在仕途上没有任何收获,然而他的诗艺,他的精神,都比以往更成熟了。

三、漫游与入幕(730—740)

孟浩然从长安回到家乡后,过了一年,开元十八年(730)夏、秋之际,他再一次离开家乡北上洛阳,又从洛阳南下游历吴越一带,借以排遣仕途失意的苦闷。他在《自洛之越》中说:"遑遑三十载,书剑两无成。山水寻吴越,风尘厌旧京。扁舟泛湖海,长揖谢公卿。且乐杯中酒,谁论世上名。"他从此要抛开世俗的功名,到山水中去寻幽访胜,舒荡胸襟。

他离开洛阳后,在中秋前到达杭州,在钱塘江观赏了著名的钱塘大潮,随后乘船经钱塘口入浙江溯江赴天台山登览、求仙。年底由剡溪顺流赴越州(今浙江绍兴)。在这里住了很长一段时间,结识了诗人崔国辅等,凭吊了梅福市、若耶溪、镜湖、云门寺各个名胜古迹。开元二十年(732)年底,他乘船赴永嘉(今浙江温州),在永嘉上浦馆与同乡故人张子容相逢,两人一同登江心孤屿游览,饮酒赋诗。张子容当时贬官乐城(今浙江乐清)尉,孟浩然不久就随张去乐城过年。直到开元二十一年(733)仲夏,他才回到家乡。

开元二十四年(736),当了两年宰相的张九龄,因李林甫的谗害而被罢相;开元二十五年(737)阴历四月,被贬荆州长史。张九龄到荆州后,就辟置孟浩然到自己的幕府中。这年冬天,他和裴迪等幕友陪张九龄从荆州出发,经纪南城,到当阳、松滋等地巡视,第二年立春后不久,就辞幕归家了。

开元二十八年(740),王昌龄游襄阳,当时孟浩然疾疹发背,病快好了,因为见到老朋友十分高兴,饮酒欢宴,吃了河鲜,疾病再次发作,在涧南园去世,终年五十二岁(王士源《孟浩然诗集序》)。

从离开长安到去世,孟浩然的精神世界有了一些变化,吴越的青山碧水,陶冶了他的心胸。他对隐居全真的生活有了更深的理解,在从吴越回到家乡后,他写了《仲夏归汉南园寄京邑耆旧》,诗中说:"尝读高士传,最嘉陶征君。日耽田园趣,自谓羲皇人。予复何为者,栖栖徒问津。中年废丘壑,上国旅风尘。忠欲事明主,孝思事老亲。归来当炎夏,耕稼不及春。扇枕北窗下,采芝南涧滨。因声谢同列,吾慕颍阳真。"诗中虽然还是不免有一点世路的失意,但他表示,自己找到了精神的安顿处,那就是放弃功名的诱惑,在隐居家园中保持人格的纯洁。孟浩然一向很神往于魏晋名士的风流放达,他早年的诗作中,也屡屡出现魏晋时期的典故,王士源说他"学不攻儒,务掇精华,文不按古,匠心独妙"(《孟浩然诗集序》),正是深得名士风流。经历了人生的挫折,这种风格非但没有收敛,反而变得更加放旷,开元二十三年(735)阴历正月,朝廷下诏,令五品以上清官及刺史举荐"才有霸王之略,学究天人之际,及堪将帅牧宰者"(《旧唐书·玄宗本纪》)。襄州刺史兼山南东道采访使韩朝宗约孟浩然一同去长安,想举荐他。恰好这个时候,有个老朋友来看望孟浩然,两人开怀痛饮,有人提醒孟浩然别忘了和韩公有约，孟浩然却说："业已饮矣，身行乐耳，遑恤其他。"韩朝宗一怒之下，辞行而去，孟浩然却并不后悔（王士源《孟浩然集序》）。他晚年入张九龄的幕府，不到一年，就因为思乡而求归。为了友情而放弃荐举的机会，为了思乡之情而主动辞幕，晚年孟浩然的超脱闲淡，都源于他内心悟到的一个"真"字，他要保持自己的真性情，与这个真字相比，世俗的荣华似乎都不那么重要了。

　　孟浩然的隐居生活，正是他养真全节的精神寄托。其隐居之作，无不呈现出清旷的意境、高洁的品格，尤其善于刻画情趣高雅、风流超逸的隐士形象。他取法陶诗，而又与陶诗不同。他在诗中塑造的主要是一个"不亲农事，终日高卧，闲适飘逸的隐士形象"，这与陶诗的质朴深厚有一定的距离，但他善于在田园生活的刻画里创造清旷的意境，体现高雅的意趣，这又是他成为盛唐山水田园诗派之代表诗人的重要原因。

　　孟浩然一生写了大量山水诗，创作最为集中的，就是漫游吴越这段时期。无论是家乡的山水，还是吴越风光,都是南方的景象,孟浩然在创作中也就大量吸收盛唐吴越山水诗的创作风格,他多次在山水诗的写作里强调"兴"的生发,如"清晓因兴发"(《登鹿门山怀古》)、"兴是清秋发"(《秋登万山寄张五》)等等。这种"兴"是游赏山水的兴致,诗人乘兴徜徉于山水之间,写下动人的诗句,因此他的诗作很善于在山水景物中传达微妙的情绪,意脉流贯,兴会悠然,成为盛唐山水田园诗作中的佼佼者(参见葛晓音《山水田园诗派研究》第六章,辽宁大学出版社 1993 年)。

与颜钱塘登樟亭望潮作①

百里雷声震,鸣弦暂辍弹②。

府中连骑出,江上待潮观③。

照日秋云迥,浮天渤澥宽④。

惊涛来似雪,一坐凛生寒⑤。

① 颜钱塘:指钱塘县令颜某,名未详。前人习以地名称该地

行政长官。钱塘，旧县名，唐时县治在今浙江杭州钱塘门
内。樟亭：一作"障楼"，指樟亭驿楼，在钱塘旧治南。望
潮：据《浙江通志》记载："钱塘江，其源发（安徽）黟县，曲
折而东，以入于海。潮水昼夜再上，奔腾冲激，声撼地轴。
郡人以八月十五日倾城观潮为乐。"

② 鸣弦：春秋时孔子弟子宓子贱，曾经为单父长官，他"鸣琴
不下堂而单父治"，这里用此典故，称颂颜县令善于为政。
辍：停止。这句说颜县令暂时放下政务，前去观潮。

③ 府中二句：连骑，形容骑从众多、络绎而出的样子。这两句
是说县令府中的宾从骑着马接连走出衙门，到江岸上来等
着观潮。

④ 迥：远。渤澥(xiè)：指渤海，这里指钱塘江外的东海。这
两句意思是说，白日当空，倍觉秋云高远；浩瀚的天空浮在
水上，始惊大海无垠。

⑤ 坐：通"座"，座位。凛：凛然。

　　开元十八年(730)八月十五日，孟浩然在钱塘县跟
随颜县令一同观赏了天下闻名的钱塘大潮。古来描写
钱塘大潮的诗作可谓众多，而孟浩然的这首作品，则是

以侧面的渲染取胜。全诗的开篇描写如雷的潮声,渐行渐近,使公务繁忙的县令也放下政事,准备前去观潮。县令的宾从从公府中连骑而出,急切地奔赴江岸,诗意至此,大潮将至的紧张气氛,已经扣人心弦。五、六两句笔致突然疏朗,紧张的旋律似乎也舒缓下来,天高日迥,大海无垠,然而这并不是真正的舒缓,而是大潮奔腾而至的高潮前的宁静。在这幅辽阔的海天图卷里,读者不难感到,在江岸观潮的人,此时正屏住呼吸,焦急地看着远处的大海,等待那惊心动魄的一刻的来临。就在众人的凝望中,大潮终于自远处奔腾而来,潮头涌处,江海上仿佛出现了一条雪线,尽管潮峰未至,但凛凛寒意已经袭上江岸。

　　诗人巧妙地捕捉高潮来临前的紧张气氛,以连骑而出写观潮之急切,以凝神远望写待潮之焦急,最后以潮峰未至,寒意先来,写大潮的气势,虽然没有一句正面描绘大潮的声威,但其汹涌壮观之态已如在目前。孟浩然很多作品都善于从侧面点染,通过情绪气氛的描绘,给读者以丰富的联想,取得"不著一字,尽得风流"的效果,这首诗就是一个很好的代表。

早发渔浦潭①

　　东旭早光芒②,渚禽已惊聒③。卧闻渔浦口,桡声暗相拔④。日出气象分⑤,始知江路阔。美人常晏起,照影弄流沫⑥。饮水畏惊猿⑦,祭鱼时见獭⑧。舟行自无闷,况值晴景豁⑨。

① 渔浦潭:在今浙江富阳西三十里。

② 旭:初升的太阳。

③ 渚禽:沙洲上的水鸟。渚,江中小洲。惊聒:水鸟被朝阳惊起而嘈杂啼叫。

④ 桡:船桨。这两句意思是还没起身就听见舱外响起了桨声,知道已从渔浦潭开船了。

⑤ 气象:景象。

⑥ 晏起:晚起。两句写江边女子浣洗情景。

⑦ 饮水句:《水经注》卷二七云:"汉水又东迳猴径滩,山多猴

猿，好乘危缀饮。"这一句描写了山猿在江畔乘流取饮的生动情景。

⑧ 祭鱼句：獭(tǎ)，《说文》："獭如小狗，水居，食鱼。"獭性贪食，常捕捉许多鱼摆在身旁，如陈列祭品，故世谓獭祭鱼（见《吕氏春秋·孟春纪》高诱注）。这句意思是时时可以见到水獭捕鱼。

⑨ 豁：敞亮。

　　开元十八年(730)秋后，孟浩然溯浙江西上，行近富阳时的一个清晨，面对江潭晨景，留下了这首作品。

　　夜色尽，晓色来，人间任何一个清晨的魅力，都在于生机的复苏。徒有生机，尚不足以形其妙处，只有在倦怠中逐渐复苏的生机，才是清晨最动人的地方。然而这一种生机复苏之美，离形绝相，非高手不足以传其神。而此诗的高妙，也正在于捕捉了这种难描难画之景。

　　诗人在惊禽桡拨的声响中感到了晨光初至的脚步，其中一个"暗"字用得最具功力。船家清晨起航，本无需遮掩，桡声之"暗"，是指诗人在清晨初醒时，睡意尚未完全褪尽，而船家起航的桡声此时听来，不免朦胧断续。一个生机盎然的清晨，就在诗人残睡未消的朦胧中拉开了它的序幕。这种写法，使我们不难想到诗人另一首著名的小诗《春晓》："春眠不觉晓，处处闻啼鸟。"诗人在清晨的残睡中，耳畔是一片鸟啼，而春晓的勃勃生意已扑面而来。

接下来的诗句，将生机复苏的晨意点染得更加醒豁。在初日的照耀下，夜间的雾气散开，诗人这才发现江面竟是如此开阔，一个"始"字，写出了诗人在夜晚不知江面宽窄，而在清晨才突然发现的新鲜感受。而临流梳洗的美人，其意象的选取也很有匠心。诗人描写江边女子，不写其晨出劳动，而特意描绘其晏起梳洗，不难想象，晏起美人身上那尚未褪尽的慵懒，临流梳洗的清秀，正是一种晨光复苏的意态。接下来的"饮水畏惊猿，祭鱼时见獭"，则是进一步渲染清晨的勃勃生意。

林庚先生曾经说过："盛唐气象最突出的特点就是朝气蓬勃，如旦晚才脱笔砚的新鲜。"（《唐诗综论》第43页，人民文学出版社1987年）孟浩然这首诗正是一个最生动的代表。晚唐诗人温庭筠写清晨，是"鸡声茅店月，人迹板桥霜"(《商山早行》)；宋代诗人陆游写清晨，是"小楼一夜听春雨，深巷明朝卖杏花"(《临安春雨初霁》)。前者是羁旅的辛苦和惆怅，后者则流露出对世路风波的倦意。作为一个盛唐诗人，孟浩然偏爱从清新生动的一面去感受晨光，而他高妙的笔力，又足以将生机复苏的意态勾勒于无形。从表面上看，孟浩然这首诗语言十分平淡，构思似乎也没有多少奇特之处，所以明人钟惺曾经说："浩然诗常为浅薄一路人藏拙。"(《唐诗归》)但此诗出之以古体，语言古拙，而且都押入声韵，运用经书上的典故，这就于平淡中形成了高雅脱俗的品格，加上诗人看似寻常、实则极有匠心的构思命意，的确有过于常人之处；所以钟惺以此诗为例，言于孟诗不当以寻常视之，"当于此等处着眼，看其气韵起止处"(同上书)。

宿桐庐江寄广陵旧游①

山暝听猿愁②，沧江急夜流③。

风鸣两岸叶,月照一孤舟。

建德非吾土④,维扬忆旧游⑤。

还将两行泪,遥寄海西头⑥。

① 桐庐江:浙江有两个源头,北源新安江,南源兰溪。两源在
今浙江建德梅城镇东南相合,以下至桐庐县一段称桐江,
一名桐庐江。广陵:指扬州。唐扬州大都督府治所在江都
(故城在今江苏扬州东北);江都汉属广陵国,故称广陵;天
宝元年(742)改扬州为广陵郡。这时作者已卒,可见非用
郡名。旧游:故交、老友。

② 暝:天色将暗。

③ 沧:水的暗绿色。

④ 建德:旧治在今浙江建德梅城镇。吾土:我的故乡。王粲
《登楼赋》:"虽信美而非吾土兮。"

⑤ 维扬:扬州。《梁溪漫志》:"古今扬州为惟扬,盖取《禹贡》
'淮海惟扬州'之语;今则易'惟'为'维'矣。"

⑥ 海西头:指扬州。扬州之东有大海,故称海西头。

开元十八年(730),孟浩然溯浙江西上,行入建德

县境内,一叶孤舟,夜泊秋江。行旅的孤独与寂寞,使他不禁思念起在扬州的友人,于是就有了这首感伤的诗作。

客行的孤独,是古诗中很常见的题材,而此诗的独特之处,在于写出了一种萧骚不宁的气氛。黄昏时,群山传来阵阵猿啼,江水在暮色中也流得更加急促,两岸的树叶在风中瑟瑟颤抖,种种景象,都渲染出一种漂泊动荡的感觉,其中尤以"沧江急夜流"和"风鸣两岸叶",写景传情,十分精妙。幽暗的江水在暮色中迅疾地流淌,这一幅画面,让人感受到日暮时分,风霜凄紧,寒意凛然;而"风鸣两岸叶",从其中的"叶"字,我们可以感到诗人写这首诗时,应是深秋时分。在佳木葱茏的春夏季节,树木枝叶丰茂润泽,而深秋时节,枝叶枯黄,大风过处,树叶就会发出凄厉的声响,使人对"叶"留下异常强烈的印象。这里,诗人以一个"叶"字,就让人领略到萧瑟的秋意,而一种不安的情绪亦暗含其间,倘若易之以"树"字,便觉兴味索然。诗歌在一字一句之间传神写照,最能见出诗人的悟性与才华,孟浩然正是在这些

方面,时时有精彩的表现。当然,炼字炼句不应损害诗
意的完整性,宋朝诗人在这个问题上,有时就会处理不
好,造成有句无篇的毛病。孟浩然这首诗,就篇法来讲,
也极具匠心。首句发端健举,气势笼罩全篇;三、四以凝
练的笔法,写客行的动荡与孤独;五、六点出怀友之意;
尾联情意绵长,诗中形成完整的境象。我们从萧骚不
宁、漂泊动荡的环境中,感受到一个客行孤独的诗人形
象,领略其对友人的真挚情意。至于诗人在字句之间的
精妙锤炼,则仿佛已经融化在这一完整的境象之中,不
见其锤炼之迹。这也是盛唐诗歌的自然之美在创作上
的体现。

宿建德江①

移舟泊烟渚,日暮客愁新。

野旷天低树②,江清月近人③。

① 建德江:指浙江上游建德境内的一段。

② 野旷句：谓原野空旷，天边比树还低。

③ 江清句：谓清江中映出的月影近在身旁。

　　这首诗的写作时间和前一首诗大致相同。诗中写道，日暮时分，诗人将船停泊在烟雾苍茫的水中沙洲，霭霭黄昏，正是乡愁最深的时刻，连飞鸟都"倦飞知还"，而自己家乡万里，周围是茫茫烟渚，此时此刻，乡思如何能不更深更切？由此可见，第二句"客愁新"绝非虚语。全诗三、四句最为精彩，从空旷的原野上望去，天边比树还要低，这幅真切的画面，并非只是展示诗人表现景物的才能，重要的是，这样的景象，只有在四野无人的空旷中，才能真切地发现。试想，如果周围有熙来攘往的人群，有袅袅炊烟的村落，诗人的视线何以能注意到天边的景致？惟其独处旷野，才会有如此的所见。"江清月近人"，描绘清澈的江面上，月光明亮，仿佛与人十分亲近，这是诗句字面的含义。我们不妨再进一步品味，月印清江是随处可见的景象，为什么此时此刻，却让诗人感到它更加亲近呢？这固然是因为江水的清澈而使月色更为明亮,但更重要的是因为江面平静空旷,只有一轮明月可以与诗人相依相伴。月与人的亲近,恰恰反衬出人的孤独,所以清人刘宏煦云:"'低'字从'旷'字生出,'近'字从'清'字生出。野惟旷,故见天低于树;江惟清,故觉月近于人。清旷极矣。烟际泊宿,恍置身海角天涯、寂寥无人之境,凄然四顾,弥觉家乡之远,故云'客愁新'也。下二句不是写景,有'愁'字在内。"(《唐诗真趣编》)

舟 中 晓 望

挂席东南望[①],青山水国遥[②]。

舳舻争利涉,来往接风潮[③]。

问我今何适[④]? 天台访石桥[⑤]。

坐看霞色晓,疑是赤城标[⑥]。

① 挂席:扬帆开船。席,指船帆。

② 水国:犹水乡。

③ 舳舻：指船一只接着一只，首尾相接。舳，船尾。舻，船头。利涉：语出《易经》"需"卦与"同人"卦"利涉大川"，意思是航行顺利。这两句意思是说，江上船只趁着风向、潮汛之便，来来往往，络绎不绝。

④ 适：往。

⑤ 天台：山名，在今浙江天台北，为仙霞岭脉的东支，西南接括苍、雁荡两山，西北接四明、金华两山，蜿蜒绵亘，十分高大。道书称这座山有八重，四面如一，上应台星，故称天台。石桥：在天台山北面，高架两崖之间的一块岩石，下临绝涧，险峻多苔。孙绰《游天台山赋》"跨穹隆之悬磴，临万丈之绝冥。践莓苔之滑石，搏壁立之翠屏"，就描写的是石桥。

⑥ 赤城标：语出孙绰《游天台山赋》："赤城霞起而建标。"赤城，山名，在今浙江天台北，一名烧山，土色赤，形似云霞。标，标志，表识。这两句说看见天边的晓霞，怀疑那就是著名的赤城山。

　　这是孟浩然在越中览胜时留下的又一首脍炙人口的作品，具体时间应当是开元十八年（730）的秋季，他从婺州(今浙江金华)溯东阳江(今名金华江)而上,前往天台山附近的东阳。在一个秋日的清晨,当船在东阳旁的江面扬帆起航的时候,诗人遥望着天边的朝霞,仿佛已经看到那若仙若幻的赤城山。

前人评价此诗,多称赞它气势流动,篇法生动。如清朝王士禛称其"一气旋折"(《唐贤三昧集笺注》)。这首诗的平仄用韵是标准的五律,但对仗并不工整,颔联被清人冒春荣称为"犄角对",意思是说以上句之"舳舻"与下句之"风潮"相对,以上句之"利涉"与下句之"往来"相对(《葚原诗说》);至于颈联则纯任散行,完全不讲对仗,清人胡本渊称此"以古行律,不用对偶"(《唐诗近体》)。

事实上,单纯从句法的散漫上评价此诗"篇法生动",不免落于玄虚,格律的讲求不一定都是形式的约束,而信笔涂抹,未必就是率真天然的佳作。一首作品的好坏,首先还要看它艺术功力的高下,就这首诗而言,诗人正是充分发挥了"虚实相生"的诗艺之妙。越中山水为天下形胜,而天台赤城的胜概,更甲于越中。古来描绘天台、赤城的文章,亦不可胜数,然而诗人在这里却没有一句正面的描写,只是以侧面的烘托渲染,引发人对天台、赤城如仙如幻的联想。

全诗的前四句,勾勒了一幅秋江晨渡的水国景象:秋日的清晨,诗人在青山迢迢、江流浩淼的越中水国,挂帆起航。此时江流之上,趁着清晨的风潮,休息了一宿的船只纷纷开始扬帆竞渡,络绎不绝。这幅充满人间生活气息的水乡晨景,并不是要展现诗人的现实表现力,而是要为诗意的展开,作一个富含深意的铺垫。这幅热闹的秋江晨景,是人间的景象,正像司马迁所说:"天下熙熙,皆为利来;天下攘攘,皆为利往。"(《史记·货殖列传》)如今,江面上熙来攘往的船只,奔波的是人间的生计,承载的是人世的悲欢离合,又有哪一只船会像诗人的那一只,要去寻访那恍若人境之外的天台山呢?而且,天台山最牵动他的,又恰恰是它奇观中的奇观——石桥。正因为如此,诗的颈联,看似十分平淡的问答"问我今何适,天台访石桥",就显得十分陡绝,在扬帆起航的舳舻络绎之中,他的船是孤独的,在未来的旅途中,眼前这幅晨渡图的热闹必将散尽,剩下的将是诗人的只旅扁舟。透过诗人不落凡尘的孤标异韵,天台山的仙幻也尽在不言之中。诗的尾联"坐看霞色晓,疑是赤城标",诗人远望天边的朝霞,他怀疑那就是赤城山,这种猜测是否真实并不重要,重要的是在这种猜测里,我们可以真切地体会诗人对赤城山的向望,而赤城的如仙若幻,读者完全可以神驰梦想,无需用更多的笔墨去描绘了。

以诗人独寻天台的行旅与对朝霞的幻觉,烘托天台与赤城的神异,展现诗人独标异韵的落落风概,这正是此诗的神气所在。而这神气的唤出,关键在于诗中的"问我"一联。此联之于全篇,犹如画龙点睛,而诗人纯以散行出之,亦见匠心,因"问我"一联,使诗意陡然提升,运用散行,则使诗意的提升不见突兀转折的生硬痕迹,以散入律在这首诗中之所以成功,原因也正在于此。

最后需要说明的是,这首诗的诗题宋蜀刻本作"晚"望,末句之"霞色晓",宋蜀刻本作"霞色晚",这样全诗的描写就从晨景变为暮景,然考之地理,赤城山在东阳江之东,如是西方的晚霞,则诗人不应生此错觉;从首句"挂席"一语来看,也是清晨起航的景象,而颔联也更接近晨渡的忙碌景象,与日暮归帆的祥和不同,由此推断,作"晓"比较合理,故据他本改。

永嘉上浦馆逢张八子容①

逆旅相逢处②,江村日暮时。

众山遥对酒,孤屿共题诗③。

廨宇邻鲛室,人烟接岛夷④。

乡关万余里,失路一相悲⑤。

---

① 永嘉:县名,今浙江温州。上浦馆:《明一统志》载:"上浦馆,在(温州)府城东七十里;唐孟浩然于此逢张子容赋诗。"张八子容:即张子容,排行第八。先天二年(713)进士,曾经贬乐城(今浙江乐清)尉,是作者的同乡好友。

② 逆旅:客舍。

③ 孤屿:《浙江通志》载:"孤屿山,《江心志》:在(温州)郡北

江中,因名江心,东西广三百余丈,南北半之,距城里许。
初离为两山,筑二塔于其巅,中贯川流,为龙潭川。中有小
山,即孤屿。宋时有蜀僧清了,以土室龙潭,联两山成今
址。孤屿之椒(山顶),露于佛殿后。"又载:"浩然楼,王叔
杲《孤屿记》:'孤屿江心寺,林木交荫,殿阁辉敞。独浩然
楼峻竦洞达,坐其中沧波可吸,千峰森前。孟襄阳所咏众
山遥对酒是也。'"作者与张子容于上浦馆相逢后或即同往
永嘉游览。

④ 廨(xiè)宇:官署,衙门。鲛室:《述异记》:"南海中有鲛
人室。(鲛人)水居如鱼,不废机织,其眼能泣则出珠。"
"鲛"亦作"蛟"。这句是说永嘉靠海,与住着少数民族的
岛屿相近。

⑤ 乡关:谓家乡。失路:谓仕途失意,扬雄《解嘲》:"当涂者
升青云,失路者委沟渠。"张子容时贬乐城尉,作者来此游
历前曾赴举不第,故有这两句。

开元二十年(732)冬,孟浩然来到了永嘉,在这里
遇到了自己的同乡好友张子容,两人一起结伴游赏,这
首作品就写于此时。

他乡遇故知,面对的又是人间胜绝的永嘉山水,这本该是一次快乐的行旅,然而此时诗人刚刚因"无人荐《子虚》"的失望离开长安,而张子容也正贬谪乐城尉,俱为失路之人的两个老朋友,他乡重逢固然喜悦,但内心天涯沦落、失路无依的悲伤还是难以掩饰。以故知相逢的喜悦来描画精神深处的孤独与忧伤,又以精神的孤独来写内心的孤标异韵,这种微妙心绪的传达,正是此诗的妙处。

全诗的首联以故知相逢的温情发端,其中"江村日暮"一语富含深意。"日暮"在古诗中常与思乡之情联系,如崔颢之名句:"日暮乡关何处是,烟波江上使人愁。"(《黄鹤楼》)在乡愁最浓的日暮时分,作者与同乡好友在他乡的客舍中重逢,这是多么充满人间温情的一幕。然而接下来的颔联,作者内心的孤独与傲岸已了然可见。南朝诗人谢灵运有《登江中孤屿》一诗,在谢灵运笔下,永嘉的孤屿是他山水寻游时遇到的一处美丽的景致,孤屿使他暂时忘记了内心的苦闷。孟诗在这里看似切合孤屿相逢的实事来写,实际上化用了谢诗"孤屿"的典故,巧妙地传达出他此刻内心充满愁绪;同时,这两句诗也写得十分开阔有力。作者与老友饮酒、题诗,有群山为伴,有孤屿相陪,其高标异韵,脱尘超俗。王士禛称赞此诗"气魄自大"(《唐贤三昧集笺注》),三、四两句正是最集中的呈现;殷璠在《河岳英灵集》中称赞这两句诗"既饶兴象,兼复故实",意思是既能巧妙地融会典故,又创造了高卓的兴象,这也是很有见地的看法。

五、六两句描写永嘉的环境,用笔十分奇特。永嘉山水,天下著称,然而诗人没有一句去描写其千岩竞秀之美,而是着力刻画其偏远、荒僻之状,将永嘉描绘得犹如蛮夷之地,这正与他内心的天涯流落之悲相呼应。有了这一联的铺垫渲染,当尾联以悲哀的笔触,点出失路流离的痛苦,读者就全然不感觉突兀。

全诗前四句着重他乡相逢的温情,后四句转入天涯沦落的失路之悲,前半于字里行间透露失意落寞之意,后半着力写天涯羁旅,然尾联一句"乡关万余里",又反过来照应同乡好友之谊,全诗情绪流转、意脉贯通,在艺术技巧上很可称道。

晚泊浔阳望庐山①

挂席几千里②，名山都未逢③。

泊舟浔阳郭④，始见香炉峰⑤。

尝读远公传⑥，永怀尘外踪⑦。

东林精舍近，日暮但闻钟⑧。

① 泊：停船靠岸。浔阳：今江西九江。庐山：见《彭蠡湖中望庐山》注。

② 挂席：扬帆。

③ 名山句：意思是说自己沿途没遇到任何名山。

④ 郭：外城，指城边。

⑤ 香炉峰：见《彭蠡湖中望庐山》注。

⑥ 远公传：指梁释惠皎《高僧传》中东晋高僧慧远的传记。慧远，详《彭蠡湖中望庐山》注。

⑦ 永：长久。踪：踪迹。这句说我忘不了慧远那高蹈出尘的行止。

⑧ 精舍：佛寺。但：仅，只。这两句说慧远住过的东林寺，已

经很近了，但我看不见它，只听见从寺中传来的一缕缕钟声。

开元二十一年(733)，诗人结束了吴越之行，返回家乡，途中经过九江，再次望见名闻天下的庐山，隽永的诗句仿佛又在不经意间冲口而出，天真自然而又兴象浑成的诗境，使我们完全理解了这位文采风流的孟夫子，何以在盛唐诗坛会赢得交口称誉。杜甫景仰他，称他是"作诗何必多，往往凌鲍谢"(《遣兴》)，的确，像这样的作品，有一于此，诗人的功力便无庸置疑。

此诗之妙，在于画出了庐山的神情，一座充满隐风逸趣、高蹈出尘的名山，诗人只以寥寥数语，就使之神情逼现，这便是盛唐诗歌最为追求的兴象的创造。然而更引起我们的兴趣的是，诗人避开了模山范水的刻画，纯以虚笔点染庐山的意趣，其虚实相生的笔法，使诗艺的传神写照之功，得到了淋漓尽致的发挥。

全诗的开篇，庐山名闻天下的气象即呼之欲出，然而诗人并非呆板地评述庐山之盛名，而是从自己环行天下，未逢名山，直到见了庐山才一偿夙愿的经历，烘托庐山的高卓奇崛。历代的论者，都极口称道开篇"挂席几千里"一句，认为"诗意高远"。就自然地理而言，诗人在游历中，所遇之山一定不少，但一句"名山都未逢"，则表达了诗人对于名山极高的期待，普通的山水根本无法使他满足。高绝的品味，让我们领略了诗人高卓的精神意趣，而只有庐山的神韵，才能与之呼应。这就是"诗意高远"的真正内涵。

诗的后半部勾画庐山高蹈尘外的意境，深得点染之妙。诗人不直言其间的隐风胜迹，而是追忆自己曾经读过东晋名僧慧远的传记，内心一直缅怀他高蹈尘外的行止，如今，慧远的东林精舍就在眼前，寺中的钟声在暮色中已隐然可闻。其中"日暮但闻钟"一语，最得传神之妙。诗人并没有见到东林精舍，但那隐约传来的一缕钟声，却可以使人对青山丛林中的僧寺，产生无尽的联想，其避世出尘的清幽亦尽在不言之中。

附：未编年诗

秋登万山寄张五①

北山白云里，隐者自怡悦②。相望试登高，心随雁飞灭③。愁因薄暮起，兴是清秋发④。时见归村人，平沙渡头歇⑤。天边树若荠，江畔舟如月⑥。何当载酒来，共醉重阳节⑦。

① 万山：今湖北襄阳西北十里，一名汉皋山。一作"兰山"，兰山在今山东临沂南；一说即今四川宜宾庆符镇的石门山。作者从未隐居于这两地，故疑"兰"为"万"字之误。

张五：指张谭，官至刑部员外郎，懂易象，擅书法，尤工山水，与王维、李颀友善。

② 北山：指张五隐居处。隐者：指张五。自怡悦：语本梁陶弘景《诏问山中何所有赋诗以答》："山中何所有？岭上多白云。只可自怡悦，不堪持赠君。"这两句化用其意，指隐者深处云山，悠然自得。

③ 相望两句：说我思念张五，试登高相望；虽然远不可见，但心却随着飞雁而飞向他那里。下句一作"心飞逐鸟灭"。作"雁"点出秋景，较佳。

④ 愁因两句：意思是清秋触发我登高相望的兴致，但是因为天色向晚我望不见您的隐居，所以引起了我的哀愁。

⑤ 平沙句：写归村人在沙洲边的渡口上暂歇待渡。

⑥ 天边两句：由薛道衡《敬酬杨仆射山斋独坐》"遥原树若荠，远水舟如叶"变化而成。荠，荠菜，二年生草本植物，花白色，茎叶嫩时可食。舟如月，舟如一弯新月。据末句"共醉重阳节"，知这诗当作于阴历九月初重阳节前不久，故有新月。

⑦ 何当两句：望张五重阳节来相叙。何当，商量之辞，犹言何妨、何如。重阳节在阴历九月九日，古时有出外登高饮酒的习俗，参见王维《九月九日忆山东兄弟》注。

这首诗落笔处是写秋日登山，用意则是在怀人，贯穿其间的是诗人登高相望的兴致。孟浩然很多作品，都是以一种"兴致"来烘托与支持，对"兴"的重视，是他以及李白这些诗人的共性，也是盛唐诗坛的一个显著的创作声音。

诗人何以要攀登万山，不是为了寻幽览胜，更不是为了像谢灵运那样在山水中证悟人生的哲理，他只是想试着在高高的山巅，眺望一下那远在北山白云深处的隐士朋友。"相望试登高"，一个"试"字，写出了诗人期望登高望友的念头，这个念头是多么天真，然而唯其天真，才更见真挚。在万山之巅，诗人远眺的视线随着飞向北山方向的大雁而绵延不尽，大雁的踪影逐渐消失了，而诗人的心却早已飞向远方的望不见的朋友那里。诗句不言目光逐飞雁而尽，而言"心"逐雁灭，正写出远望时的一往深情。

接下来的诗句勾画了一幅江村暮归图，暮归的村人在沙岸上歇息，而"天边树若荠，江畔舟如月"一联不仅仅是状物真实，更有一种气氛的烘托。诗人在高山上下望,高大的树木小如荠菜,而江畔的船只如一弯新月。在美学上,事物的大小比例往往与崇高与优美的体验有密切的关系,给人以崇高感的事物,往往比较宏伟壮观,而给人以优美体验的事物,往往细腻小巧。这里,诗人把江村的景象写得如此小巧,就传达出江村安详与柔和的气氛,与前面的人歇沙岸,一同构成了一幅安详恬淡的江村暮归图。江村暮归,万物归宿,然而友人却依然远离尘世,高蹈云山,就像一个漂泊异乡的游子,这就更加深了诗人无尽的思念。

全诗以登高相望的兴致来贯穿,然而这个兴致是这样细腻,充满了丰富的感情变化,而诗作能始终在山水刻画里传情达意,位置经营,空灵生动。

登江中孤屿赠白云先生王迥①

悠悠清江水②,水落沙屿出。回潭石下深③,绿筱岸边密④。鲛人潜不见⑤,渔父歌自逸⑥。忆与君别时,泛舟如昨日。夕阳开晚照,中坐兴非一⑦。南望鹿门山,归来恨如失。

① 江中孤屿:从诗意来看,当指涧南园附近汉江中的小岛。

　王迥:行九,号白云先生,家住鹿门山,作者好友。

② 悠悠:水流连绵舒缓的样子。

③ 回潭:水起漩涡的深潭。

④ 筱(xiǎo):细竹子。

⑤ 鲛人:神话传说中的人鱼。《述异记》:"南海中有鲛人室。
　(鲛人)水居如鱼,不废机织,其眼能泣则出珠。""鲛"亦
　作"蛟"。

⑥ 渔父:渔翁。父,老人的通称。自逸:自由自在。

⑦ 中坐:坐在半山。《文选》卷二二江淹《冠军建平王登庐山
　香炉峰》:"绛气下萦薄,白云上杳冥。中坐瞰蜿虹,俯伏视
　流星。"吕延济注:"中坐,半山坐也。"非一:不少。前后六
　句说诗人当年与王迥分别时,既有泛舟游赏,又在鹿门山
　上饯别,坐中俯看汉江的夕阳晚照。如今却孤单一人,只
　能南望鹿门山,思念故人,怅然而归。

　　王迥是孟浩然的好友,家住鹿门山,孟浩然在家乡

时常去鹿门山看望他，写作此诗时，王迥已经离开鹿门山，诗人在江中孤屿回想当年两人分手时的情景，遂有此作。这首诗具体是写于诗人早年隐居待仕时，还是结束了吴越漫游回乡以后，今天已经难以确考。

诗的前半部是描写眼前的山水清景，"忆与君别时"以下是抒发怀人心绪，两者的过渡十分自然妥帖，这便是诗人的过人之处。前半部的写景，看上去好像纯是写景，但仔细体会，不难品味出其间的几分微妙的情绪。全诗的开篇，是一幅水落沙出的秋景，而接下来的"回潭石下深，绿筱岸边密"从构思上可以看出"大谢"的影响。谢灵运《过始宁墅》云："白云抱幽石，绿筱媚清涟。"上下句也是以石竹对举。这一构思在初唐张九龄的《自始兴溪夜上赴岭》中仍有延续，张诗云："日落青岩际，溪行绿筱边。"诗中以山岩翠竹共同勾画溪山之景。细味孟诗，不仅语言更多锤炼之功，景物的刻画也有独特的韵味。山石下幽幽的深潭，溪岸边密密的绿竹，景物在清雅中多了几分曲折幽深的神秘感。诗意由此呼应下两句"鲛人潜不见，渔父歌自逸"。在深深的潭水中，藏着那传说中的鲛人，诗人把神秘的鲛人和自在放歌的渔人对举，就使恬淡安详的渔舟唱晚图，多了幽深朦胧的色彩。当然，景物的幽深曲折，并没有破坏诗人欣赏山水的清兴，相反，却使山水对诗人有了更强烈的吸引。这种吸引，自然地唤起后半部对友人的思念之情。山水是如此引人向往，但如今自己只能一个人欣赏，回想当年，鹿门山上的别宴是那样兴酣意畅，夕阳中的江景犹在目前，如今却只有自己孤单一人，怅然而归。

言景语而其情自现，在南朝以来的山水诗创作中，并没有很多的诗人能取得这样的艺术成绩。谢灵运的山水诗经常出现情景分为两截的问题，谢朓将行役游子等题材与山水结合后，写下了不少情意深长的诗句，但情感渗透的痕迹还比较明显，如他著名的诗句："天际识归舟，云中辨江树。"（《之宣城出新林浦向板桥》）通过"识"、"辨"等主观活动的动词，在大江弥漫的江景中塑造了一个"含情凝眺"的诗人形象。其后阴铿与何逊有了一些融合得更自然的作品。孟浩然这首诗，在清旷的江景中揉入几分幽深曲折的情致，以此细腻地折射出诗人内心的一丝落寞,呼应怀人的主题。景语中没有任何主观活动的痕迹,而传达的情绪又是如此细腻,这正是此诗的妙处。

夏日南亭怀辛大①

山光忽西落②,池月渐东上。散发乘夜凉③,开轩卧闲敞④。荷风送香气,竹露滴清响⑤。欲取鸣琴弹,恨无知音赏。感此怀故人⑥,中宵劳梦想⑦。

① 辛大:即辛谔,行大,作者同乡友人,隐居西山,后被征辟入幕,至洛阳一带。据作者《张七及辛大见寻南亭醉作》"纳凉风飒至,逃暑日将倾。便就南亭里,余樽惜解酲",知辛大等常于夏日来南亭纳凉饮酒。但不知南亭在涧南园,还是在鹿门隐居处。

② 山光:落山的日光。

③ 散发:古代男子平日束发于顶。散发则表示闲适、潇洒。

④ 开轩句：说开窗躺着，闲暇而敞亮。

⑤ 清响：清脆的声音。

⑥ 此：指上两句所说无人赏琴的事。故人：指辛大。

⑦ 中宵：半夜。

　　每一个优秀的诗人，都要有让读者看到他性情面目的作品；这首诗对于孟浩然，也正是这样一种作品。我们今天已经很难确切地弄清这首诗究竟是什么时候、在什么情况下创作的，我们只知道诗人所思念的辛大，经常在夏日来南亭和诗人一同纳凉饮酒，这首诗也许就诞生在这样一个夏日。然而这些具体的背景、情事，对于我们体会这首作品并不十分重要，作为孟诗中的佳作，它永远让读者最鲜活地体会到诗人清旷超逸的形象。

　　在夏夜中乘凉待友的诗人，那一份散发高卧的自在，使读者很容易联想起魏晋的人物风流。在魏晋玄学影响下出现的江左风流，浸润了盛唐诗人的精神世界。在这里，我们看到的是魏晋玄风中的任情自适，"散发"一语，刻画诗人的闲适潇洒，是《世说新语》刻画名士风流中常见的意象。"开轩卧闲敞"中最耐寻味的是"卧闲敞"一语,《唐贤三昧集笺注》称此三字"甚新奇",具体地讲,这三字写出了诗人不仅有散发高卧的自在,更有一种置身敞亮之地的疏朗与纵逸。这一份纵逸,更直接透露了与魏晋玄风的胎息之迹。魏晋玄学独特的哲学内涵,在阮籍等人身上造就了一种"大人先生"的气质,拔天倚地,纵恣不羁。这在李白身上得到了最集中的继承,孟浩然虽然没有拔天倚地的气魄,但他这种置身开敞、旁若无人的疏朗气质,还是与李白等人有着共通的神韵。

全诗终结于盼知音而不至的遗憾,在这种叹息里,我们读出的是诗人高卓寡合的意趣,是闲适自在背后的孤独,而这正是魏晋名士风流中最常见的叹息。孤独是士人不可避免的痛苦,陶渊明用体会自然的真淳来化解,而在魏晋名士身上,孤独从不被掩饰,甚至不被调整,他们要自然地抒发,有时甚至是发泄,如阮籍的穷途之哭,如《世说新语》中的人琴俱亡之悲。在这一点上,孟浩然直接继承了魏晋名士的风格。当然,他的表达含蓄了,没有那么激烈,但究其内在的精神脉络,彼此还是有清晰的联系。

　　诗中的景物描写,化用了玄言诗的语言风格。开篇一联纯用白描,"荷风送香气"一联选取清华而高雅的意象,描写也完全不用色泽,共同烘托出一个恬静而幽雅的夏夜,与诗人闲适疏朗而意趣高雅的个性形象呼应完美。

与诸子登岘山①

人事有代谢,往来成古今。

江山留胜迹,我辈复登临②。

水落鱼梁浅,天寒梦泽深③。

羊公碑尚在,读罢泪沾襟。

① 诸子:指同游的几位朋友。岘(xiàn)山:在襄阳城南七里
　　(一作九里),汉江西岸旁。

② 人事:人的活动、事业等等。代谢:新陈交替。往来:旧的

去新的来。胜迹：著名的古迹。晋代羊祜镇守襄阳，曾感慨地对邹湛等说："自有宇宙，便有此山。由来贤达胜士，登此远望，如我与卿者多矣，皆湮灭无闻，使人悲伤。如百岁后有知，魂魄犹应登此也。"邹湛说："公德冠四海，道嗣前哲，今闻令望，必与此山俱传。"（见《晋书·羊祜传》）这四句即因此事生慨，说人事更替，转眼即成过去，羊祜昔登此山而担心声名湮灭，却终为江山留下胜迹，今日我们来此登临，但不知又将如何！

③ 鱼梁：襄阳城东沔水中有鱼梁洲，即江水中的一片陆地。
梦泽：古代大泽名，见《岳阳楼》注。此借指一般湖泊和沼泽地。这两句描写深秋天寒，江河水落，更觉湖泽深广的深秋景象。

　　这是诗人在家乡时，与人登临岘山所作。诗意将怀古的幽思与个人的悲慨融化在江山无限、人事代谢的宇宙大化之中，造就了高绝超迈的诗境。

　　开篇两句，诗人仅以十个字，就写透了宇宙无限、人事沧桑的慨叹，如此高亢的发端，正是盛唐律诗的特点。三、四两句，直接呼应诗题中的登山之义，语言也健举爽朗,清人徐增说:"'我辈'二字,浩然何等自负,却在'登临'上说,尤妙。"(《而庵说唐诗》)诗意所以会有这种效果,就在于诗人将自身置身于宇宙运化的大背景之下,把自己一次普通的登山,说得仿佛是天地大化、人事代谢的一部分,笔端的气势自然浑厚不凡。这种笔法,在李白的诗中有最鲜明的呈现。李白的《把酒问月》:"青天有月来几时,我今停杯一问之。""今人不见古时月,今月曾经照古人。古人今人若流水,共看明月皆如此。"诗人向明月询问宇宙的运化之理,这个高绝超迈的精神形象,正与孟浩然登山临水抒发人事代谢之悲的形象,有着相同的气势。

　　人生短暂而宇宙永恒的感叹,在初盛唐的诗坛上一直不绝如缕。初唐刘希夷的《代白头吟》云:"去年花开颜色好,今年花开复谁在。"张若虚的《春江花月夜》云:"江畔何人初见月,江月何年初照人。人生代代无穷已,江月年年只相似。不知江月待何人,但见长江送流水。"若追求其渊源,这个主题与魏晋玄学的激发催衍有密切的关系。面对人生的短暂,魏晋玄学的解决方法,是在理智上追求人与大化的合一,陶渊明的诗句对此有最好的表达:"纵浪大化中,不喜亦不惧。应尽便须尽,无复独多虑。"(《神释》)然而孟浩然并没有像陶渊明这样旷达,在这首岘山登临之作里,我们还是能读出他极深的悲慨。诗中羊祜的典故并非只是简单地应合岘山的历史古迹,而是包含了诗人深长的感慨。尽管人事代谢、往者已矣,但真正的志士贤人,还是在历史上留下了他们不朽的声名。羊祜就是这样的典范,而岘山上的堕泪碑,正是志士声名不朽的明证。身怀壮逸之气的孟浩然,当然向往这样的境界,他重登岘山,就是要去凭吊羊祜留下的胜迹。当他面对堕泪碑,不禁泣下沾襟,追念先贤的情怀不是了然可见吗?诗意以旷达开篇,却以悲怀结尾,《唐律消夏录》云:"结语妙在前半首说得如此旷达,而究竟不免于堕泪,悲夫!"这种旷达与悲慨的融合,并不是诗人的矫情之举,而是反映了诗人独特的精神面貌,他固然有纵观大化的开阔的视野,但并没有彻底走上乘化委运的恬淡平和,其内心渴望建立不朽声名的人生意气始终不曾泯灭。思致畅达而又风骨健举,不独孟浩然如此,许多盛唐士人,都有这样的精神风采。

由此我们再来看诗中的五、六两句,诗意描绘了一幅秋冬之际的萧瑟景象,视野无比开阔,而一种茫然悠远的思绪亦萦绕其间,自然界已然是秋天,作者一定是在感慨,自己的人生也已经有了秋意,岁月蹉跎,建功立业的志向还没有实现,怎能不令人悲从中来?诗意由此贯彻到尾联,正是因为诗人内心已经被人生失意的悲伤所萦绕,所以才会见到羊祜的堕泪碑而悲不自胜。

前人称赞此诗“结句妙在不翻案,后人好议论,殊觉多事”(《唐诗援》);“风神兴象,空灵淡远,一味神化。中晚涉意,去之千里矣”(《唐风定》)。的确,这首诗虽然涉及宇宙运化这些很带思辨性的问题,但并没有以思理运篇,其原因就在于诗人不过是借宇宙运化作为一个大背景,抒发其人生的悲慨,诗意的根本在于慷慨壮浪的人生意气,而不是乘化委运的旷达之思,所以艺术上妙于风神兴象,而不以思辨议论取胜。

过 故 人 庄[①]

故人具鸡黍[②]，邀我至田家。

绿树村边合，青山郭外斜。

开轩面场圃[③]，把酒话桑麻[④]。

待到重阳日[⑤]，还来就菊花[⑥]。

① 过：访问。

② 具：备办。鸡黍：《论语·微子》载荷蓧丈人留子路住宿，
杀鸡蒸黍款待他。后因用来表示农家待客的殷勤。

③ 面：面对。场圃：打谷场；圃，种植蔬菜、花草、瓜果的
园子。

④ 把酒：拿着酒杯，谓饮酒。话桑麻：闲聊农事。陶渊明《归
园田居》其二："相见无杂言，但道桑麻长。"

⑤ 重阳日：即阴历九月九日重阳节。旧俗每当这天要登高、
赏菊、饮酒。

⑥ 就菊花：前来赏菊。

　　这首家喻户晓的作品，几乎所有的唐诗选本都不会遗漏。诗中满是浓郁的田家气息，描写诗人和友人宾主欢洽，又充满爽朗高雅的情趣。这两者融合在一起，形成令读者讽咏不尽的情味。

　　诗人刻画田家风光，极善描绘，"绿树村边合，青山郭外斜"，描写绿树在村边环绕，远处是横斜的郊外青山，青山绿树的环绕，使人感到故人的家园是如此温馨。这里运用的是五律的"二、二、一"句式，同时将"绿树"、"青山"放在句首，而结尾的"合"与"斜"带有动词性，这样就不仅仅是描写句，而仿佛绿树的环绕、青山的横斜，都是出于"绿树"、"青山"的主动的情意。这是汉语诗歌由于汉语独特的语法特点而经常会出现的丰富含义。林庚先生对这两句诗所传达的情意有精妙的分析，他说这两句诗"不但写出了层次分明的近景和远景，而且围绕着村落的绿树与斜倚在绿树外的青山，正是相映成趣地表现为一种谐和而单纯的美。这里我们无妨说它们是在心心相印着，……那绿树像母亲的温柔，怀抱着这个村落；而那青山像一个岗哨，远远地注视着这个村落。它们的心全在这个村落上,因而那城郭也就被冷落地丢在一边了。这里我们才明白,既然说'绿树村边合',已经是在城郭之外了,为什么还要说'青山郭外斜'呢?这诗句正在于陪衬出那城郭的不重要来;青山、绿树、村落,那么水乳交融地打成一片,那城郭就只好若有若无默默地站在一边,这真是再亲切也没有的一幅图画。而与这同时,通过那青山的顾盼,通过那绿树的环抱,对于这个村落,我们将感到多么亲热啊,仿佛我们早就该认识它们了。于是我们感受到每一块草地的绿色,每一片庄稼的成长,每一条小路的泥土气息。这些,诗中都没有写,它却存在于青山的一瞥与绿树的拥抱之中"(《唐诗综论》第 344 页,人民文学出版社 1987 年)。

诗的后半部刻画了宾主爽朗高雅的情趣。诗人与故人虽然说的是桑麻之事的农家语,但"开轩面场圃"的爽朗,使人在这幅农家欢饮图中,不觉柴米油盐的琐碎,而只觉其恬然快乐。结尾重阳赏菊的相约,进一步显露了诗人与友人脱俗高雅的趣味,一个"还"字,说出了诗人的恋恋不舍,而更耐人寻味的是,这种留恋,又是以极亲切自然的态度流露,没有故弄高雅的做作,其中用得最妙的便是一个"就"字,前人曾对这个字激赏不已,清人朱之荆云:"'就'字百思不到,若用'看'字,便无味矣。"(《增订唐诗摘抄》)《瀛奎律髓汇评》引冯舒云:"字字珠玉,'就'字真好。"究其原因,就在于一个"就"字,写出了诗人对菊花的喜爱,是发自内心的亲切感情,不是故作名士风度,这与诗中恬淡融冶的田园风情十分协调。

早寒江上有怀①

木落雁南度,北风江上寒。

我家襄水曲②,遥隔楚云端③。

乡泪客中尽,孤帆天际看。

迷津欲有问④,平海夕漫漫⑤。

① 江：长江。

② 襄水：汉水流到襄阳境内,亦称襄水、襄河。孟浩然的家涧
　南园在襄阳南郭外岘山附近襄水弯曲处。

③ 遥隔句：据末句知这诗当作于长江下游。襄阳古为楚地,
　地势较长江下游为高,故有此句。

④ 迷津：不知渡口在哪里。

⑤ 平海：谓长江下游江面平阔与海相连。漫漫：路途遥远的
　样子。这句说黄昏时江水迷茫、方向莫辨,诗人以此抒发
　怀才不遇、前途茫茫的惆怅心情。

　　这首诗的写作时间已经难以确考,从诗中来看,诗
人此时在长江下游一带客行漂泊,时值岁暮,乡思邈邈。
　　这首诗最为精警的,是颔联,从对仗上看,这两句并
不十分工整,孟浩然的近体诗往往带有古体的自然风
格,追求流畅和精神骨力的传达,这一联便属于这种
"不工"之句,上下句意一贯而下。诗人此时身在长江
下游,家乡襄阳在地势较高的中游,但诗中"遥隔楚云
端"一语,并不是机械的写实之句,而是表达了诗人深
感家乡遥远、远望不见的茫然失意的心情。当然,细味

之下，诗人写自己的家乡"遥隔楚云"，又给人带来一种仙乡缥缈的感觉，仿佛家园不在人间，而在仙乡云海之中，但诗人此时却汩没于红尘俗世。诗意至此，诗人对家乡的眷恋与向往，对目前漂泊的倦怠，亦尽在不言之中。所以《闻鹤轩初盛唐近体读本》称这两句"正乃悠然神往"。思念家乡本是人情中最常见的感受，而在孟浩然对家乡的"悠然神往"中，我们能读出诗人的超卓朗逸，这是一个天真而浪漫的诗人所特有的思乡之情。

　　"乡泪"一联对仗精工，刻画诗人漂泊江湖的孤单身影；尾联则以江海的烟波迷茫，写诗人内心的茫然，"迷津"是不知出路何在的意思。诗人此时也许正经历着仕途的失意，怀才不遇，又不甘心就此回乡隐居，仍然徘徊在世路风波之中。家乡是那样美好，然而又是那样遥远，自己驾着一叶孤舟，在黄昏烟波渺茫的江海上，不知走向何方。全诗前半部的健举超卓，与后半部的低沉徘徊，写出了诗人内心复杂的旋律。

　　金圣叹对唐律有一个很精妙的见解，他说："诗至五六而转矣,而犹然三四,唐之律诗无是也;诗至五六虽转,然遂尽脱三四,唐之律诗无是也。"(《贯华堂选批唐才子诗·与毛序始》)孟浩然这首诗正是体现了唐律的转合之妙。三、四两句写对家乡的思念,五、六两句转入羁旅的孤独,情感既有变化,又有极密切的联系。金圣叹还指出,律诗中间两联的语言风格应有所不同,"三四不比五六,此是一诗正面,措语最要温厚,最要绵密,最要高亮,最要严整,最要新鲜,最要矫健,最要蕴藉"(同上书《示雍》)。孟浩然此诗,三、四两句将思乡之意写得高华隽永,而五、六两句刻画羁旅孤独则偏于陡健,因为思乡之情是题中正面之义,而羁旅惆怅则是侧面的烘托与渲染,所以一严整蕴藉,一抑扬突兀;而五、六的陡健,又能在全诗的后半部重新引发抒情的高潮。

律诗讲求起承转合,当然不独唐律为然,只是唐律表现得更自然妥帖,这与唐律以"兴象为主,以风神为宗"(《诗源辨体》卷三二)的特点是有关系的。像孟浩然这首诗,在近体中融入古体注重兴寄与风骨的特点,在乡愁的抒发中,勾画了诗人性情高绝、坎坷世路的精神形象,全诗神情凝练、意脉贯通,典型地反映了盛唐律诗的高妙境界。

春　　晓

春眠不觉晓,处处闻啼鸟。

夜来风雨声,花落知多少?

这首诗具体的写作时间,今天已难以确知。诗中写的是一个春天的早晨,诗人春眠初醒,听见处处是鸟啼之声,这才发现天色已亮,模模糊糊地想起昨夜在枕上听到了风雨之声,那么大的雨,不知落了多少花。这是春眠初醒时的恍惚感觉,而在诗人的恍惚中,我们可以真切地感到春天的蓬勃。这首诗表面上是写鸟啼、风雨和落花,实际上写的是春天生机勃勃的气氛。当然,诗意里也有几分春晚的惆怅,只是,这惆怅一点也不颓唐,还是让人感到春意的浓郁和诗心的天真与爽朗。

由此我们不难想到王维的一首名作《从岐王过杨

氏别业应教》:"扬子谈经所,淮王载酒过。兴阑啼鸟换,坐久落花多。径转回银烛,林开散玉珂。严城时未启,前路拥笙歌。"诗中描写了岐王李范带着随从,到长安附近的杨氏别业中与主人欢会的场景,其中"兴阑啼鸟换,坐久落花多",写宾主相聚甚欢,时光流逝也浑然不觉。待兴致少歇,突然发现啼鸟声已不似刚才,地上的落花也多了许多。字面上虽是兴致阑珊时的感受,但宾主欢会的兴酣意畅已经尽在不言之中。这种以落花阑珊之景写兴高采烈之致的笔法,显然和孟浩然此诗有异曲同工之妙。

后　记

　　王维和孟浩然在山水田园诗的创作上取得了极高的成就,我们今天称他们是盛唐山水田园诗派的代表。当然,古代的诗人评论家并没有直接提出"山水田园诗派"这个名称,但这一诗歌流派的存在是不争的事实。这一诗派追求以独特的艺术旨趣观照自然,表现山水田园之美,自东晋南朝以至唐代,经历了丰富的发展,涌现出谢灵运、陶渊明、王维、孟浩然、韦应物、柳宗元等一批艺术上的典范。王维和孟浩然的创作正是这一诗派在盛唐的最高艺术代表。

　　王、孟艺术成就的比较,是古人很感兴趣的话题,扬王抑孟者有之,扬孟抑王者有之,也有人主张王孟齐名,未易置优劣。王维和孟浩然的山水田园之作,远绍陶、谢,接续和创变东晋以来山水田园诗歌的创作旨趣,艺术上自然有许多相近的特色;从宋代以来,诗家就每每以王孟并称;但是,两人生活经历不同,艺术个性不同,因此创作上也有差异。王维多才多艺,常能在诗中融会多种艺术手段,对山水景象做正面深入的描绘;孟浩然则善于从侧面烘托渲染。王诗变化从心,才情焕发,孟诗则以简传神,不著一字,尽得风流。王维对佛理浸润甚深,特别是后期半官半隐的生活,使他进一步倾向空门。孟浩然虽然一生和佛道中人保持密切的交往,但他只是停留在对佛门清净的向往上,对佛理本身并没有很深的领悟,因此孟诗对佛教意趣的融会也不如王诗那样深厚。王维的诗作善于刻画"空"、"静"的意趣,传达深邃的意境,而孟浩然的诗作,则善于表现微妙的情绪,富于兴会之妙。前人对王孟优劣的品评也往往着眼于上述角度,认为王胜于孟者,主要是因为王之才情过于孟,所谓"摩诘才胜襄阳"(《艺苑卮言》)、"王能兼孟,孟不能兼王"(《唐诗归》);孟浩然缺少王诗的深心佛趣,抑孟者则认为他"未能脱俗"(《带经堂诗话》)、"未免浅俗"(《筱园诗话》)。扬孟抑王者,则从孟浩然以简传神的风流高妙处,称赞他"专心古淡,而悠远深厚",批评王维失之"丰缛华美"(《麓堂诗话》)。至于王孟并称者,则是充分肯定了他们各自的长处,所谓"王右丞如秋水芙蓉,倚风自笑;……孟浩然,如洞庭始波,木叶尽落"(《升庵诗话》)。

今天,我们自可不必重复这一番优劣的争论,王、孟的诗作,虽体格不同,性情有异,但其卓异的成就,无不辉映后世。他们以盛唐诗人特有的精神与笔力,将发端于陶、谢的山水田园诗派,推向一个崭新的境界。自中唐大历十才子以下,历代创作山水田园题材的诗人都受到他们的影响,清代王士禛标举神韵,以王维的诗歌为典范。在诗歌理论方面,自殷璠、皎然、刘禹锡、司空图、苏轼、严羽、王夫之、王士禛直到王国维等人所提出的一系列诗歌理论,如"象外之象"、"味外之旨"、"兴趣"、"妙悟"、"神韵"、"境界"等等,主要都是对王、孟一派诗歌创作艺术的总结。山水田园诗派为中国的艺术传统留下了异常丰厚的遗产,而其间王、孟的贡献,正值得我们加以深思与发扬。

《中国古代文史经典读本》(文学类)书目

诗经楚辞选评／徐志啸撰

古诗十九首与乐府诗选评／曹旭撰

三曹诗选评／陈庆元撰

陶渊明谢灵运鲍照诗文选评／曹明纲撰

谢朓庾信及其他诗人诗文选评／杨明、杨焄撰

高适岑参诗选评／陈铁民撰

王维孟浩然诗选评／刘宁撰

李白诗选评／赵昌平撰

杜甫诗选评／葛晓音撰

韩愈诗文选评／孙昌武撰

柳宗元诗文选评／尚永亮撰

刘禹锡白居易诗选评／肖瑞峰、彭万隆撰

李贺诗选评／陈允吉、吴海勇撰

杜牧诗文选评／吴在庆撰

李商隐诗选评／刘学锴、李翰撰

柳永词选评／谢桃坊撰

欧阳修诗词文选评／黄进德撰

王安石诗文选评／高克勤撰

苏轼诗文选评／王水照、朱刚撰

黄庭坚诗文选评／黄宝华撰

秦观诗词文选评／徐培均、罗立刚撰

周邦彦词选评／刘扬忠撰

李清照诗词文选评／陈祖美撰

辛弃疾词选评／施议对撰

关汉卿戏曲选评／翁敏华撰

西厢记选评／李梦生撰

牡丹亭选评／赵山林撰

长生殿选评／谭帆、杨坤撰

桃花扇选评／翁敏华撰